文學大綱

鄭振鐸編

（二）

文學大綱 二

民國滬上初版書·復制版

鄭振鐸 著

上海三聯書店

文學大綱

鄭振鐸編

中華民國十六年四月初版

目錄

插圖目錄

三色版插圖目錄

第十二章　中世紀的歐洲文學

第十二章　中世紀的歐洲文學

一

所謂中世紀的歐洲，通常係指自公元四百〇十年羅馬被阿拉列(Alaric)牽領西哥德人(Visigoths)攻陷時起，至公元一千四百五十三年君士坦丁堡(Constantinople)被土耳其人攻陷時止的那一個時代的歐洲。在西羅馬帝國未滅亡的二百餘年間，歐洲文學界已呈沈滯灰闇的景象，文學作品產生極少，羅馬連年與北方的諸蠻族戰爭，疊遭失敗。蠻族侵入這個老帝國的邊境，移居於來因河及多瑙河的流域間。諸蠻族中最可怕者爲阿提拉(Attila)所統領的匈奴族(Huns)，全部的光華的羅馬文明，統統爲無知無識的軍隊所蹂躪。羅馬文學的肉體是永久死滅了.

西歐的那些新的主人翁們都是不注意於文化的;他們的生活是軍旅的生活,他們的知識與技能也限於兵事的知識與技能.他們的大部分都是不會讀書,且不會寫字的.幾個世紀以後,歐洲漸漸的因種族的混合與帝王及統治者的興廢,創造了各國的國民性及不同的國民生活.英國爲安格爾人(Angles),薩克森人(Saxons),丹麥人(Danes)及諾曼人(Normans)所侵入,法國則爲條頓民族之一的法蘭克族(Franks)及諾曼人所侵入.諾曼的武士,其勢力且及於歐洲的南部;西西利島也歸在他們的統治之下.

有一千餘年,歐洲的景象是時時的戰爭,瘟疫,飢荒.平民常不勝諸侯貴族的暴虐與壓迫.教堂的勢力漸漸的增大.在這種無比的擾亂情形之下,一切文學的產生自然是不可能的了.所有產生於希臘而乳育於羅馬的知識,俱爲那些橫暴好戰的首領所忽視,所踏踐,但古代產生的偉大書籍究竟未完全散逸.各種的書本大都被本多派的教士(The Benedictine Monks)的寺院很謹愼的保存着，傳鈔着。在中世紀裏僅有他們是在保存羅馬文化的餘燼。聖·本多(St. Benedict)生於公元四百八十年，是這個黑暗時代裏的煊耀的光明之一。教士們服從他的訓條的，須讀書，研求學問。

在愛爾蘭以及英格蘭的幾個地方所受的中世紀的毀壞較之歐洲大陸爲少，古代學問尙有存在；至於歐洲大陸呢，除了西班牙之外，什麽地方已都不見有什麽古代學問的蹤影了。西班牙在公元七百〇九年爲阿剌伯人所占領；此後幾有八百年繼續的屈伏於這些回教徒的統治之下。阿剌伯人當侵入埃及時，卽與希臘的文明接觸，而當歐洲不知有所謂古學的黑暗時代，他們卻在大麥斯克(Damascus)巴格達(Bagdad)開羅(Cairo)及西班牙的考杜華(Cordova)諸地建立了學院及學校等；在那裏，阿里斯多德，柏拉圖，及優克里特(Euclid)是與可蘭經同時爲學生所研習的。在中世紀的後半葉，法國或英國的學者熱心求眞實的知識，他們都動身到考杜華，托里杜(Toledo)或西未里(Seville)去跟從猶太的或摩爾的教授。據說，在十三世紀時，聖·湯姆阿魁那(St. Thomas Aquinas)就是從一個西班牙的大學裏的一位摩爾人的教師學習希臘文，及讀阿里斯多德的書的。在他的一生的最後三年，他寫了他的"Summa Theologica"，這部書至今仍被稱爲可驚的永久的偉著。

好些閃熠的光明卽在最黑暗的時代亦有出現：個人的學者則有如可敬的皮特(The Venerable Bede)，他是諾桑盤蘭(Northumberland)的一個教士，曾在第八世紀時寫了一部安格爾·薩克森的歷史；偉大的民衆運動則有如震撼全歐的十字軍。當彼得隱士(Peter the Hermit)教訓在法國及德國的第一次十字軍，而人民快活的聽他講時，歐洲的靈魂已開始蘇醒了。實在的，黑暗時代之告終止乃遠在於中世紀的結局之前。在十三世紀時，洛格·培根(Roger Bacon)，一個亞斯福(Oxford)的法蘭西斯派(Franciscan)的教士，叫人們不要承受教訓與威權,在他們自己沒有疑問過經驗過之時.在許多方面,他是分受近代的發現者的榮譽的.在同一世紀,但丁(Dante)亦出生.至於出現於中世紀的開始時者則有聖·奧古斯丁(St. Augustine)等.

聖·約洛摩(St. Jerome)一個聖·奧古斯丁的同時代人,是羅馬帝國最後期中的最偉大的基督教學者.但聖·約洛摩在他未做基督教徒之前已是一個學者.他熟悉古典的作家;聖經的文體,在他看來,似爲粗俗不文.耶穌在一個夢中對他顯示.於是他決意以他的餘生來研究聖經;其結果便產生了他的著名的聖經的臘丁文譯本.他以猶太學者們的幫助,從希伯來文裏譯了舊約.他又由察爾地(Chaldee)文裏,譯了不經之書的一部分,由希臘文裏譯了新約.聖·約洛摩的譯本,即世所稱的『范爾格』本(Vulgate),這個譯本,雖然在後世曾訂正過,然至今仍爲羅馬·加特力教堂的聖經定本.聖·約洛摩死於公元四百二十年.他的著作很多,他的性質很執拗,常常堅持己見.

二

聖·奧古斯丁(St. Augustine)生於三百五十四年．羅馬城在四百十年被阿拉列(Alaric)所占奪，這事感興了他，使他寫作神之城(The City of God)，在這書中，他宣言道：『世間的最大的城是毀荒了，但神之城卻是永在的．』聖·奧古斯丁在文學史上之占有地位，幾全因他的懺悔錄(Confessions)一書．這書具有人的興趣，如彭揚(Bunyan)及盧騷(Rousseau)的自己表現的那二部書一樣．聖·奧古斯丁的生地是北非洲的一個村落．他的父親是一個異教徒，他的母親摩妮加(Monica)卻是一個誠篤的基督教徒．他在迦泰基(Carthage)受教育，後來成了一個文學及演說學的教授．他早年時代的生活，是當時之有爲的，有知識的少年人的日常生活．後來他在懺悔錄裏曾痛言他的少年時的罪過．他有好幾年想在古代的各種哲學系統裏求安息與解釋，但最後究竟在米蘭(Milan)改歸基督教．在那個地方，他被命爲論理學的教授．他的母親從非洲來與他同住，後來他受了洗禮，他們便一同啓程回到非洲。奧古斯丁想過着避世的誠敬的生活。他們在羅馬的海岸渥斯底（Ostia）住了一二夜，摩妮加郎在這個地方得病死去。她對於奧古斯丁有極深的影響。他後來曾說道：『她是我的兩次的母親：在肉體方面，我是被她生在塵世的光明中，在靈魂方面，我是被她生在天上的光明中。』自他的母親死後，聖·奧古斯丁在羅馬住了一年，後來便回到家裏，不久郎被任爲希浦（Hippo）的主教。

他是他的時代的著作最多的文人；據說，他所著的書不下於二百三十種，此外還有無數的說教的講義，

奧古斯丁不惟爲基督教的一個聖者，且是一個藝術家。他愛悅「美，」他喜歡音樂；實在的，他常常的懺責他自己之太受美術的快樂所感動了。他的懺悔錄是極忠實的。牠的人間的價值在於牠是一個十分真實的人的內在生活的不朽之圖畫。聖·奧古斯丁是教堂諸神父中之最有威權者。然他雖是遁世者，卻仍舊

是一個人，仍舊不滅絕人的本性；這使研究他者更感得興趣。懺悔錄具着很活潑的想像，牠的文句曾有些流入歐洲各國的文字裏，成爲常用的文字。

教堂中的文學傳統爲聖・約洛摩及聖・奧古斯丁所創始者，以後未嘗無繼續的人。其中重要者爲聖・本

聖・奧古斯丁的幻覺　(Garofalo 作)

聖・奧古斯丁初研究異教哲學，後爲基督教中最有力的神父。此圖表示他幻見天國的奇景。

多(St. Benedict)生於奧古斯丁死後的百年之時,他教導他的教士們研究保存及鈔錄古代的手稿。聖·科倫巴(St. Columba)是卡里杜尼亞(Caledonia)的傳教師,也是中世紀初期的文學教士之一。但無論熱心的教會的學者如何努力,在聖·奧古斯丁死後,歐洲文學史上卻有七百餘年無重要的事蹟可紀,無重要的作者出現。教士們的努力只在保存的一方面。這時代正是所謂黑暗的時代。

三

在這黑暗的時代裏,各國的文學卻漸漸的露出他們的曙光。正如黑夜孕育着黎明,黑暗時代也孕育着歐洲各國的文學的第一次光明。各國的民間史詩都在這個黑暗時代完成。現在舉德國的大史詩尼拔龍琪歌(Nibelungen Lied)及其他各國重要的史詩為代表。

尼拔龍琪歌是德國的依里亞特,是近代樂聖魏格納(Wagner)尋到他的許多歌劇的故事的寶庫。

Professor E. Ille 作

歌琪龍坡尼

一個十二世紀時的德國詩人,他的名字我們已不能知道,搜集了北方人民的許多原始的英雄故事,正如好幾個世紀以前荷馬之搜集古代希臘人的神話與傳說一樣.這些北方人民的英雄故事,差不多在他們不知道寫作文字之時已

密語

赫岑從克麗希爾那裏知道西格弗里有一可以致命之處在兩肩之間.赫岑告訴了白魯希爾,她便設計殺害西格弗里.

在火光之旁歌唱着了這個無名的詩人名他的故事爲尼拔龍琪歌，其意卽爲『黑暗人民的歌』(The Songs of the People of Darkness)至今德國人仍以希臘人之對於依里亞特及亞特賽的同樣熱情對待這些民間故事。正如荷馬的故事是偉大的希臘戲劇家們的題材，尼拔龍琪歌也同樣的在魏格納的歌劇裏得到不朽的位置。

尼拔龍琪歌的故事包含着三十九個冒險故事。開始敍英雄西格弗里(Siegfried)——尼什蘭(Netherland)國王西格摩特(Siegmund)的兒子，——到和姆(Worms)去，向保根台(Burgundy)國王龔曹(Günther)的妹妹，無比美麗的克麗希爾(Kriemhild)求婚。這個英雄西格弗里在他的少年時代曾有好些奇異的冒險，那時他在一個刀劍作裏做學徒。他殺了一條龍，在龍的血裏沐浴，因此，他的身體成了不能傷害的，但當他浴時，一片菩提樹葉落在他的兩肩之間，龍血沒有洗到，因之那個地方獨成爲一個可以被刀兵所傷害的地方。他還得到一把名爲巴爾蒙(Balmug)的刀,具有無限的力,一件披了不使人見的外衣,具有十二個壯士的力量,一根神棒,可以打勝一切的人,最後,還得有尼拔龍琪的寶庫(一

白魯希爾與西格摩特　(J. Wagrez 作)

據一個諾曼傳說,白魯希爾被阿丁(Odin)大神遣來叫西格摩特離開他所愛的美麗的西格麗臺(Seiglind)

個神話上的金銀寶石的府庫）用了這個寶庫，他管轄了矮人阿爾拔里契（Alberich）與他的所有的精兵。後來當國王龔曹立意要航行到伊森蘭（Isenland）去求得美麗而頑强的女王白魯希爾（Brunhild）爲妻時，西格弗里便矯裝作他的屬臣，與他同去；立約，如果他幫助了龔曹成功了這個危險的婚事，他使也可以得到克麗希爾爲妻。這個白魯希爾，如我們在魏格納歌劇中所用的西格弗里的故事的更原始的形式裏所見，實在是一個弗爾基（Valkyr），或一個武士，她的職任在於引導異教的英雄的靈魂從他們戰死的戰場到弗爾哈拉（Valhalla）去的；她如果與一個凡人有了戀愛，她的不死的資格便消滅了。到了後來，在史詩裏，她的性質變爲溫和些了，成爲一個人間的具有血肉的女郎，而不是神，不過仍帶有怪特的性格：凡想娶她的男子，都須先擲槍，跳躍，擲石，以制服她。龔曹得了西格弗里的幫助，——他借了那件神袍的力幫助了龔曹——力量突增了許多。結果，竟勝了這位奇異的女王，得到了她，偕回和姆結婚。在和姆，舉行了兩次的結婚禮，

F. Leeke 作　　西格弗里之死

一次是國王龔曹的，又一次是西格弗里與克麗希爾的，結婚儀式佈設得非常的宏麗．但是可怕的女郎白魯希爾在她的結婚之夜因仍具有她的神奇的處女力，用她的衣帶，把龔曹的雙手雙足紮綑得緊緊的，然後將他懸掛在牆上的一根釘子上．又是西格弗里幫助了龔曹解除了這個阨運．當白魯希爾已成婚，不復為處女時，她的所有力量便都失去不復存了．西格弗里取了這個可怕的女郎的指環與衣帶以為酬物；這兩件東西，他又轉贈給他自己的愛妻克麗希爾．許多時候過去了，他們都很幸福的，很快樂的生活着．只有一件小小的煩惱的事，便是，女王白魯希爾以為西格弗里不過是龔曹的屬臣，她自己是比女王克麗希爾高過一等的．某時，西格弗里與他的妻子，他的父親以及國人，同到和姆的一個大宴會．白魯希爾與克麗希爾爭執起來；白魯希爾說道：『一個國王的后不能讓一個屬臣的妻子在她前面走．』於是克麗希爾大怒，便取出以前的指環與衣帶，說出她以前的事以羞辱她．白魯希爾哭了，立誓要報復這個損害她的光榮的大仇．她把報仇的事，委託給一個獰猛的武士赫岑（Hagen）。他從克麗希爾那裏誘探出西格弗里的兩肩之間有一個可以得致命傷之部位的祕密。於是英雄西格弗里便在一次出獵時，被赫岑所暗害了。寡婦克麗希爾依靠以生活的神祕寶庫又爲赫岑所盜去，於是她過了十三年的窮苦憂愁的生活。後來，有一個遠地匈牙利國王伊塞爾（Etzel）要想與她結婚，她答應了，心想這個新的婚姻可以給她以打倒她的仇敵白魯希爾的權力。好幾年過去了，克麗希爾送一個請帖，邀請龔曹及他的屬下同到他丈夫的宮城裏來。赫岑立刻猜出這個邀請的寓意，力勸國王不要去，但不能見聽，於是只得上途同去。這時，赫岑的頭髮已斑，精力已稍衰，但他仍舊不怕一切；他帶了鐵弓，相信仍能從他的敵人的盌上擊奏出奇異的音樂。

國王伊塞爾完全不預聞克麗希爾的復仇計劃；他以快樂的好客的態度接待龔曹及赫岑他們。大宴時，爭端現了。赫岑迅速的斬了伊塞爾及克麗希爾所生的兒子的頭，以回答她的挑戰。於是她如復仇女神似的，一個大戰開始了，經了全

伊察爾宮殿階前之戰

Schnorr von Carolsfeld 作

夜，至黎明纔終止．這戰是英雄們的結局，赫岑也死了．『他們從窗中拋出死屍，血流如水；大廳着了火，他們用血滅了牠；他們自己覺得口渴，也用血來止渴．』這戰事的熱烈，使我們想到依里亞特中的戰事．

尼拔龍琪歌敘述不大清楚，且不大有聯絡．牠如一條古舊的掛帷，在風中搖蕩．自然是遠不及荷馬的偉大．

皮奧伏爾夫，西特，與北歐的

死者的移埋

克蘭希爾爲報復她丈夫的仇，設計殺害白魯希爾的從者．他們把死者從窗中擲出．

新舊兩伊達也與尼拔龍琪歌一樣，是中世紀文學的瓌寶.

皮奧伏爾夫(Beowulf)是用古英文寫的一部史詩，作者與產生的時代都未知，大約是在七世紀的時候，一個基督教詩人把古時英雄歌詩組編而成的.詩裏的景色與性格都完全是斯坎德那維亞的.所以有人主張這詩的材料是安格爾人(Angles)住到英國時所帶去的，又有人主張是作者遊歷斯坎德那維亞時所得來的.這詩表現出北歐封建時代，英雄時代的圖畫，其弘偉與完整，都不下於荷馬的兩部大史詩.這詩敍的是丹麥王的

皮奧伏爾夫宣誓去殺格林台　　Evelyn Paul 作

宮殿，夜間爲巨怪格林台（Grendel）所擾害，他把貴族們於他們的睡夢中吞下去。皮奧伏爾夫（義爲蜂狠，即熊）是瑞典南部格茲族（Geats）王的外甥。他帶了十四個從人，過海到丹麥，要去救他們出於這個巨怪的殘虐的手中。丹麥國王熱烈的歡迎他。到了夜間，他與他的從人們便留在大殿上防守。當他們睡時，巨怪格林台來了，吞下一個從人。他的身體極堅固，刀槍是不能傷害，於是皮奧伏爾夫只得把他緊緊的捉住。他掙扎的逃去，失了一只臂膀，逃到一個湖底的洞中而死去。宮中的人真快活呀！樂隊唱着古英雄的歌，國王送了許多寶物給皮奧伏爾夫。但還有一個巨怪卻活着，那就是格林台的母親。她那一夜就到了大殿中，要爲她兒子復仇。她吞了國王的一個侍臣。皮奧伏爾夫追她到了湖底。她把他引到洞中。他的刀是無用的，而她的匕首卻幾乎要殺了他。最後他在洞中尋到了一把神刀，纔把她殺死。然後，他又把格林台的頭斫下，帶到岸上來。現在國王又開宴謝他，歡歌喜舞的鬧了好幾天，他纔回國。經了良久的時間以後，格茲王及他的兒子相繼的死

丹麥烏倍(Uby)的一个墓道之口相傳為格林台藏身之洞(龍洞)

於兵陣及刺殺，把國家傳給了他。他為王公平而正直，做了五十年。於是，有一隻火龍出現於國中。皮奧伏爾夫帶了十二個從人去殺牠。他已受了重傷，因了一個勇敢的從人的幫助，纔能把那凶惡的火龍殺死。但他自己也因傷重而死。

皮奧伏爾夫大約也不是非真實的人物，但被民間的傳說者加上了許多異蹟異聞，把他神話化了。

西特（The Cid）是十二世紀流行的一部史詩，敍的是西班牙最有名的英雄西特的事。西特的名字被那些傳說與詩歌所隱晦，幾乎成了一個非歷史上的人物。許多奇蹟都累積在他的身上，許多好行為都為西班牙愛他的國民聚合在他的身上。所以有一部分學者便主張說，所謂西特，實在本來沒有這樣的人。即在西班牙也不乏主張此說者。然而事實卻並不如此。西文提司（Cervantes）在他的名著吉訶德先生（Don Quixote）裏說得最好：『有西特那樣的一個人的存在是無疑的，所可疑的乃是他究竟有沒有成就了如大家所累積於他身上的事業。』

經了歷史家的搜討，益可證明西文提司之說確切不移。原來歷史上的西特與傳奇中的西特，性質卻大不相同，不過在西班牙的響影卻是一樣。

歷史上的西特，雖然曾落了他國人的愛戀者所黏附於他身上的詩的理想，卻仍不失爲英雄時代的西班牙的最偉大的一人——是基督教與回教在長期戰爭中產生出的最偉大的戰士，是十二世紀最完全的卡士特力人(The Castilian)的代表。他的真名字是洛特里哥(Rodrigo Diaz)但阿剌伯人給他的尊號西特卻更有名。西特乃是阿剌伯字，意爲爵主或首領。他是卡士特力的貴族，生年約在一〇三〇至一〇四〇年之間。在一〇六四年時，他曾隨菲荻南一世到過法國與意大利。一〇六五年，菲荻南死去，割裂國土，分賜他的五個子女。以後，基督教諸小國與回教諸小國時有鬩牆的變亂，各向外面求聯盟。在這個內亂期內，西特顯出他的異常的勇敢與才能。但後來他卻爲卡士特力王放逐出去。自此以後，他便獨立率領一軍，爲了他自己的利益，有時幫助基督教徒以抗回教徒，有時又幫助回教徒以抗基督教徒。他的最著名的戰役是攻克了那半島上最富裕的城凡林西亞（Valencia）。攻下時，殺掠甚慘。但以後四年，西特卻以力量與公平統治凡林西亞及麥西亞（Murcia）全境。最後阿爾摩拉委人（The Almoravides）集合了雄厚的兵力與西特開戰。老年而久戰的西特便於一〇九九年死於此役。他的妻子還在凡林西亞拒守了三年，但後來終於退出了，把城讓了慕爾人。她把西特的屍體帶出，葬在卡地那（Cardena）的一座僧院裏。

所以歷史上的西特，乃是一個最有力的戰士，最真實的西班牙英雄。他的一身包含着所有國民的善德與一大部分的惡德。他以同樣的熱忱與基督教及回教抗爭，以同樣的熱忱去燒燬禮拜堂及淸真寺，他爲了生活而殺人盈野，他與那些因愛國的與宗教的目的而戰爭者之殺伐一樣。在他的性格與習氣上，是同時具有基督徒與回教徒的性格與習氣的。他在歷史上的真正地位便是那個時代西班牙所生的那樣的武士的最偉大的代表。

傳奇中的西特，身經千百戰，而有無數的傳說的西特，在文學上是神化了．他爲愛國者所永遠崇拜，他是完全的人，他是生在快樂時間的人，他是武士道德的模式，愛國責任的鏡，基督教一切善德的花，與歷史上反覆無常的勇士的西特，眞是完全兩樣的人了．在西班牙的民間文學上，西特所占的地位在別一國是無可與比的，他們都稱之爲『我的西特』．在近代，他還被認爲詠歌的目的；在十二世紀遊行歌者所唱的西特，到了十九世紀還爲人所謳歌呢．

約在西特死的百年後，他的名字便已

西特與其妻之墓（在 San Pedro de Cardeña）

成了一部全系神話的中心了。西特歌(The Poem of the Cid)寫於十二世紀的後半葉，那裏的西特已全與歷史上的不同，已成了神明化了。西特歌是具着三千七百四十四行的一篇殘詩，雖然風格與韻律很粗，卻燃着詩的真火，充滿着真樸的美與史詩的弘麗，反映着那時代的活潑潑的圖畫。但真實的古作僅爲小部分，專門研究者相信其中大部分乃爲十六世紀時所寫的。

伊達(Edda)是兩部著名的古冰島(Iceland)文學的總集。一部是很早時候就編成了的，一部是到了近代纔發現的。前一部爲古冰島文學裏最偉大的作家史諾里(Snorri Sturlason)所編，他生於一一七八年，死於一二四一年，伊達之編成大約在一二二二年。通常稱他的伊達爲散文伊達或新伊達(The Prose or Younger Edda)。其他一部則名爲詩的伊達或古伊達(The Poetic or Elder Edda)，是一部包羅古代神話的詩歌的集子，以前並沒有知道，直到了一六四三年纔爲冰島教士白林琪史文孫(Brynjulf Sveinsson)所發現，他誤名之爲沙曼的伊達

(The Edda of Saemund).

新伊達雖爲史諾里所編輯所潤色,但據學者所猜想,這個總集之集成,實在一一四〇至一一六〇年之間.這個集子分爲五部分.第一部分爲序言,簡單的敍述自亞當夏娃以來的世界的歷史,都與基督教的傳說相符合.第二部名格爾法幾寧(Gylfaginning)敍格爾夫王的事,中雜以亞丁(Odin)之神蹟.此部分用散文寫,但間插簡明的詩句.第三部分爲皮拉琪拉奧(Bragarœour)或名爲皮拉琪(Bragi)的語錄,敍詩神白拉琪事,而也雜以關於諸神的傳說.第四部分爲史卡爾克巴麥(Skaldskaparmal)或詩的藝術,包含皮拉琪說的古詩的法則與原理,常引冰島古詩人之詩爲例證.這一部分是新伊達中最重要的.不僅包含短詩的節文,且有好幾首長詩的全文.第五部分爲赫太太爾(The Hattatal),係論史諾里爲挪威王赫公(Haakon)而作的三首詩的技術的.有幾種新伊達的本子,附有一個詩人表,幾篇哲學的論文與文法的討論,然而這些都是屬於史諾里之後的東

西，

老伊達或詩的伊達在一六四三年之前，完全未爲世人所知。當白林琪，史文孫發現此集時，他以爲是沙曼（Saemund Sigfusson）編的。沙曼是挪威王家的後裔，約在一〇五五至一一三二年時住於冰島。這集裏的詩篇，大約都爲十世紀及十一世紀的產物，大部分只是長的英雄歌的殘篇斷簡。他們以冰島的古韻文寫斯坎德那維亞早期的神話與宗教的傳說。這是很明白的，他們都是從口傳的韻文裏搜集下來的。同一的故事，常有用不同的格式覆寫出的，有的顯然的可見其比較別的爲古。某有力的學者完全否認沙曼編輯之說，他以爲現在的詩的伊達乃是一二四〇年所編的，編者無疑的爲一個冰島的人。在這個寶貴的總集裏，最古的最可注意的是名華綠斯巴（The Völuspà）或華爾瓦的預言（Prophecy of the Völva or Sibyl）的一篇。華爾瓦是一位女預言家。她坐在她的高座上，對大神亞丁說着話，衆神都靜聽着。她唱着未有衆神之前的世界，唱着神之造成，唱着巨

助爾 (Thor)　B. F. Fogelberg 作

人，人類及矮人的起源，唱着動物的快樂的開始，與悲慘的結局。此外，可注意的詩篇也不少。赫瓦麥爾，一名亞丁之訓言，包含着亞丁爲他自己而作訓言，及故事等。華夫卜魯納的訓言 (Lesson of Vafprúdnir) 敍亞丁喬裝去見巨人華夫卜魯納，訪問他關於諾斯的宗教的歷史等。格林尼斯麥爾 (Grimnismál) 是一半用散文寫成，寫的是亞丁爲格洛王 (Geirrōd) 所囚所苦的故事。斯連之歌 (The Song of Thrym) 後之上舉諸篇更多詩的趣味，寫的是助爾 (Thor) 的鎚，爲巨人斯連所偸。他要求把女神法麗耶 (Freyia) 嫁給了他，纔肯把鎚交還。於是助爾，喬裝爲法麗耶到了他那裏，殺死了他，得回了鎚。此外關於神的，關於英雄的歌還不少，但以互相重覆及殘缺者爲最多。然在以後沙格 (Saga) 裏，我們卻有幸的可找出不少用散文寫的這些故事的全部。詩的伊達的最後的一部分，含有一首很奇怪的詩篇，有的本子直接以其爲沙曼所作，名爲太陽之歌 (The Song of the Sun)，係敍一個已死的父親的鬼靈對他的在世的兒子訓以人生之格言，與赫瓦麥爾很相像。此詩混雜着異教的與基督教的情調，所以論者以爲新舊訓條更遞時代的作品。

除了上面那些民族的英雄的大史詩之外，中世紀還產生兩部很有趣的史詩，那就是通常所稱的『狐』與『玫瑰』

所謂『狐』乃是一部偉大的禽獸史詩，名爲列那狐的歷史（Reynard the Fox）的這部禽獸史詩極有趣，內容充滿了對於當時無知的君主，橫暴的貴族與一切的僧侶的冷雋的諷刺，而把這些人都穿上了禽獸的衣服。書中的主人翁列那，是一頭機警絕倫的狡狐。他用他的智力，他的謊話，來逃避了刑罰，玩弄了獸國的王與后與貴族，欺壓了無告的兔與羊與雞。在那時，惟有他那樣的人才能得勝，才能生存於當時的社會。作者在這裏眞是滿蘊着他的悲憤的冷諷與熱嘲！

有許多諷刺的作品，在當時是很有趣，時間一過去，便成了一點也不能動人的東西。列那狐的歷史卻不是如此，她是永久的諷刺作品之一。我們在如今也許還可濃濃的舐到她的諷刺的辣味。同時，她的故事的本身卻又是一部最可愛的童話，無論老年，少年，兒童以及有無鑑賞力的人，都可爲她所描寫的逼真的禽獸國的情景與書中主人翁列那的絕世聰明所感動．作者的描寫力真不壞；熊呀，狼呀，母猴呀，貓呀，兔呀，雞呀，獅呀，以及一般趨炎附勢的禽與獸，個個都寫得真像活的，天真的小孩子真看不出每

Kaulbach 作　　列那狐

個禽或獸的面具之後隱藏着的卻是人，是日常出現於我們社會裏的人！作者很能活用古代的寓言，他把伊索的以及當時流傳的寓言，插用了許多在這部大史詩裏，卻都如已成爲融化了的原料似的，毫不覺得有縫紉的綫痕。

全書的故事是如此。

在一個天氣極好的日子，獅王坐朝了。許多禽獸都來，卻只有列那狐不到。狼在控告列那，小獵狗也控告他搶去他的布丁，海狸也證實了他的罪狀。列那的外甥猪獾卻替他辯護，正在他稱讚列那之隱士生活時，雄雞恰好帶了兩個小雞抬着一隻被列那所殺之小雌雞的屍首而來。於是獅王差熊去召列那來對案。不料熊卻被他所騙，受了重傷而回。獅王大怒，又差貓去召他。不料貓又被欺而受了重傷回來。第三次是猪獾去召列那。列那來了。他欲以巧辯掩蓋他的罪，但是無益於事。他終於被判決死刑。但在他立在絞架上時，卻編成了一大篇的謊話，說有一個寶庫，只有他曉得地方，同時並誣陷了熊與狼。於是獅王赦了他，要他去掘寶。但他又設辭要先去朝陵.其實他是回了家.這時,他又殺了兔,還使山羊死於獅王之手.獅王終於察出了他的狡計,大怒起來.猪獾又奉命去召列那.但他在王座前的一席話,又使他自己脫離了危險.狼對他的惡感極深,

列那又在演他的故技了　　Kaulbach 作

立起要求與他決鬬，決鬬的結果，卻又被他用狡計得了勝利。於是他很光榮的回到了家。

關於列那狐的歷史，學者間的爭論頗不少，第一是她的作者問題，第二是她的產生地的問題。關於她的作者，有的主張是由民間傳說發展而成的，有的主張是「僧侶詩人」們的創作。關於她的產地，有的主張是德國，有的主張是法國。但不管那許多紛紜莫決的主張，我們現在卻有了一種概念。這部列那狐的歷史原是有一個民間傳說的來源，這來源是在法國。然在十世紀與十一世紀時，經了「僧侶詩人」與法國「宮庭詩人」的潤飾，加上了時代的色彩與諷刺的意味，當時宮庭詩人大約必以此詩與那些古代史詩，騎士傳奇同樣的讀誦於聽者之前，以娛悅他們。到了第十二世紀時，有了一種德文本，又有了拉丁文本。變異的同源作品有數種。後來又有了散文本。到了十八世紀之末，大詩人歌德又著了 "Rainecke Fuchs"。在文辭方面是加上了不少的美漆，然她的原來的樸質可愛的風趣，卻喪失了些。

所謂『玫瑰』乃是一部抒寫戀愛的寓言詩，名爲玫瑰的故事(Romance of the Rose)的。她是法國文學中最早的作品之一。這篇長詩分爲兩部分：第一部分包含四千行，作者爲洛里士(Guillaum de Lorris)，著作時代約在一千二百三十年，第二部分包含一萬九千行，較第一部分增多了五倍，著作者爲麥恩(Jian de Meun)，著作時代約後於洛里士四十年。

洛里士的生平，我們已不能考知，只曉得他是法國中部的人。他把關於戀愛的一切抽象的東西都人格化了。他所寫的戀愛的經過，也許便是他自己的一種經驗，在這詩裏，他技巧的美麗的表現出行吟詩人的戀愛哲學。在發端裏，他告訴我們說，這部『傳奇』是包含一切的戀愛的藝術。下面繼續着便寫『愛者』在夢中遊歷到一座壯大的花園，園的四周，圍了一座牆，牆上畫的是憎恨，罪惡，貪婪等等的圖像。在園中，他遇見了邱辟特(Cupid)，美麗，財富，禮貌以及其他好物。他選擇了一枝在盛開的玫瑰花，但看見牠是爲一層厚而密的荆棘籬笆所圍繞．和愛的歡迎允許他去吻玫瑰．但惡口到處喋喋的談着這事．於是嫉妒把玫瑰囚禁於一個塔內，用了危險，恐懼，及羞恥來護守着．愛者與他的玫瑰離別，沈浸他自己於失望之中．洛里士的『傳奇』至此而止，乃是未完之稿，於是麥恩於四十年後再把她續了下去．愛者因了邱辟特，委尼斯（Venus），自然與天才的幫助，終於攻下了嫉妒的塔，得與玫瑰相會．全詩遂於此結束．

洛里士是頌讚婦人與騎士的愛的．麥恩卻似乎是譏誚着他們，因爲麥恩把愛情減到官能的快樂上，對於中世紀所崇拜的東西一點也不表示尊敬．麥恩的詩才沒有洛里士高，然搜集的材料卻極豐富．

這部傳奇曾引起了一時的熱烈的歡迎，也有一方面的人在反對．英國詩人卻賽（Chaucer）曾把她介紹一部分到英國去，在卻賽的作品上也可以看出所受到的她的不小的影響．

四

在被摩爾人佔領時代的西班牙，發生了一種溫文有禮的生活；琴與曼杜令(Mandoline)的音樂橫越了柏里尼斯(Pyrenees)，而到了柏魯文斯(Provence)與蘭古杜克(Languedoc)，又到了西西利與意大利，最後所有的西歐也都有了游行的行吟詩人(Troubadours)及戀愛詩人(Minnesingers)的足跡了。游行的詩人，用本地的鄉音歌唱着，要他的聽者靜聽一個故事，『比之夜鶯尤爲好聽』；他們乃是近代歐洲的所有浪漫的及感情的文學的先驅者。在行吟詩人中，也有些貴族與國王在內。英國的獅心李查王(Richard Cœur-de-Lion)便曾用中世的法文做過詩。現在還留着一首美麗的詩在世，這詩是在他從十字軍回家，被奧大利公所囚時之作。

行吟詩人的時代，前後大約有二世紀；差不多與十一世紀與十二世紀的時代相合。曾有一羣幻異的傳說與行吟詩人的名字相聯的；他們的熱情在南方社

行吟詩人的黃金時代

一三二四年的五月，全個歐洲的行吟詩人都聚會於托洛斯（Toulous）的一個美麗而宏敞的園中，在那裏背誦詩篇，主要的獎品，一個金做的地丁花，爲一位法國的比賽者所得。Jean Paul Laurens作

會上地位很高嬌貴的公主們都承受他們的心，如對於「美」的供獻。他們之中，有的是勇敢的十字軍英雄；許多的他們，當戀愛的時期永遠過去了時，便去做了教士。所有他們之中，最浪漫的人物，可算是魯特爾(Jaufre Rudel)，他的靈魂永向於忒里波麗(Tripoli)的貴婦美里珊特(Melisand)。英國詩人白朗寧(Browning)及史文葆(Swinburne)都曾把他的故事寫入他們的詩裏。

我們在此處必須注意一件事：這一班行吟詩人卽使他生世卑微，也常常是一個有權力的人——在每個無天才的貴族之前，他以他的詩的天才貴傲。近代的傳奇作家常把他們與「約格勞」(Joggler)或音樂家相混；這種音樂家乃帶着琴與曼杜令以和他的歌誦的；他們乃是較低下的階級，不過是那些從這個城堡到那個城堡以表演舞樂(Dance music)，輕巧的技能，或獸戲的「快活人」(The merry-man)的後繼者而已。

較之行吟詩人影響略小者，有所謂「忒洛弗里斯」(The Trousveres)或「宮庭詩人」(court poets)的，他們於十二世紀及十三世紀間，出現於北部及中部的法蘭西。他們不是那些戀愛詩人，在他們年華正絢爛時向着他們的所愛的貴婦歌唱的；他們也沒有什麽傳說聯合於他們的名字之下；他們如幻想似的走過一國的歷史上而消滅了，其重要在於政治與戰爭方面而不在於詩歌方面。他們較之南方的熱情的歌者，似稍冷淡而且遠於人生。他們是鼓勵武士道的行爲與理想的但他們究竟是歐洲文學的前驅者，與行吟詩人一樣。

中世紀游行的歌者所唱的有韻的傳奇最著名的是洛蘭之歌(The Song of Roland)這是一個十一世紀的無名詩人所寫的，以優美的戲曲的真樸，寫出查利曼(Charlemagne)的軍隊與薩拉哥沙(Saragossa)的薩拉森人(Saracens)在柏令尼斯(Pyrenees)地方的一個隘口的一次大戰。查利曼領着他的主力軍，被薩拉森人所騙，越過山嶺，回到法蘭西去，留下洛蘭與後衛軍守着隘口。洛蘭被薩拉森人聯合奸細的基督教武士們所襲擊。經過了一次大戰之後，洛蘭被他們

救厄　Sir F. E. Millais 作

中世紀的傳奇，詠的是武士與美人，戰爭與戀愛，異族公主之戀愛着基督教武士而救其困阨，差不多成了好幾篇傳奇的不可少的穿插，而武士之救美人于危難之中，亦爲許多傳奇必有之敍述。

所殺，全軍俱覆沒了。

在後期產生的法國故事中，最有趣的是阿克森與尼柯勒(Aucassin and Nicolette)；這書屬於十三世紀的產物，是一篇戀愛的傳奇，他的文字，散文與韻文，

查理曼大帝

洛蘭最後之大戰

互相交錯寫的是一對戀人爲了宗教與生地的不同而分離，後來終於結合事．

阿克森是皮克爾(Biaucarère)公爵的兒子與一位薩拉森的女郎尼柯勒發生了戀愛．尼柯勒是在阿克森父親的管家家裏養育大了而成爲一個基督徒的．公爵知道了阿克森的戀愛，命令管家把尼柯勒移居別處．於是管家把她囚禁於他自己的家裏．阿克森竭力設法去見尼柯勒，卻爲管家所阻止．他警告這位熱情的少年說他如果與她戀愛，便將墮入地獄．阿克森在這裏便讚頌地獄而詛咒天堂．他說，地獄成了好的武士與貴婦與行吟詩人的住所，比之天堂之爲乞丐，牧師，僧侶的家爲尤可愛．後來，阿克森因事被監禁於一座塔內．恰好尼柯勒由她房的窗中逃出，到了塔邊，由牆罅中與阿克森交談．她告訴他，她決意要逃開了．他們的談話爲城市護兵的到來而中斷．尼柯勒跨越了牆與溝，逃到了隣近的森林中．她遇見了幾個牧童，他們卻當她是一位仙女．她把告訴阿克森的話留給牧童們，叫他們轉告，自己卻用樹枝樹葉搭蓋了一所茅舍以爲隱藏之所．當尼柯勒逃走的消息宣布時，阿克森乃得被赦出獄。他騎馬經過森林，遇見了牧童們，他們指示他，尼柯勒曾到過這裏。經了許多的尋找，他才到了茅舍。兩位情人的相會，作者用真樸的詩的美寫出。後來二人又爲薩拉森的船所帶走，各相分離，各回自己的本國。阿克森回時，見他父母已死，便承繼了他們的爵位。尼柯勒回到她父親加泰基王那裏。但當他主張爲她結婚時，她卻假裝了一個行吟的樂人而逃去，逃到阿克森的宮殿中。她向他歌唱她自己的故事，最後才露出她的真面目。故事的結局是他們倆的快樂的結婚。

還有一部羅馬人的行蹟（Deeds of the Romans）也應該在這裏說一下。這是一部拉丁文寫成的傳說與奇譚。內容以羅馬的歷史傳說，奇聞佔多數，一部分爲東方及歐洲的故事。此藉何時產生，不能確考，大約在十三世紀末或十四世紀初，作者亦不傳，或臆測爲 Helinaudus 及 Peturs Berchorius 所集。惟觀每節題名，强以基督教義，道德附會，必出於僧侶之手。書中所集的傳說，複雜異常，有許多是毫無意義的.大概是隨意收集的原故.又各個故事,幷無有機的聯絡,當係鈔寫的人隨己意所好,後來插入的.原書在文學上具有相當的價值:一、將古代羅馬的傳說蒐集在裏面.二、此書直到中古始以拉丁韻文寫成,在那時流傳很廣,是中古文學中最通行的著作.三、近世的許多文學家,都從此書得到題材.如英國著名的卻賽的剛脫白萊故事中的一部分,及沙士比亞的"Lear"都以此書中的故事爲底本.原書所收的傳說,有幾篇是近代人所斥爲野蠻的,有敍父親與女兒姦通的,有敍兄與妹私,母與子結婚的.有幾篇是寫人情的,有的寫輕微的譏刺,有的是樸實的故事.有的則已具小說的雛形了.

五

但丁(Dante)是全部文學史中最爲我們所熟悉的人之一——一個身材高大的人,身穿着灰色的長袍,頭戴着紅冠,冠的四周,環以桂葉,臉是一副憂鬱的瘦嘴臉.他的生平,我們知道很詳細;他是世界上一個最奇異,最美麗的戀愛故事裏的英雄．他在公元一千二百六十五年生於法洛林斯（Florence）．當他九歲的時候，他遇到了比特麗斯（Beatrice）一個與他同齡的女孩子．他們都沒有開口說話，但是這位詩人卻宣言道：『從那天以後，愛情竟主宰了我的靈魂．』比特麗斯永遠是他自己所稱的『我心靈中的光榮的貴婦人．』後來，他回想起，在他生平最奇異的日子，她穿着一件最高貴的顏色，柔和的深紅色，裝飾得最適宜於她的極溫和的年紀．九年過去了，這個詩人再遇見比特麗斯一

但丁像

但丁為意大利的最偉大的詩人．作神曲．

神曲是『一個不朽的歡與愁的故事．』

次，穿着白衣，同着兩個別的婦人，同在法洛林斯的街上走着。他們仍舊不曾交言，但她轉眼看着但丁心亂的站立在的地方；因了她的默默無言的敬禮，她竟使他覺得那時已見幸福的極邊。他僅再看見比特麗斯一次。比特麗斯竟始終不知道她會在這個偉大的心胸裏引起深摰的熱情，這個心胸是意大利最高貴的心胸，這個熱情則鎔鑄在文學上最高貴的傑作裏而成爲不朽。這真是很悲慘又是很可笑的事。後來，比特麗斯出嫁了，死時年只三十五歲。但丁在她死後寫道：『當我失去我靈魂的第一快樂（就是比特麗斯）時，我如此的爲憂愁所刺射，竟乃沒有東西可以安慰我。』他的戀愛的故事曾在他的第一本著名的用意大利文寫的書新生（La Vita Nuova）裏敍述出。在但丁寫了新生之後，著手去寫神曲（The Divine Comedy）之前，他除了寫些抒情小詩之外，不曾用他的本國文字寫過別的東西。在這中間的時候，所作的都是拉丁文的著作，我們不必去注意他們。他生平的大著乃是他貢獻給他所愛的女郎。但丁的神曲乃是爲死去的比特麗斯而寫的比特麗斯死去二年之後，我們的詩人娶了一個貴族的女郎爲妻.她的性格忠實而剛强，常因煩惱而暴怒，這不能更使一個爲悲劇所煩擾而且失望的生命因之而煩苦.

我們要明白但丁，不能不對於他的生活的背景有些概念.他是中世紀與文藝復興時代的橋.他生在中世紀的黃金時代，他的同時代的人有洛琪培根，聖·湯麥士·阿坤那

但丁之夢

比特麗斯無論生與死.都常在我們的詩人的心靈上

(Rossetti 作)

(St. Thomas Aquinas)及法蘭西的聖路易(St. Louis).偉大的中世紀的畫家喬託(Giotto)是他的同伴與朋友.因爲但丁是第一個偉大的意大利的作家,用他本國的文字去寫東西的,所以有人以他爲文藝復興的先驅者.但神曲包孕所有加特力教的最美麗最奇異的東西.讀者可以在牠裏面得到中世紀的哲學,神學及武士道的菁粹.這部詩的結構比之依里亞特的結構尤爲弘偉;牠的意想的高超與牠的人物的奇異的複雜,在文學中是無可比並的.牠的豐富的想像也許可以在別種文字的譯本裏表現出來,但是,唉!牠的韻文的美卻當然的失去了.正如莎士比亞之沒有後來的英國詩人足與他相比,李白,杜甫之沒有後來的中國詩人足與他們相比一樣,但丁在意大利文學上也是如此的高高的站立着.但是他還不僅是一個意大利的人物;他乃屬於全個歐洲的;他與他的著作乃是中世紀的冠冕與峯巔.

但丁不幸在少年時卽被捲入法洛林斯的政爭之中.那時政黨有兩派,一派

是歸爾富(Guelphs)，一派是吉柏林(Ghibellines).第一派是主張教皇(Papal)

寶洛(Paolo)與法蘭昔斯加(Francesca)

但丁在地獄的第二層.遇見寶洛與法蘭昔斯加及其他有罪的情人.法蘭昔斯加告訴但丁她對於寶洛的愛及怎樣為她丈夫所發見而同被殺的事.我們的詩人極憐憫她.(Rossetti作)

掌執政權的，第二派是擁護皇帝——一個德國親王住在維也納的——的在意大利的統治權。但丁在此二黨之間依違了好些年，後來遂左袒於吉柏林黨方面，所以，當歸爾富黨得勝時，他便在一千三百〇二年被放逐出法洛林斯的境外。自此之後，永遠流居於外邊，直到一千三百二十一年他死去之時。在這個時期內，他常從這一城市漫游到那一城市，並且遠至巴黎；據傳說他尚到過英國的握克斯福（Oxford）。但大半的時間，他都是很不快活的消磨在意大利的各個城市中。神曲大約都是在弗洛那（Verona）及拉文那（Ravenna）寫作的。

散布於神曲的超自然的事實中，常常有敘到這個詩人自己的生活——不僅敘到他的悲哀的可感動的戀愛，且敘及政爭及與他有關的政事。

神曲是一部描寫天堂、地獄、及淨土（Purgatory）的書。在文字的表面上說來，牠是死後靈魂的情形的一種幻想；在寓意一方面說來，則牠是指示人之需要精神的光照與指導的。

在我們隨了但丁取路向地獄的邊界走去之前，有兩件事要記在心上：第一，『地獄』(Inferno)一部是，離開別的東西不講，世界上最偉大的冒險故事；第二，牠是被寫成如生的真實，帶着活潑有神色的描寫，如魯濱孫飄流記或高利弗遊記(Gulliver's Travels)的所具着的描寫一樣。『地獄』的大景色如圖畫似的現出，存在心的眼中，他們是一羣不能忘記的壯大景色。

地獄的形狀是一個無涯大的陷阱，如一個倒立的圓椎體，牠的頂點是在地的中心，牠的邊則具有階級或凸出的岩石，一級一級的低下，自然是第二級的面積比第一級小，第三級的面積又比第二級小，如此的逐漸縮小了，罪惡最大的罪人就在最下級。

但丁在一個深林中迷路了，遇見了委琪爾(Virgil)，答應領導他去看地獄的刑罰。他跟隨了委琪爾到了地獄之門，門上寫有可驚怖的文句——『進到這裏來的，所有的希望都棄絕了。』他們進了門，門內就是一個黑暗的平原，這裏算是地獄的邊廊，所有自私的，懶惰的，以及此類的鬼魂都在那裏，被黃蜂及大水蜂所螫刺，且永遠在一面旋轉的旗的後面追跑着他們經過了平原，到了阿齊櫳河 (The River Acheran)，即愁河．在察龍 (Charon) 的渡頭，有羣衆聚着待渡．那個兇惡的老人，眼睛如火輪似的，渡了他們過去．但丁驚怖的在恍惚着，忽被一陣雷聲所驚，則他們已到了岸．自此，他們走下林拔 (Limbo)，即地獄的第一級．他在那裏見到異教的諸大哲學家，他們生前雖高貴，卻不曾受過洗禮．荷馬，賀拉士，奧維特都歡迎但丁，如他們中的一個．走下了第二級的地獄，但丁在進口處見到米諾士 (Minos)，地獄的裁判官，是一個可怕的具有人頭的狗，他在那裏施行有罪的戀愛者的責罰；他們如鷺鷥似的被狂風所吹捲．他們看見許多古代著名的戀愛者，如依里亞特中的海崙 (Helen)，柏里斯 (Paris)，以及其他．其中有法蘭昔斯加 (Francesca) 及她的情人寶洛 (Paolo)，其故事極悲慘．但丁使此故事不朽．其事是法蘭昔斯加她自己告訴他的——怎樣的他們一同被她的丈夫里米尼 (Rimini)

之主跛約翰(John the Lame)所殺死。他們到了第三級的地獄，在那裏，貪食者臥於泥塗中天上永遠的落下冰雹雪，以及污水同時巨犬西壁勞(Cerberus)又向他們嚎吠着，撕咬着。在第四級地獄，他們起首看見財富之神柏魯托斯(Plutus)領管着敗家子與守財奴，這些鬼魂的時間全消磨在轉運巨石以互相壓炸；再進一層，便到了可怕的沼澤斯的克士(Styx)，在這沼澤裏，兇惡者的鬼魂如黃鱔似的在捩曲着；在這種黑水中憤怒者的鬼魂也在爭鬭着。

以後，他們又到了一座高塔之下，從塔上射出二個作符號的火光；火光現在他們看見了柏里加斯(Phlegyas)，湖中的渡者，迅速的過來，渡他們過了湖的對岸。從陰慘的霧氣中，看見火光焰耀的薩坦的狄士(Dis)城的塔頂與尖閣之頂。各城門都是一羣魔鬼在守着；城堞之上，染着血的復仇女神們，撕拉着他們頭髮的蛇，銳聲叫米杜莎(Medusa)把來客變成了石像。一個喜悅驕貴的天使，迅速的走過湖面，足並不濕，把這些惡魔趕出了大路之外，於是這兩位詩人便進了城，見到一片大平原，平原上都是無掩蓋的墳墓，每個墳墓都是火，被這紅熱的牀所握捉着的都是那些異教者的痛苦的鬼魂。從這些墳中，法林那他(Farinata)的驕傲的鬼魂，抬起他的頭，看去似乎很以地獄之苦自娛。

二人又沿着一道裂岩的荒溝走下了第七層的地獄。他們到了血川，在川中站立着的是暴君們，一陣人頭馬身的東西(卽所謂Centaur)，以齊龍(Chiron)爲首領，在河岸上往來疾馳，以箭射這些罪人。他們還在第七層地獄裏，走進了一座自殺者的陰慘的森林，自殺者的鬼魂都變成了粗的生機不發達的樹，樹上生着毒果，供鷲身婦人面的大鳥(卽所謂Harpy)吃；又有別的鬼魂逃過了這座森林，後面追着的是地獄的獵狗。這座森林之前，是赤裸的平原，卽一片灼熱的沙地；這沙地是暴亂之區，天上徐緩的吹下永久的火燃的雨。他們沿着流過沙地的血川的岸走去，到了一個地方，那裏血水成了一個瀑布，流下深谷去。委琪爾把但丁的衣帶解下，抛入深淵之中，他們看見應這個符記之召而起的是一隻巨異可怕的東西，經過黑漆漆的空中而遊來，——牠就是奇里安（Geryon）．（三身而生翼的巨怪）他們騎在奇里安的背上，下至了第八層的地獄，這個地獄，分成了十個深谷，乃是懲罰各種的欺詐者的地方．第一谷裏是引誘婦女者，爲生角的惡鬼所鞭打．第二谷裏是諂媚者，浸溺於汚水之中．其他一谷中是買賣聖職者（Simonists）他們的頭倒植於深狹的洞中，其足伸出於岩石的地平線上，如燈似的燃燒着．又有一谷裏是虛僞的先知者，他們的頭頸扭向後面，所以他們的面只是向着身後．過此，又到了一條其中載着滾熱的柏油的壕溝，在這壕溝裏是吞款者的鬼魂，他們在熱油中遊着，有時潛入油中；看守着他們的是許多手執尖叉的身有黑翼的惡鬼．他們兩人又沿着深谷，看見了僞善者爲金色的鉛冠所壓倒；竊賊悲苦的變成了蛇，又由蛇變成了人身；惡毒的參議員們，每人都有火光如奇異螢火蟲似的在他們喉頭上跳舞；奸臣與別立教門者帶着奇傷，其中有一鬼魂名白里安（Brian），生前曾反叛英王亨利第二，他對但丁說話．

以後，這兩位詩人又向第九層地獄進行。大角的聲響如雷聲似的震刺他們的耳膜。不久，他們便看見三個巨人站在地獄的最下層的邊界。其中之一巨人，名安托士(Antæus)的，把他們舉起，放下在陷淵之底，這個地方是一個永久的冰的海，痛苦的鬼魂的形狀如蠅在水晶中一樣；有兩個鬼魂同被凍於一個穴中，其一如狗似的咬着其他一個的骷髏。他告訴但丁他的悲慘的故事。他是奧格林諾(Ugolino)，同着他的孩子們被人拋進飢餓之塔內餓死。他講到的他的兩個孩子之死，是世界上最悲慘的故事之一。他的伴侶是大主教魯琪(Ruggiere)，卽把他們送進塔中的。於是我們在此見了最後的景色；地獄的最下層，名猶狄加(Judeca)卽從猶太(Judas)得名的，乃是大奸人們的所在。最大的叛者薩坦永久的站在牠的中心，嚙着三個罪人在他的三個大嘴裏；他的漠大的蝠翼扇出一陣冰冷的風，可以把所有的海都凍結了。兩位詩人經過他面前，由一道長的陡峻的通路，走到淨土的山上，在平靜的繁星照着的天空之下。但丁之描寫淨土，與別的中

但丁及他的領導者委琪爾被一巨人放下了地獄的最下層，那裏是冰的海，薩坦居其中心。

世紀作家不同；但丁想像淨土是在露天之下的環繞於淨土的山的四周的陡坡的，有七個圈層，每一層與中世紀教會所認爲七個死罪之一相應，在較下一層是贖靈魂之罪的；在第四層，是贖靈魂並肉體之罪的，在三個最高層是僅贖肉體上之諸罪的。在每一層之首，都有與某種罪惡相反之某種善德的例子，且在每一層之末，都站立着一個天使，以像徵某種之善。最後，但丁與他的領導者經過了淨土的最後一層，便進了「地上的天堂」(Earthly Paradise)；在這個地方之末，但丁看見比特麗斯坐在車上，身上穿着紅的，白的，綠的神秘之色的衣，頭戴着橄欖葉的圈環，——智慧與和平的像徵——放下白如雪的面紗，四周有一百餘的天使圍繞着，唱着歌，散着花朵。她一來，委琪爾便消失不見了，他是復回到他出來的林拔(Limbo) 的陰鬱的住所去了。

於是但丁隨了比特麗斯到了『天堂』(Paradise)，這裏是神曲中的最光榮的所在。比特麗斯領導了但丁，走過九天，他們到了不動而固定的天，名爲『火天』

(Empyrean)的那七層較低的天，以月；日，及行星等爲名，第八天則以恆星爲名．所有這八層的天在地上都可以見到．在他們之上的是第九天或名『晶天』，這個天以牠的運動指導其他諸天的每日的行動．自然界都發生於此；時與動俱發源於此；所有世界上的所受的神的影響亦俱發動於此．在此天之上——幻像的頂點——乃是那無限無動的神聖之愛的海(Sea of divine love)，上帝在那裏祝福聖者們與天使們．

但丁神曲的舊的註釋家，說了許多話，論及他的神學，他的哲學，他的比譬的用法，以及這一類的東西；正如中世紀的委琪爾的註釋家一樣，他們不以他爲一個大詩人，卻當他爲一個有智能的預言家，從他的詩裏，引出好些上帝的預示．他們說，這一個聖山比特麗斯以之代表教會，別一個聖山，她又以像徵上帝的愛．對於這一類的話，凡是這個大詩歌，神曲，的愛者，都是掩耳不欲聞的．所有這種的廢物，都應掃入灰桶中，被我們完全忘記了他們；然後，但丁的這部大著，才能使我們賞悅牠的真相——一部偉大高超的詩歌一個不朽的喜與憂的故事，在人類的著作中無有可以與之比肩者。

六

法洛依沙特(Froissart)的英國，法國及西班牙史記(Chronicles of England, France, and Spain)是中世紀的史記的一個代表，就是所謂『歷史的傳奇』(The Romance of History)。法洛依沙特生於公元一千三百三十八年，他的大半生都消磨歐洲各國的宮庭之中；他往來各國，拾集遺聞逸事。他的主要的東道主是和善的皇后菲麗拜(Philippa)，愛德華第三之妻。他的史記是十四世紀的歷史，且是敍述英法間的戰爭的歷史。此書的著作目的，不以傳達史蹟爲主要，其主要之點，乃在——如作者所自言——『鼓勵一切勇敢的心，示給他們高貴的模範』並且，在第二層，也是一個畫像的陳列所，勇敢的王與貴族，——他們都是法洛依沙特所熟悉的——用他們自己的行爲與言語把他們自己描繪出來。

法洛依沙特很不注意平民;他們死了一千人,作者不爲之憂戚,但一個著名勇士之死,他卻受感動而至於哭.史各德(W. Scott)道:『他的歷史少一種敍述的空氣,而多一種戲劇的表現.人物活潑潑的在我們之前走動;我們不僅知道他們所做的事,且更知道所做的事的方式與進程,以及做事時所說的話……在法洛依沙特的書裏.我們聽見他所寫的武士們商決爭鬪的條件與襲擊的狀態;我們聽見兵士們呼喊着戰號;我們看見他們以靴距刺他們的馬;敘述的活躍使我隨了他們進戰之旋渦中.』

菲里甫・孔敏士(Philippe de Commines)所著的一部史書則與法洛依沙特之作完全異趣.他是法國路易十一時的首相,以忍耐與機警的政治手腕,打定了近代法蘭西的基礎.他的書不是熱烈的英雄的傳奇,乃是他所統治的時代的平心靜氣的評判的記錄.

七

在但丁既死之後與文藝復興時代之前，意大利曾產生了兩個大作家，卽彼特拉契（Petrarch）與鮑卡西奧（Boccaccio）。彼特拉契所寫的著作，有的用古臘丁文，有的用當時的意大利文。但他所以在文學史上占一重要的地位者，乃因他的用意大利文做的情歌，在這歌裏，他使綠娌（Laura）之名成了不朽。鮑卡西奧在一千三百四十四年至一千三百五十年之間，寫了他的傑作狄卡米龍（De Cameron）（卽十日譚）的大部分。這書是天方夜談式的散文著作；敍法洛倫斯城瘟疫流行，有女子七人，男子三人避疫於郊外花園中，每日每人談一故事，共十日，得故事百篇，大半都是戀愛的故事。當時的作家與後來的作家受此書的影響或取其中的故事爲他們的詩歌或戲劇的題材者不少。當時英國文學之父卻賽（Chaucer）的名作剛忒保萊的故事（The Canterbury Tales）卽受此書的感興。而作者鮑卡西奧被稱爲意大利散文之父，而他的故事集正是意大利國民性格的反映。

卻賽(Geoffrey Chaucer)是英國詩歌之父.他生於公元一千三百四十年.他的時代正是愛德華第三及黑親王(Black Prince)軍事屢勝之時.他少年時,被派至法國的英國軍隊內服務,後來在宮庭中得了一個小位置.後來到意法二國當外交官.在意大利,他遇見了詩人彼特拉契,又得讀鮑卡西奧的十日譚.當他坐下寫他的剛忒保萊的故事時.顯然他還沒有忘記了鮑卡西奧的故事集.剛忒保萊的故事的開始是一篇序幕,描寫一羣典型的中世紀的英國男人與婦人要從南瓦克(Southwark)的泰巴旅館(Tabord Inn)到剛忒保萊的聖·湯麥士(St. Thomas)的神殿去.——有武士,有女尼,有磨坊主人,有法律家,有牧師,有浴堂之妻等等.每一個人物都用很好的技能描寫出,英國的讀者覺得他們是真的男人與婦人.序幕之後,卻賽便敍每個遊客所述的故事;武士述一個古代的傳奇,女尼述一個『我們的貴婦』的傳說,牧師述一個鬼的故事,浴室之妻(Wife of Bath)述高文(Sir Gaerwain)與他的新婦的浪漫故事.這些故事的性質各各不同,有的

邵賽在愛德華第三的宮中.　(Fordmadox Brown 作)

邵賽二十歲時卽進宮.此後非出使於國外.卽侍從於宮中.

是喜劇的，有的是傷感的，有的是莊嚴的，有的是快樂的；其敍述都極有神色。

郤賽死於一千四百年。在他的時候，英國受教育的人仍舊以說着法國語爲高貴。郤賽在英國文學上的大功績卽在於他以英國話做詩而大得成功，使後來者不得不用他們本國的語言做詩與文。

與郤賽同時代的英國作家有威廉・藍蘭（William Langland），他於公元一千三百三十二年生於握克斯福州（Oxfordshire），曾作了"Piers Plowman"一書；有納翰・高弗（John Gower），他死於公元一千四百〇八年，其著作有"Pyramus and Thisbe"。"Piers Plowman"係描寫當時平民因西歐不息的無意識的戰爭所生的痛苦。

八

英國的湯麥士・馬洛里（Sir Thomas Malory）在中世紀之後半，作了一部著名的傳奇亞述之死（Morte d'Authur），這是中世紀後半的許多傳奇的代表著作亞述之死不是一部創作;其大體係從法國的幾部傳奇編輯而成的.但法國的這些傳奇亦係根據於古代克爾底(Celtic)傳說.所以『圓桌』(Round Table)的武士中,有一班英國的英雄,可以比得希臘神話及德國的拔尼龍琪歌中的英雄.

湯麥士·馬洛里的生平,據說係一個華委克州(Warwickshire)的上流社會中人,在公元一千四百四十五年時受了武士之職,且成了國會的一個議員.在玫瑰戰役時,他被敵軍所俘,亞述之死的一部分,卽爲在監獄中所作者.此書在一千四百七十年時告成;算是在印刷術引進前的最後的一部大著,且是英國第一部印字機中第一次印刷的書籍之一.

亞述之死是那些敍述亞述,龍西洛特(Launcelot)格拉哈特(Galahad),柏西瓦爾(Percival)忒里斯忒蘭(Tristram)及其他大人物的戀愛與冒險的單一故事的總集.全書分爲二十一部.第一部敍亞述的出生與早年的傳說.有一天,突然在一個英國禮拜堂的空地上出現了一塊大石與一把置在一塊鐵砧上的刀.金字寫在雲母石上道:『誰能從這塊石與鐵砧裏拔出這把刀,他便是全個英國的天生的王.』亞述從外面回家,到了空地上,立刻把刀把大石下拔出,因此,成了英國的王.他即位以後,有了許多冒險,有一次與十一個王及一大羣人大戰,他的武勇使所有的人驚奇.他娶了美麗的姬尼弗(Guenever),他們在威爾士的卡里安(Carleon)城裏榮盛的生活着,圍繞着許多武士與許多美麗的貴婦.武士中最勇敢的幾個坐在國王的最近

式里斯式蘭加入『圓桌』的武士之列

(William Dyce 作)

處，與他同坐在『圓桌』這些武士從亞述的宮中向各處出發冒險，——保護婦人，懲罰壓迫人者，釋救被迷者，鎖禁巨人與惡侏儒。讀他們的故事，正如隨他們戀愛着最大的情人，隨他們進了多塔的城，中古武士的夢境。這裏有許多可動人的故事：高文 (Gawaine) 與高海里士 (Gaheris) 與四個武士戰爭，被他們所敗，最後二人的性命因四貴婦的請求而得救；一個貴婦要求柏萊諾 (Pelinore) 的幫助，他爲了她與兩個武士爭鬪，第一擊卽殺死了他們的一個；綠湖貴婦 (the Lady of Lake) 從要燒灼他的大衣裏救了國王亞述，別一個貴婦又在考特・美爾・泰爾 (La Cote Mail Taile) 力戰一百武士時救了他；龍西洛特殺了一個擾苦一切貴婦的武士及一個守橋的奴隸；還有其他類此的無數故事，在這些故事裏，戀愛常是與武勇牠自己同樣的重要。

在亞述之死的中部描寫著名的武士忒里斯忒蘭很詳細。忒里斯忒蘭在法國學彈琴，打獵等；他打敗了『圓桌』的兩個武士，因此很榮耀的加入英國武士之列.他在亞述宮庭裏有大名,因他勇於私人的決鬭.他救了巴洛米特(Palomi-des)的性命,不久,他們又執武器相決鬭了.武里斯忒蘭說道:『你須記着你的允許,今天的夜半,你必須與我決鬭,』巴泊米特說道:『我不會失信的.』於是二人上了馬,並騎而去.

這大故事的最後,是悲劇的結局.武士龍西洛特與國王亞述之妻姬尼弗相愛.亞述不久卽死去.

王后姬尼弗 (Dante G. Rossetti 作)

希臘的神話借給雅典大戲劇家以題材；德國的民歌也給德國的大創作家以歌劇的故事，同樣的，馬洛里所敍的亞述的故事也感興了許多英國的作家。斯賓塞(Spencer)的仙后(Faerie Queen)向牠借材。彌爾頓(Milton)也在一千六百三十九年寫了一篇敍亞述之故事的史詩。其後的大詩人丁尼孫(Tennyson)，史文葆(Swimburne)，慕里斯(Morris)馬太・亞諾爾(M. Arnold)等，也俱曾以牠的材料作爲詩歌。

九

中世紀的文學史，終於魏龍(Francois Villion)的這個名字。魏龍是一個不幸的法國的盜賊詩人(poet-thief)，生於一千四百三十一年。他是一個强盜，且是一個殺人者，他的生活都消耗在巴黎的卑汚的阿爾沙特(Alsa-

魏龍

十五世紀的盜賊詩人.

tias)．他常常被捕，卻都能在行刑之前逃脫，如有神助一樣．最後，他從世界上銷聲匿影的離開了，沒有一個人知道他究竟是怎麼離去的，或到什麼地方去的．他死的時期不能知道，他葬的地方也沒有人曉得．

魏龍取了法國的古的詩式，而給他們以新的生命與新的美．他的詩極和諧．他譏嘲生命，他誇耀他的罪，但他的詩卻全在囚獄的陰影之下寫的，死的恐怖永沒有離過他．他似乎是敍說中世紀的苦與懼的，正如但丁之敍說他們的弘麗與理想，卻賽之敍說他們的快樂的笑聲一樣．

參考書目

一、黑暗時代 (The Dark Ages) 開爾 (W. P. Ker) 著，白拉克和特公司 (Wm. Blackwood & Sons) 出版的叢書歐洲文學的各時代 (Periods of European Literature) 之一．

二、十四世紀 (The Fourteenth Century) 史耐爾 (F. J. Snell) 著，亦為歐洲文學的各時代之一．

三、聖奧古斯丁的懺悔錄有樸塞（Pusey）的英譯本，爲鄧特公司（Dent）出版的萬人叢書（Everyman's Library）之一。

四、尼拔龍琪歌（The Lay of the Nibelungs）有愛里司・赫頓（Alice Horton）英譯，經倍爾（Eduand Bell）校訂的本子，爲佐治倍爾公司（George Bell & Sons）出版的彭氏叢書（Bohn's Library）之一。此書之前，並附卡萊爾（T. Carlyle）的論尼拔龍琪歌（The Essay on the Nibelengen Lied）一文。

五、行吟詩人（The Troubadours）察托爾（H. J. Chaytor）著，"The Cambridge Manuals of Science and Literature"之一，劍橋大學出版部（Cambridge University Press）印行。

六、但丁（Dante Alighieri）呑比（Paget Toynbee）著，美遜公司（Methuen）出版的握斯福傳記叢書（Oxford Biographies）之一。

七、但丁的神曲（Divine Comedy）有卡萊（Henry Francis Cary）的英譯本，在鄧特公司的萬人叢書中。又有諾頓（C. E. Norton）的散文譯本，共三册，由 Houghton Mifflin 公司出版。又

有蒲特勞 (A. J. Butler) 的譯本，亦爲散文的，由麥克美倫 (MacMillan) 公司出版。

八、法洛沙特 (Froissart) 的史記 (Chronicles) 在鄧特公司的萬人叢書中有之。

九、彼忒拉契 (Petrarch) 的詩集 (Sonnets, Triumphs and Other Poems) 有倍爾公司出版的彭氏叢書本。

十、從狄卡美龍裏選的四十小說 (Forty Novels from the Decameron)，洛忒萊琪公司 (Routledge) 出版；有慕萊 (Henry Morley) 的序言。

十一、麥洛里 (Malory) 的亞述之死 (Morte d'Arthur) 共二册，在鄧特公司出版的萬人叢書內。

十二、魏龍的生平與時代 (François Villon, His Life and Times) 史泰克普爾 (H. de Vere Stacpooles) 著，赫清遜 (Hutchinson) 公司出版。

第十三章　中世纪的中国诗人上

第十三章　中世紀的中國詩人上

一

中世紀的歐洲文學，可算是在黑闇的時代，重要的作家極少，不朽的名箸，除了神曲及諸國民歌外，也並不多見；但在這個同一的時代，中國的文學，卻現出十分絢爛的光華，重要的詩人產生了不少，不朽的名箸也時時的出現於各時代的文壇裏，到了中世紀的末期，且有偉大的小說家及戲曲家的出現。（在這個時候，歐洲的小說家還沒有一個出現。）現在分數章來敘述這個時代的文學，頭兩章敘「詩」與「詞」，以後兩章則敘小說與戲曲。這個時代，包括中國的齊代（公元四百七十九年起）至明代的中葉（約公元十五世紀前後，）正是中國文學最發達的時代，所謂「唐詩」「宋詞」「元曲」以及「明的小說」等，不朽的作品都已包括在內．

這個時代的詩歌，可劃分爲二期，第一期可稱爲「第一詩人時代」卽自沈約等變詩之古體爲近體起，中經五七言律絕詩之大發達，至唐五代間此種詩體之衰落爲止，第二期可稱爲「第二詩人時代」卽自五代時「詞」之一體的開始發展起，至宋元之間此種詩體之衰落爲止．此後則劇詩，卽所謂「曲」的，大爲盛行，已入於戲劇家的時代，重要的大詩人殊不多見於中國文壇上了．

二

第一詩人時代雖開始於沈約，而實導源於曹植及建安諸子，那時，五言的詩體已代四言的古詩體而盛流行於文壇，詩句亦漸由散漫而變爲對整，由樸質而趨於雕琢．此後，到了宋之顏延之，謝靈運，詩體益復漸於靡麗整齊，如『白雲抱幽石，綠條媚清漣』之句，可爲當時詩歌的一個例子．到了齊初，沈約，王融，謝朓諸人出，便把古代的散漫的詩體改變了，創成一種新的詩的韻律，要大家來遵守．在他們之前，所謂詩之韻律是十分的自由，任詩人自己去自由的運用的，自此以後，便有了一種固定的格式來範圍後來的詩人了．當時的作家無不拜倒於這個新韻律的規則之下，雖蕭衍自稱獨不受其壓迫，然於無意中究竟也多少被圈入了他們的範圍之內而不盡能自脫．試讀下列諸詩：

『抱月如可明，懷風殊復清．絲中傳意緒，花裏寄春情．掩抑有奇態，淒鏘多好聲．芳袖幸時拂，龍門空自生．』

——琵琶（王融作）

『嬋娟倚窗北，結根未參差．從風既嫋嫋，映日頗離離．欲求棗下吹，別有江南枝．但能凌白雲，貞心蔭曲池．』

——秋竹曲（謝朓作）

『洛陽大道中，佳麗實無比．燕帬傍日開，趙帶隨風靡．領上蒲萄繡，腰中合歡綺．佳人殊未來，薄暮空徙倚．』

——洛陽道（沈約作）

『春草醉春煙，深閨人獨眠．積恨顏將老，相思心欲然．幾回明月夜，飛夢到郎邊.』

——聞思(范雲作)

這些詩顯然的已與齊以前的詩歌異趨,而成爲唐代律絕詩的先聲了.

此時之詩的新韻律所以創成者,以受梵文發音之法的影響爲主要原因.齊有周顒作四聲切韻,定平上去入四聲.沈約本之作四聲譜,倡言爲詩當講究四聲,以求其諧合.當時詩人謝朓,王融和之,於是詩的新韻律遂告成立.他們的詩,世呼爲『永明體』.(永明爲齊武帝年號,起自公元四百八十三年,終於四百九十三年).這個新韻律後來詩人受其影響者極久,且亦極深.

三

沈約字休文,吳興武康人,生於公元四百四十一年(卽宋文帝元嘉十八年).幼時,甚貧苦,以篤志好學,研通羣籍,漸得名於世.初仕宋爲尙書度支郎.入齊爲步兵校尉,管書記,侍太子.又曾出爲東陽太守.此時,約已爲當代文士的領袖,他的提倡詩的新韻律,卽在此時.他的四聲譜已佚,但他的主張,可在他的謝靈運傳後,

（宋書卷六十七）所說的幾句話裏，見其一斑：『夫五音相宣，八音協暢，由乎玄黃律呂，各適物宜，欲使宮羽相變，低昂互節，若前有浮聲，則後須切響。一簡之內，音韻盡殊，兩句之中，輕重悉異。妙達此旨，始可言文。』他以爲這種話是由他自己創始的。『自騷人以來，此祕未覩。至於高言妙句，音韻天成，皆闇與理合，匪由思至。』雖陸厥給他一信，說他這話不對，然而在我們看來，新的詩體之成立，約實爲其首功，在他之前，此種主張，未見有人提倡過，所以這話並不算是他的誇誕之辭。蕭衍奪齊祚，改國號爲梁時，約爲盡力贊助者之一，以此，得封建昌縣侯，爲尙書僕射。其卒年爲公元五百十三年（卽梁武帝天監十二年）所著書甚多，存於今者有宋書百卷及文集九卷，其他著作並散佚。在他的文集中，以詩歌爲最好。鍾嶸說：『觀休文衆製，五言最優。』如石塘瀨聽猿：『噭噭夜猿鳴，溶溶晨霧合，不知聲遠近，惟見山重沓，既歡東嶺唱，復佇西巖荅。』及六憶詩：『憶來時，灼灼上堦墀，勤勤敘別離，慊慊道相思，相看常不足，相見乃忘饑。……憶眠時，人眠强未眠，解羅不待勸，就枕更須牽復恐傍人見，嬌羞在燭前。』諸作，俱爲其佳著。

謝朓的詩名，在當時較沈約爲著。朓字玄暉，陳郡陽夏人，其生年約在公元四百六十四年至四百九十九年。初爲豫章王太尉行參軍，後出爲東海太守，又爲宣城太守，遷至吏部郎，兼衞尉。江祏以東昏王失德，欲立始安王，謀於朓，朓依違不決，且言於外，遂被殺。他的詩，沈約極好之，嘗云：『二百年來無此詩也。』李白亦傾心於他。論者謂其詩佳處如靑苔紅葉，濯於春雨，秀色天然可愛。大約如懷故人：『芳洲有杜若，可以贈佳期。望望忽超遠，何由見所思。行行未千里，山川已間之。離居萬歲月，故人不在前。淸風動簾夜，孤月照牕時，安得同攜手，酌酒賦新詩。』如晚登三山還望京邑：『灞涘望長安，河陽視京縣。白日麗飛甍，參差皆可見。餘霞散成綺，澄江靜如練。喧鳥覆春洲，雜英滿芳甸。去矣方滯淫，懷哉罷歡宴。佳期悵何許，淚下如流霰。有情知望鄉，誰能鬒不變。』諸作，俱可算是他的好詩。

王融字元長，琅琊人，生於公元四百六十八年（卽宋明帝泰始四年）舉秀才，爲太子舍人．與竟陵王蕭子良交好．齊武帝病篤，融謀立子良不得．後鬱林王卽位，便捕融下獄死，時爲公元四百九十四年，融年才二十七．他的詩，不足與謝朓比肩，論者頗譏其琢飾，然亦偶有佳句，如古意：『遊禽暮知反，行人獨不歸，坐銷芳草氣，空度明月輝．嚬容入朝鏡，思淚點春衣．』亦有自然之趣．

同時作者有蕭子良，謝超宗，王儉，劉繪，張融，孔稚珪，陸厥諸人．蕭子良爲齊宗室，封竟陵王，有文集四十卷，在當時爲諸文士的館主．謝超宗詩，佳者殊少，鍾嶸謂其祖襲顏延之．王儉在齊爲左僕射，文筆爲世所重．劉繪在齊爲中庶子，鍾嶸稱他與王融『並有盛才，詞美英淨．至於五言之作，幾乎尺有所短．』張融字思光，爲司徒左長史，自名其集爲玉海．孔稚珪字德珪，爲太子詹事，與張融情趣相得．陸厥字韓卿，死時年甚輕，曾與沈約討論聲韻．凡此諸人，其詩存者俱不多，且亦不甚重要，故不詳述．

四

後此數年，蕭衍卽位爲皇帝，改國號爲梁。他與他的兒子統（昭明太子）綱（簡文帝）及繹（元帝）俱喜爲詩，且亦有天才，故當時朝士亦多爲詩人。其中著名者有江淹，范雲，任昉，王僧孺，庾肩吾，柳惲，何遜，邱遲，吳均，到溉，到洽，王筠，徐陵，庾信，王褒諸人；沈約在當時則爲老年的領袖詩人。

蕭衍字叔達，南蘭陵中都里人，生於公元四百六十四年（卽宋孝武帝大明八年）。初仕齊，與沈約，謝朓，范雲，任昉諸人並爲蕭子良所友善，同遊於他的西邸。公元五百零二年，奪齊祚，卽皇帝位。晚年侯景作亂，衍被圍於台城，飢餓而死，時爲公元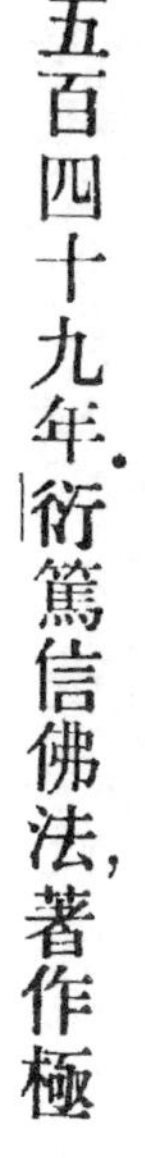五百四十九年。衍篤信佛法，著作極

蕭衍

多。他的詩喜爲豔語，時有深情的製作，如子夜四時歌，白紵辭，江南弄等俱爲佳作。

統字德施，爲衍之長子，生於公元五百零一年，卒於公元五百三十一年。他極喜愛文學，曾集文士選集古今詩文爲文選三十卷，又擇五言詩之善者爲文章英華二十卷。文選至今尚爲很有權威的文學選本。

綱字世纘，爲衍之第三子，統卒，他繼爲太子。他生於公元五百零三年，在公元五百五十年，即皇帝位，第二年即爲侯景所殺。他亦喜爲詩，自己嘗說：『余七歲有詩癖，長而不倦，然傷於輕豔，當時號曰宮體』如『夢笑開嬌靨，眠鬟壓落花。簟文生玉腕，香汗浸紅紗，夫壻恆相伴，莫誤是倡

蕭統

家』。

』(詠內人晝眠) 可爲一例。

繹字世誠，爲衍的第七子，生於公元五百零八年。初封湘東王。侯景之亂，他遣王僧辯討殺之，遂於公元五百五十二年卽皇帝位。後三年，西魏來伐，他被殺。他的著作甚富，有文集五十卷，孝德傳三十卷，忠臣傳三十卷。

江淹字文通，濟陽考城人，生於公元四百四十四年 (卽宋文帝元嘉十年)。宋時爲吳興令，齊時爲驍騎將軍。入梁，爲散騎常侍，封臨沮縣開國伯，以公元五百零五年 (卽梁武帝天監四年) 卒。他早年文名甚著，晚年才思微退，時人皆謂：『江郎才盡』。所作甚富，他自編爲前後集，前集二十卷，後集十卷，又撰齊史十志。他的詩在六朝詩人中尙爲不盡琢飾之作，如貽袁常侍：『昔我別楚水，秋月麗秋天；今君客吳坡，春色縹春泉……』，如悼室人：『適見葉蕭條，已復花蓊鬱。帳裏春風盪，簷前還燕拂。垂涕視去景，摧心向徂物。今悲輒流涕，昔歡常飄忽。幽情一不弭，守歎誰能慰』。可爲一例。鍾嶸謂淹『詩體總雜，善於摹擬』，實則其摹擬之作，俱未見得好。

范雲字彥龍，南鄉舞陰人，生於公元四百五十一年（卽宋文帝元嘉二十八年）他在齊爲零陵內史。入梁，與沈約同輔政，封霄城縣侯，有文集三十卷。其卒年爲公元五百零三年（卽梁天監二年）。他爲文下筆輒成，未嘗定藁，時人每疑其宿構。鍾嶸謂他的詩『淸便宛轉，如流風迴雪』。但細讀其作，未見其足當此喻。

任昉字彥昇，樂安博昌人，生於公元四百六十年（卽宋孝武帝大明四年），死於公元五百〇八年（卽梁天監七年）。早年深爲王儉、沈約所推挹。梁初爲吏部郎中，掌著作。後出爲義興太守，又入爲祕書監，手校祕閣四部篇卷。所著文章甚富。他早年長於作應用文，而詩不工，世稱：『沈詩任筆』。昉深恨之。及其晚年，詩亦漸佳。然好用事，論者頗病之。如『誰其執鞭，吾爲子御。劉略班藝，虞志荀錄。伊昔有懷，交相欣勖。』（贈王僧孺）是其一例。

王僧孺東海郯人，生於公元四百六十五年（卽宋泰始元年），卒於公元五百二十二年（梁普通三年）齊時爲中書郎，領著作，他的著述甚多，有文集三十卷。其詩麗逸，如：忽不任愁聊示固遠：『去秋客舊吳，今春投故越。淚逐東歸水，心挂西斜月。未應歲貶顏，直以憂殘髮。』之類，可算是他的佳作。

庾肩吾字子慎，新野人，其生年與任昉諸人約同時。八歲能賦詩。嘗爲安西、湘東二王錄事參軍。蕭綱卽位，以他爲度支尚書，最後爲江州刺史，卒。有文集十卷。肩吾詩以整練稱，於『樹影臨城日，臕含度水風。遙天如接岸，遠帆似凌空。』（和晉安王薄晚逐涼北樓回望應教）諸句可見之。

柳惲與何遜，爲當時諸詩人中略能脫出浮豔雕琢之習者。惲字文暢，河東解人，齊時，蕭子良引爲法曹參軍。梁初，除長史，後爲吳興太守，甚淸正，郡民懷之。有集十二卷。何遜字仲言，東海郯人。梁天監中，出仕，爲建安王水曹參軍。王愛文學，日與宴遊。後除廬陵王記室，隨王往江州，卒。有集七卷。

邱遲字希範，吳興烏程人。鍾嶸稱其詩『點綴映媚，似落花依草。』梁初爲散騎常侍，後出爲永嘉太守，再入爲司空從事中郎。有集十一卷。張率字士簡，吳郡人。其生年較邱遲約後十年，齊時爲太子洗馬，梁時爲祕書丞，後出爲新安太守，有集三十八卷。

吳均字叔庠，吳興故鄣人，生於公元四百六十九年（卽宋泰始五年），卒於公元五百十二年（卽梁普通元年）。梁初爲郡主簿，著作甚富，文集二十卷。其文清峻，甚有影響於當時文壇，後進多斅之，謂之『吳均體』。如與柳惲相贈答：『秋雲靜晚天，寒夜方緜緜。聞君吹急管，相思雜采蓮。別離未幾日，高月三成絃。……』及詠懷：『僕本報恩人，走馬救東秦。黃龍暗迢遞，靑泥寒苦辛。野戰劍鋒盡，攻城才智貧。唯餘一死在，留持贈主人。』其情調頗異於當時他詩人。

王筠字元禮，一字德柔，琅琊臨沂人，生於公元四百八十一年（卽齊建元三年），卒於公元五百四十九年（梁太清三年）。有文集一百卷。梁時，爲祕書監，遷司徒左長史。沈約爲當時文宗，少所推服，惟見筠文，每以爲己所不逮，嘗謂蕭衍『晚來名家，唯見王筠』。但讀筠詩，未見能如約所稱許者，如春遊：『聚蘭已飛蝶，楊柳半藏鴉。物色相煎蕩，微步出東家。旣同翡翠翼，復如桃李花。欲以千金笑，迴君流水車』之類的詩，殊覺牽累琢飾，不能高出於當時的詩人。

這時，有蕭氏諸兄弟者，皆爲齊宗室之後，皆善於爲詩；如蕭子範，蕭子顯，蕭子雲及蕭子暉皆是。子範在梁爲光祿大夫，有集十二卷，子顯爲吳興太守，有集二十卷，子雲爲東陽太守，有集十九卷，子暉爲驃騎長史，有集九卷。

同時又有劉氏諸兄弟，孝綽，孝儀，孝勝，孝威，孝先亦皆善爲詩。他們是彭城人。孝綽最著名，頗負才陵人，曾爲吏部尚書郎，後左遷爲臨賀王長史，有文集十四卷。孝儀曾爲都官尚書，豫州內史，有集二十卷。孝勝爲司徒右長史，孝威爲太子中庶子，有集十卷。孝先爲黃門郎，後遷侍中。他與孝勝的詩，在兄弟中爲較劣下者。劉氏諸女，亦皆能詩，孝綽三妹，並有才學，一適王淑英，一適張嵊，一適徐悱，以徐悱妻爲最著，算是當時一個重要的女流作家。又有到溉，到洽二兄弟，亦彭城人，並能爲詩。

溉字茂灌，官吏部尙書；洽字茂沿，官尋陽太守，有文集十五卷.

徐陵字孝穆，東海郯人，生於公元五百零七年（即梁天監六年）.八歲能屬文.初爲梁晉安王參軍，遷至散騎常侍.爲元帝使齊，被拘留，後復得歸，仕陳爲吏部尙書，領大著作，封建昌縣開國侯.以公元五百八十三年（卽陳至德元年）卒.有文集三十卷.陵在陳時，爲一代文宗，於當時影響極大，曾編詩選，名玉台新詠，凡十卷，多錄豔婉多情之作，可見其所好.他的詩也是如此，如春日：『岸煙起暮色，岸水帶斜暉.逕狹橫枝度，簾搖驚燕飛.落花承步履，流澗寫行衣，何殊九枝蓋，薄暮洞庭歸.』是其佳作之一斑.

庾信與王褒皆初仕於梁而後仕於周者，他們以南人入北朝，頗變當時北人的粗澀的文風，而他們自己也不免受些北方環境的影響，將風格略略變異.庾信字子山，肩吾之子，生於公元五百十三年（卽梁天監十二年）.初爲湘東國常侍，與父肩吾及徐陵並爲抄撰學士.他們才華耀輝，所爲詩文並綺豔，爲時人所楷式，世號爲徐庾體．信後聘於周，被拘留于長安，禮遇甚厚，爲開府儀同三司，尋徵司宗中大夫．以公元五百八十一年（卽周大定元年）卒．有文集二十一卷．信在北雖蒙厚待，然常有家國之思，所作哀江南賦，曾感動了不少人；其晚年的詩亦因此而益蘊深情．如怨歌行：『家住金陵縣前，嫁得長安少年．回頭望鄉淚落，不知何處天邊．胡塵幾日應盡，漢月何時更圓？爲君能歌此曲，不覺心隨斷弦，』如詠懷：『楚材稱晉用，秦臣卽趙冠，離宮延子產，羇旅接陳完．寓衞非所寓，安齊獨未安．雪泣悲去魯，悽然憶相韓．唯彼窮運慟，知余行路難』諸詩，皆可見他的此種幽情．

王褒字子淵，琅邪臨沂人．其生年約與庾信同時．初仕梁爲吏部尚書，與蕭繹同爲周人所執，繹被殺，褒則執入長安，禮遇甚厚．時信已在北，二人同爲北人所仰模．褒官太子少保，後出爲宜州刺史，有文集二十一卷．他的詩亦深蘊家國之思，如渡河北：『秋風吹木葉，還似洞庭波．常山臨代郡，亭障繞黃河．心悲異方樂，腸斷隴頭歌．薄暮臨征馬，失道北山阿．』又如『歲晚悲窮律，他鄉念索居．寂寞灰心盡，摧殘生意餘。』（和殷廷尉歲暮）與庾信諸作有同一情調。至如『松古無年月，鵠去復來歸。石壁藤爲路，山窗雲作扉。』（過藏矜道館）之類的詩，則陶潛以後，久未見此種清雋之作了。

五

陳承梁後，作風未易。陳後主叔寶卽皇帝位後，尤喜招延文學之士，其自作詩亦甚靡麗。當時詩人以徐陵爲首，次則有江總，陰鏗，張正見，沈炯等。江總字總持，濟陽考城人，生於公元五百十九年（梁天監十八年），初仕於梁，後入陳，官尙書僕射。隋滅陳，總入隋爲上開府。以公元五百九十四年（卽隋開皇十四年）卒。有文集三十卷。總爲詩於五言七言尤善，然傷於浮豔。如歲暮還宅：『悒然想泉石，驅駕出成台。翫竹春前筍，驚花雪後梅。靑山殊可對，黃卷復時開。長繩豈繫日，濁酒傾一杯。』卽其一例。陰鏗字子堅，武威人。初仕梁爲湘東王法曹行參軍。入陳，爲晉陵太守，散騎常侍卒。有集三卷。他的五言詩爲世所重，風格甚類何遜，故時人每以陰何並稱。張正見字見賾，清河東武城人。梁時爲彭澤令，因亂避住匡俗山。入陳，爲散騎常侍。太建中卒。有集十四卷。沈炯字禮明，吳興武康人，約之後。仕梁爲吳令，元帝立，領尙書左丞。入陳爲御史中丞，後又爲明威將軍。有前集七卷，後集十三卷。

六

上面所敍的都是南方的文士，至于北方的文學，則著名的作家極少；其詩初尙質樸，不染南朝浮豔之習。其時，較著的詩人有高允，溫子昇，王德，邢邵，魏收，蕭慤，高昂諸人。高允字伯恭，渤海蓨人，官鎭軍大將軍，領中祕書，歷事魏五帝，有集二十卷。溫子昇與邢邵二人的詩，其情調已近於南方，所以庾信北來，惟稱許他們二人。子昇字鵬舉，太原人，官侍中，後下獄死。有集三十九卷。邵字子才，河間鄭人，在北齊官太常卿，有集三十卷。魏收字伯起，鉅鹿下曲陽人，仕魏典起居注，與子昇及子才齊名，時號三才子。後官尙書右僕射，有集七十卷，又有後魏書一百三十卷，甚著名。蕭慤字仁祖，蘭陵人，爲梁宗室，後入齊爲太子洗馬。有集九卷。王德生平無考，其詩僅傳春詞一首：『春花綺繡色，春鳥絃歌聲，春風復蕩漾，春女亦多情，愛將鶯作友，憐傍錦爲屏，回頭語夫壻，莫負豔陽征。』此爲北人不易得之佳著。高昂字敖曹，北海蓚人，齊初爲侍中司徒，好爲詩，雅有情致。其詩今傳者數首而已，然征行詩：『壟種千口牛，泉連百壺酒，朝朝圍山獵，夜夜迎新婦。』却甚爲後人所稱。

約在此時，無名詩人曾作敕勒歌：『敕勒川，陰山下，天似穹廬，籠蓋四野，天蒼蒼，野茫茫，風吹草低見牛羊。』此詩寫北方荒野景色，直浮現於讀者之前，博得後人極端的傾倒，可謂爲最帶北方色彩的詩。然自北人漸與南方文士接觸後，此種作品卽漸消失不見，到了庾信王褒北來，他們受了感化，更努力的去學『徐庾體』的詩。及隋平陳，南士北來者益多，北部作家受了南方文學的洗禮者益多。隋煬帝楊廣，亦甚好文學，且能自作詩，有集五十五卷。其詩如悲秋：『故年秋始去，今年秋復來，露濃山氣冷，風急蟬聲哀，鳥擊初移樹，魚寒欲隱苔，斷霧時通日，殘雲尚作雷。』如失題：『寒鴉飛數點，流水遶孤村。』卽南士亦不能及。因之當時朝士能詩者甚衆，以楊素，盧思道，薛道衡，爲最著。楊素字處道，弘農華陰人，初仕周，入隋爲丞相，封越國公，有集十卷。其贈薛播州詩十四首，北史稱其『詞氣穎拔，風韻秀上，爲一時盛作。』今讀：『北風吹故林，秋聲不可聽。雁飛窮海寒，鶴唳霜皐淨。含毫心未傳，聞音路獨敻。唯有孤城月，裴徊獨臨映。弔影余自憐，安知我疲病。』諸句，誠爲當時不易得之作。盧思道字子行，范陽人。齊時入仕，至周授儀同三司。入隋，爲散騎侍郎，有集三十卷。薛道衡與思道齊名當代，他爲河東汾陰人，字玄卿，在齊爲散騎常侍。隋文帝時，嘗使於陳。時陳文章稱盛，道衡所作，卻常爲他們所傾倒。後楊廣卽位爲皇帝，道衡因先與有隙，被殺，有集七十卷。此數人外，尚有李德林，柳䛒，諸葛穎，許善心，王胄諸作者，亦頗有名於世。

當時並出數女流作家，頗有深情之作。楊廣宮女侯夫人嘗作自感：『庭絕玉輦迹，芳草自成窠。隱聞簫鼓聲，君恩何處多。』及自傷『長門七八載，無復見君王。春寒入骨淸，獨臥愁空房。……平日親愛惜，自待卻非常。色美反成棄，命薄何可量。

……家豈無骨肉，偏親老北堂．此身無羽翼，何計出高牆．……』因縊於棟下而死．此種詩讀之不僅爲侯夫人一人悲，直可作爲無量數的「何計出高牆」的宮女的悽切的呼聲！又有李月素作贈情人：『感郎千金意，含嬌抱郎宿．試作帷中音，羞開燈前目．』及其他女詩人作數詩，俱爲不下於子夜歌之戀詩，然這數詩俱不見於可據的古書，僅見明刻續玉台新詠及詩紀，似未可信．

無名詩人的作品，如雞鳴歌：『東方欲明星爛爛，汝南晨雞登壇喚．曲終漏盡嚴具陳，月沒星稀天下旦．千門萬戶遞魚鑰，宮中城上飛烏鵲．』及歎疆場：『聞道行人至，妝梳對鏡台．淚痕猶尚在，笑靨自然開．』俱可爲好詩．又有盛傳於許多時代的婦孺口中的木蘭辭亦爲此時前後的無名詩人的產品．

七

隋祚爲唐所奪後，唐太宗李世民甚好文學，開文學館延當代文士．此後高宗，武后，玄宗繼之，俱甚注意詞章，且以詩登用人才，是以當時朝士俱能爲詩．詩人如雲之突起，如浪之洶湧；全唐詩凡九百卷，錄者凡二千二百餘人，得詩四萬八千九百餘首；此三百年中所存之成績，實較自詩經至隋的千餘年間爲多過數倍。論者分唐全時代的詩歌爲四時期，卽初唐，盛唐，中唐，晚唐。初唐者，自唐初至於玄宗開元之初，凡百餘年；盛唐者，自開元至代宗大歷之初，凡五十餘年；中唐者自大歷至

武后

於文宗太和九年，凡七十餘年；晚唐者，自文宗開成之初至於唐末，凡八十餘年。初唐的著名詩人爲魏徵與王勃、楊炯、盧照鄰、駱賓王之四傑及陳子昂，沈佺期，宋之問，劉希夷，張若虛之流，盛唐的著名詩人爲李白，杜甫，王維，孟浩然，王昌齡，高適，岑參之流。中唐的著名詩人爲韋應物，韓愈，柳宗元，白居易，元稹，

劉禹錫，孟郊，賈島之流，晚唐的著名詩人，爲杜牧，李商隱，溫庭筠，羅隱，司空圖，陸龜蒙，杜荀鶴之流。女詩人亦時出，如上官婉兒，魚玄機之流，亦可稱爲大作家。但這四個時期的區分，並沒有什麼劃然的疆域，且每一個時期，亦不能見其獨特的作風，譬如盛唐的一期，作家如李，杜，高，岑之流。各有其作風，決難能有任何共同的情調與色彩。所以我們殊不必從這個區分。

八

自隋入唐的詩人，有虞世南，陳叔達，褚亮，李百藥，王績諸人。虞世南，字伯施，越州餘姚人，初爲徐陵所知。入隋爲祕書郎，入唐爲祕書監，有集三十卷，又

魏徵

善書，爲世所寶愛。陳叔達字子聰，陳之宗室，入隋爲絳郡通守，入唐爲禮部尙書，有集十五卷。褚亮字希明，杭州錢塘人。入隋爲太常博士，在唐爲散騎常侍，有集二十卷。李百藥字重規，爲李德林子，隋時爲學士，入唐爲中書舍人。王績字無功，絳州龍門人，在隋爲六合縣丞，有文集五卷。

魏徵爲唐之第一詩人；徵字玄成，魏州曲城人，少有大志。隋亂，詭爲道士，初從李密，後歸李世民，拜諫議大夫，有文集二十卷。他的詩存者雖不多，然剛雋慨慷，一洗六朝靡麗之習，其述懷：『中原初逐鹿，投筆事戎軒。縱橫計不就，慨慷志猶存。杖策謁天子，驅馬出關門。請纓繫南粵，憑軾下東藩。鬱紆陟高岫，出沒望平原。古木鳴寒鳥，空山啼夜猴。旣傷千里目，還驚九折魂。豈不憚艱險，深懷國士恩。季布無二諾，侯嬴重一言。人生感意氣，功名誰復論』一詩，足以開後來的作風。繼之而起的詩人有來濟、李義府、許敬宗及王、楊、盧、駱之四傑。來濟爲揚州江都人，貞觀時爲庭州刺史。突厥入寇，濟赴敵死。有文集三十卷。李義府，瀛州饒陽人，爲中書舍人，後貶推州以死。當時與來濟並有文名，號稱『來李』。敬宗字延族，杭州新城人，爲禮部尚書。許李二人甚善逢迎諂媚，故爲世所詬病。

王勃字子安，絳州龍門人，生於公元六百四十八年（卽唐貞觀二十二年）。幼極聰慧，六歲能文詞，九歲卽知指摘顏師古漢書註之誤。年未及冠，才名已揚聞於京邑。授爲朝散郎，客於沛王府。上元二年，往交趾省父；渡南海，溺水而死，年僅二十九。勃著作甚富，有文集三十卷。楊炯華陰

王子安

人，幼亦敏慧，神童舉，拜校書郎。後爲盈川令。有文集三十卷。盧照隣字昇之，幽州范陽人。初爲鄧王府典籤，王稱他爲『寡人之相如』。後拜新都尉，染風疾去官，居於太白山中。病益甚，不堪其苦，遂自投潁水而死。時年四十，有文集二十卷。駱賓王，婺州義烏人，善五言詩。少落魄不護細行，好與博徒遊。高宗末爲長安主簿，後又失官。徐敬業舉兵討武氏，賓王爲他書記。敬業失敗，賓王亦被殺，或傳其遁去爲僧，似爲附會之辭；他有文集十卷。這四個人同時飛揚於上元前後的文壇之上，時人因並

盧新都

稱之爲『四傑』。他們的詩頗襲六朝繁縟之遺習，未能有甚大的特創的成績。惟盧照隣臥疾甚久，因之生厭世思想，其詩遂間有特異之情調；如羇臥山中：『臥壑迷時代，行歌任死生。紅顏意氣盡，白壁故交輕。澗戶無人跡，山窗聽鳥聲。春色緣巖上，寒光入溜平。雪盡松帷暗，雲開石路明。夜伴飢鼯宿，朝隨馴雉行。度溪獨憶處，尋洞不知名。紫書常日閱，丹藥幾年成。扣鐘鳴天鼓，燒香厭地精。倘遇浮丘鶴，飄颻凌太清』。可見他的欲勉以仙境自解脫的心情；然幻想上的樂園，究敵不過肉體上的痛苦，他最後遂不得不以自殺爲免苦之唯一方法了。

繼四傑之後，大啓唐律之體格者，有宋之問，沈佺期二人，同時並有崔融，杜審言等助之。唐書本傳謂：『魏建安後訖江左，詩律屢變。至沈約庾信以音韻相婉附，屬對精密。及之問、佺期又加靡麗；回忌聲病，約句準篇，如錦繡成文。學者宗之，號爲沈宋』。所謂『律詩』之體式遂至此而形成。後世受其影響者至深。此種影響自然是不見得好的；後來大詩人之不能有甚偉大之詩篇，如委琪爾之阿尼特，米爾頓

(Milton) 之失樂園，但丁之神曲之類者，其重要原因，未始非因律詩之格律過於嚴整之故；且卽小詩亦頗受其害，『回忌聲病，約句準篇』之末弊，必至於強截文情或虛增蛇足以求合詩律。所以沈宋雖有大影響於後來的文學史，而其弊害亦極甚。宋之問字延清，一名少連，虢州弘農人（一作汾州人）。武后時，之問與楊烱分直習藝館。他媚附張易之兄弟。及武氏敗，他被貶隴州。中宗時，他又被召爲修文館學士。睿宗卽位，他再被配徙欽州，不久，被殺於徙所。有文集十卷。他的五言詩，當時無相比肩者。沈佺期字雲卿，相州內黃人，長於七言詩，與宋之問齊名。初爲給事中，後流驩州，又起爲修文館直學士，有文集十卷。之問的作風可於途中寒食題黃梅臨江驛寄崔融：『馬上逢寒食，愁中屬暮春。可憐江浦望，不見洛陽人。北極懷明主，南溟作逐臣。故園腸斷處，日夜柳條新。』見其一斑。佺期的作風可於古意呈補闕喬知之：『盧家少婦鬱金香，海燕雙棲玳瑁梁。九月寒砧催木葉，十年征戍憶遼陽。白狼河北音書斷，丹鳳城南秋夜長。誰謂含愁獨不見，更教明月照流黃。』見其一斑。杜審言字必簡，襄州襄陽人，以恃才傲世見嫉於人，爲修文館直學士，有文集十卷。崔融齊州全節人，爲國子司業，有文集六十卷。同時並有李嶠，蘇味道，王無競，閻朝隱諸人也與沈宋交往，而俱以能詩名於世。

不附庸於沈宋之例而能獨創一風格者有陳子昂。子昂字伯玉，梓州射洪人。家世富豪，少年時任俠使才，後苦志讀書，遂成一大詩人。初入京師，未見知於人。有賣胡琴者價稱百萬，豪貴傳視而不能辨。子昂排衆突出，顧左右以千緡市之。衆驚問，答曰：『余善此樂。』皆曰：『可得聞乎？』曰：『明日可集於某所。』衆如期偕往。即具酒肴，而置胡琴於前，捧琴曰：『蜀人陳子昂，有文百軸，馳至於京轂，碌碌於塵土而不見知於人。此樂賤工之役耳，豈宜留心哉！』舉而碎之，以其文遍贈於在會者。一日之內，聲華溢於都門，遂被舉進士。轉右拾遺。武攸宜伐契丹，以子昂爲書記。以父被貪吏所辱，還鄉里，竟被貪吏囚死於獄中。時爲公元六百九十八年（即武后聖歷元年），得年四十三。當唐顯慶龍翔間，『徐庾體』尚爲詩人的準式，及子昂的感遇詩三十八首出，爲當時第一出現的重要的五言古詩，始掃豔麗之舊習而趨於雅正勁鍊。王適見此詩，驚曰：『此子必爲海內之文宗』。子昂嘗自言曰：『文章道弊，五百年矣。漢、魏風骨，晉、宋莫傳。然而文獻有可徵者。僕嘗暇時觀齊梁間詩，彩麗競繁，而興寄都絕，每以永歎思古人，常恐逶迤頹靡，風雅不作，以耿耿也』唐之詩歌雖因沈宋而律詩以成立，然仍時時露淸勁樸質之氣分者，子昂的獨特的作風，實與以很大的影響。『本爲貴公子，平生實愛才。感時思報國，拔劍起蒿萊。西馳丁令塞，北上單于臺。登山見千里，懷古心悠哉。誰言未忘禍，磨沒成塵埃。』（感遇詩第三十五）這種詩在『沈宋派』盛行時，自然是極不易見得到的。

與子昂約同時而亦不受沈宋之影響者有劉希夷，張若虛。希夷一名庭芝，汝州人，爲宋之問之甥，少落魄不拘常格，後爲人所害。世傳係之問因欲奪得其詩，以土囊壓殺之，恐無此理。希夷之詩善爲從軍閨情，詩詞悲苦。有集十卷。若虛揚州人，爲兗州兵曹。他的詩存於今者僅二首，其中春江花月夜一首：『春江潮水連海平，海上明月共潮生.灩灩隨波千百里，何處春江無月明.江流宛轉遶芳甸，月照花林皆似霰.空裏流霜不覺飛，汀上白沙看不見.江天一色無纖塵，皎皎空中孤月輪.江畔何人初見月？江月何年初照人？人生代代無窮已，江月年年祇相似.不知江月待何人，但見長江送流水.白雲一片去悠悠，青楓浦上不勝愁.誰家今夜扁舟子？何處相思明月樓？可憐樓上月裴回，應照離人妝鏡台.玉戶簾中卷不去，擣衣砧上拂還來.此時相望不相聞，願逐月華流照君.鴻雁長飛光不度，魚龍潛躍水成文.昨夜閑潭夢落花，可憐春半不還家.江水流春去欲盡，紅潭落月復西斜.斜月沉沉藏海霧，碣石瀟湘無限路.不知乘月幾人歸？落月搖情滿江樹』爲不朽的佳作.

九

沈宋及子昂之後，便入於開元天寶的時代，這時代產生了不少的偉大的詩人，其中自以李白杜甫爲最重要.白詩以飄逸淸駿勝，如天馬之行空，如怒濤之回漩，汗漫自適，無往不見其卓絕的天才；甫詩則以沈靜莊肅勝，如笛師之作響，如明月之麗天，循規蹈矩，自守其天才於繩墨之中。二人因不能忘加以軒輊。惟後世詩人因白之駿逸的風神不易學，而甫之謹嚴的法度有可循，故所受於甫的影響較之白爲深久，然以詩論詩，則李白純爲詩人之詩，杜甫則有時太以詩爲他的感事傷時的工具，且其强求合於韻律之處，亦常有勉强牽合之病。

李白字太白，號靑蓮，隴西成紀人，以出生於蜀，故或又以他爲蜀人。他的生年爲公元七百零一年（卽唐長安元年）。少有逸才，志氣宏放，任俠尙氣，輕財重施，嘗因事手刃數人。他的與韓荆州書：『白隴西布衣，流落楚漢。十五好劍術，干於諸侯。三十成文章，歷抵卿相。』這可算是他早半生的自傳。他初年嘗隱於岷山。州舉不應。後出遊於襄漢，南從於洞庭，東至於金陵揚州，更爲客於汝梅，還至於雲夢。此時娶故相許氏之孫女爲妻。又識郭子儀於行伍之間，言於主帥，使脫其罪。既又去至齊魯，客於任城。與孔巢父諸人交好，居於徂徠山，號『竹溪六逸。』他之識杜甫，大約亦在此時，所以他的魯郡東石門送杜甫詩說：『醉別復幾日，登臨徧池台。何時石門路，重有金樽開？秋波落泗水，海色明徂徠。飛蓬各自遠，且盡手中杯。』此二大詩人的交誼至深，且歷時至久；白長流夜郎時，甫有天末懷李白之作：『涼風起天末，君子意如何？鴻雁幾時到，江湖秋水多。文章憎命達，魑魅喜人過。應共冤魂語，投詩贈汨羅。』又有夢李白：『死別已吞聲，生別常惻惻。江南瘴癘地，逐客無消息。故人入我夢，明我長相憶。恐非平生魂，路遠不可測。魂來楓林青，魂返關塞黑。君今在羅網，何以有羽翼。落月滿屋梁，猶疑照顏色。水深波浪闊，無使蛟龍得。』二人交誼之深摯於此可見。天寶初，遊於會稽，與道士吳筠共居剡中。筠被召至京師，因薦太白於朝，玄宗卽下詔徵之。白至京師，遇賀知章，知章一見嘆曰：『子誠謫仙人也』。玄宗甚禮待之。白在長安三年，不見容於宮庭中的親侍，乃請還山。這時他受道籙於齊州之紫極宮。他之受道籙，留意於神仙之事，似爲欲以幻夢的靜美的仙境寄頓他的狂熱的不合於當世的心情。此後，他又浮遊於四方，北至趙魏燕晉，西涉邠岐，經洛陽，淮泗，再入會稽，最後至於金陵。天寶十四年，安祿山作亂，白避地在廬山。

永王李璘辟他爲府僚.後璘失敗,白連坐當誅,賴郭子儀救護,得免死長流夜郎,中道遇赦還.此後的生活便在尋陽、金陵、歷陽、宣城等處度過,或乘扁舟而一日千里,或遇勝景則終年留居.最後,以族人李陽冰爲當塗令,往依之,遂病卒於當塗,年六十六,時爲公元七百六十二年,即唐肅宗寶應元年之十一月.或傳其欲探海中之月,遂踏水而死者,實非;大約乃後人欲以一種浪漫超奇的舉動以結束此浪漫超奇的大詩人的最後而故爲此說.白的詩散佚者極多,李陽冰嘗爲之編纂成集,後來又經數人的繼續增入,大約現在之李太白集,其中多少不免有誤入之作.白對於詩的見解,亦爲不重琢麗之文句而欲以真樸之美與讀者相見的.他的古風的一首說:『大雅久不作,吾衰竟誰陳!王風委蔓草,戰國多荆榛.龍虎相啖食,兵戈逮狂秦.正聲何微茫,哀怨起騷人.揚馬頹波激,開流蕩無垠.廢興雖百變,憲章亦已淪.自從建安來,綺麗不足珍.聖代復元古,垂衣貴清真.羣才屬休明,乘運共躍鱗.文質相炳煥,衆星羅秋旻.我志在删述,垂輝映千春.希聖如有立,絶筆於獲麟.』可算爲

酒僊

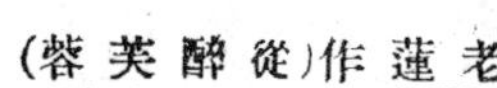

李白　老蓮作(從醉芙蓉)

他的宣言.他的詩誠爲具有最活躍的天才者,我們讀之,無往不見其瀟灑豪放之氣分,正如我們讀陶淵明時之見着陶氏的閑遠淡泊的情態一般.如『遙看漢水鴨頭綠,恰似葡萄初醱醅.此江若變作春酒,壘麴便築糟丘台.』(襄陽歌)『青天有月來幾時,我今停杯一問之.人攀明月不可得，月行卻與人相隨……今人不見古時月，今月曾經照古人。古人今人若流水，共看明月皆如此。』（把酒問月）『兩人對酌山花開，一杯一杯復一杯。我醉欲眠卿且去，明朝有意抱琴來。』（山中與幽人對酌）諸句，縱逸飛勁的文辭與他的浪漫豪放的心情直相映於我們之前。他的古樂府如遠別離，蜀道難，俱爲不朽的傑作，其音調之鏘亮，文辭之流順，如明珠之轉於玉盤，瀑布之倒於深潭，使人非一口氣讀完了不可。此外，如夢遊天姥吟，留別諸作，細畫出他所幻見的樂園，亦使人驚駭於他的想像力之豐富。李陽冰稱他：『馳驅屈宋，鞭撻揚馬，千載獨步，惟公一人』。韓愈詩言：『李杜文章在，光芒萬丈長。』決非過分的讚詞。

杜甫字子美，號少陵，襄陽人，乃審言之孫，生於公元七百十二年（卽唐先天元年）。少時貧不自振，開元間客遊吳越之間，又曾赴京兆一應進士試，不第。以父閑爲兗州司馬，乃遊於齊趙之間，他與李白友，約卽始於此時。天寶時，曾有奉呈韋左丞丈一詩；『紈袴不餓死，儒冠多誤身。丈人試靜聽，賤子請具陳。甫昔少年日，早

杜工部草堂

草堂在成都西門外五六里•爲杜甫當日吟咏處•旁有浣花溪蓄魚甚夥•

充觀國賓。讀書破萬卷，下筆如有神。賦料揚雄敵，詩看子建親。李邕求識面，王翰願卜鄰。自謂頗挺出，立登要路津。致君堯舜上，再使風俗淳。此意竟蕭條，行歌非隱淪。騎驢三十載，旅食京華春。朝叩富兒門，暮隨肥馬塵。殘盃與冷炙，到處潛悲辛……

杜甫像

今欲東入海，卽將西去秦，尙憐終南山，回首淸渭濱．常擬報一飯，況懷辭大臣．白鷗沒浩蕩，萬里誰能馴．』當時之人每喜以大言干貴官，李白韓愈亦未能脫俗，甫此詩自不免亦染此習．然於此頗可使我們見出他的早年的生活的一斑；『讀書破萬卷，下筆如有神』諸語，尤可見他的詩歌的功力之所在．此後，曾數上賦頌．玄宗奇之，使待制於集賢院．後授右衞率府胄曹參軍，常上書自稱道，以揚雄枚皋自況比．當時政治廢弛，天下將亂，甫目見其危，心常抑抑，而一發其懇摯憂憤之情於詩篇之中，如自京赴奉先縣詠懷一篇，可爲一例：『窮年憂黎元，歎息腸內熱．取笑同學翁，浩歌彌激烈．非無江海志，蕭灑送日月．生逢堯舜君，不忍便永訣．』這是他從心底吐出的忠惻不忍之情．至於『朱門酒肉臭，路有凍死骨』諸句，則把當時社會的不平傾吐無遺．當時天下大亂之原因，亦可於此詩窺見其大半．不久，安祿山果反，長安陷，玄宗逃蜀．甫爲賊所捕，陷居長安城中，傷時思家，一一洩之於他的詩中，如春望：『國破山河在，城春草木深．感時花濺淚，恨別鳥驚心．烽火連三月，家書抵萬金.白頭搔更短,渾欲不勝簪』及哀江南中之數語:『淸渭東流劍閣深,去住彼是無消息.人生有情淚沾臆,江水江花豈終極.黃昏胡騎塵滿城,欲往城南望城北.』頗可見他那時的情懷.自經此喪變,全盛時代之開元天寶的文化爲之一掃無遺,回紇,吐蕃又相率侵擾.諸詩人俱深受其刺感,於是從前雍容流麗之詩篇不多見,而悲壯沈鬱的歌聲則爲之大揚.甫卽爲受此種刺激最深而他的歌聲因變而成最悲鬱的一個詩人.他在長安一年餘,卒得逃出至鳳翔見肅宗,拜爲左拾遺.他的述懷:『去年潼關破,妻子隔絕久.今夏草木長,脫身得西走.麻鞋見天子,衣袖露兩肘.朝廷愍生還,親故傷老醜.涕淚受拾遺,流離主恩厚.柴門雖得去,未忍卽開口.寄書問三川,不知家在否?比聞同罹禍,殺戮到鷄狗.山中漏茅屋,誰復依戶牖.摧頹蒼松根,地冷骨未朽.幾人全性命,盡室豈相偶.嶔岑猛虎場,鬱結迴我首.自寄一封書,今已十月後.反畏消息來,寸心亦何有.漢運初中興,生平老耽酒.沈思歡會處,恐作窮獨叟.』完全敍出他那時的情況.後此,他曾回去省家一次.肅宗還西京,他自家赴京。後因救房琯之免相，被出爲華州司功參軍。不久，卽棄官客於秦州，又入蜀，流落於成都，在城西之浣花溪營草堂居之。適嚴武爲劍南東西川節度使，至成都，他乃依武爲節度參謀，檢校尚書工部員外郎。後武死，蜀中大亂，他乃偕家屬避居於夔州。此時他爲五十五歲。以後的詩，自己稱讚爲『老來漸於詩律細，』如秋興八首卽爲當時之作。後此，他又飄遊於四方，出瞿塘，下江陵，泝沅湘，登衡山，最後客於來陽，時大水猝至，旬日不得食。縣令知之，送酒食給他。或傳縣令送他牛炙白酒，他大醉，一夕而死。或又謂他並不死於此。但他的卒年實在於公元七百七十年，卽唐代宗大歷五年的秋冬之間，得年五十九。他的詩爲最足以見他的性情及行爲的，中國的詩人沒有一個能夠如他一樣的可於其詩中求其詳細的生平及性格的。同時社會上的狀況及當時的史事亦多見於他的詩中，如石濠吏新婚別以及其他，都可見當時民間的疾苦。所以有的人稱之爲『詩史。』但因此，頗有些附會的杜詩解註家，把他的所有的詩歌都認作『憂時懷君』之作，直埋沒了不少的好的抒情詩．我們欲看見杜甫的真價，對於此種解註自不能不加以掃除．

十

約與李白，杜甫同時的著名詩人甚多．略前於他們的有張九齡．九齡字子壽韶州曲江人，生於公元六百七十三年．他官至中書令後貶爲荊州長史，有文集二十卷．他的詩感遇，甚爲後來所稱，論者比之於陳子昂的感遇，以爲他們在以後詩壇同有大影響．九齡之後，孟浩然，王維，王昌齡，高適，岑參諸詩人相繼出現，與李杜同時相映耀．

孟浩然襄州襄陽人，（公元

張九齡

六百八十九年——七百四十年）隱於鹿門山，以詩自適，年四十，遊京師，有聲於諸文士間．嘗集祕省聯句，浩然吟曰：『微雲淡河漢，疏雨滴梧桐．』一座嗟服．張九齡王維，甚稱許之．大約浩然之詩製句俱如明珠之清瑩，而無繁縟之病．王維字摩詰，太原祁人（公元六百九十九年——七百五十九年）．初爲左拾遺，天寶末爲給事中．長安被安祿山攻陷，維爲他所獲，迫授官職．肅宗克復京師，降祿山者多得罪，獨維以『萬戶傷心生野煙』一詩得免．最後，爲尙書右丞卒．他的詩神韻悠遠，如『明月松間照，清泉石上流，』（山居秋暝）『人閑桂花落，夜靜春山空．月出驚山鳥，時鳴春澗中．』（鳥鳴磵）『空山不見人，但聞人語響．返景入深林，復照青苔上．』（鹿柴）『野花叢發好，谷鳥一聲幽．坐夜空村寂，松風直似秋．』（過感化寺曇興上人院）『桃紅復

孟浩然像

含宿雨，柳綠更帶春烟．花落家僮未掃，鶯啼山客猶眠．』（田園樂）讀之如見幽靜的山中景色，給他的輞川以不朽的圖畫．他又善畫．論者嘗稱其『詩中有畫，畫中有詩．』王昌齡字少伯，太原人．舉進士第，補祕書郎．後以不矜細行貶龍標尉．以世亂還鄉里，爲刺史閭丘曉所殺．他的詩緒密而思淸，與高適，王之渙等齊名．如齋心詩：『女蘿覆石壁，溪水幽濛籠．紫葛蔓黃花，娟娟寒露中．朝飲花上露，夜臥松下風．雲英化爲水，光彩與我同．日月蕩精魄，寥寥天府空．』可爲一例．高適字達夫，一字仲武，滄州渤海人．少落魄，不治生涯．年過五十，始留意詩什，數年之間，聲華已傳．

王摩詰

上官周作

初爲汴州封丘尉，後爲淮南節度使，散騎常侍。有文集二十卷，以公元七百六十五年卒。他的詩多言胸臆事，且有氣骨，音節甚悲壯，如封丘作云：『乍可狂歌草澤中，寧堪作吏風塵下。祇言小邑無所爲，公門百事皆有期。拜迎官長心欲碎，鞭撻黎庶令人悲。』不羈之態，使人如見。岑參南陽人，官職方郎中兼侍御史，卒於蜀。他參佐戎幕，往來於鞍馬烽塵之間，十餘年備極征旅離別之情，故他的詩，情調高曠而悲壯，與高適相似，世因並稱之曰『高岑』。他的天山雪送蕭沼歸京云：『天山有雪常不開，千峯萬嶺雪崔嵬。北風夜捲赤亭口，一夜天山雪更厚。能兼漢月照銀山，復逐胡風過鐵關。交河城邊飛鳥絕，輪台路上馬蹄滑。晻靄寒氛萬里凝，闌干陰崖千丈冰。將軍狐裘臥不煖，都護寶刀凍欲斷。正是天山雪下時，送君走馬歸京師。客中何以贈君別，唯有青青松樹枝。』這裏所敘寫的天山大雪，以及其他各詩中所寫的景物，皆爲向來中國詩人的筆鋒所未及的；此爲他的特色。與他們同時而較著名的詩人，尙有李頎，官新鄉尉，常建，開元十五年進士，崔顥，官盱眙尉，王之渙，幷州人，陶翰，潤州人．賈至，洛陽人，官散騎常侍，崔曙，宋州人，儲光羲，官監察御史等．

繼於他們之後的大家有顧況，錢起，韋應物，劉長卿，孟郊，劉禹錫，韓愈，柳宗元，白居易，元稹，杜牧，李商隱，溫庭筠，羅隱等，相繼出現．至羅隱時，則五七言的古律詩已至落潮之候，而爲一種新體的詩，所謂『詞』的，大盛行的時代了．

顧況字逋翁，蘇州人，官著作郎，頗任性，好詼諧．後貶饒州司戶，有文集二十卷．錢起，吳興人，天寶進士，與盧綸，韓翃，司空曙，苗發，吉中孚，崔峒，耿湋，夏侯審，李端等十人並稱『大曆十才子』，又與郎士元齊名，時謂之『錢郎』．韋應物初爲洛陽丞，後由比部員外郎出刺滁州，改刺江州，貞元初，又刺蘇州．他的詩淡遠閑放，與柳宗元詩並類陶淵明，故時以『韋柳』同稱．劉長卿字文房，以詩馳聲上元，寶應間，官終隨州刺史，時人甚重之．孟郊字東野，湖州人．年五十始得進士，爲溧陽尉．後隨鄭餘慶至興元而卒．郊詩最爲韓愈所稱，然思苦奇澀．劉禹錫字夢得，彭城人，初與柳宗元同爲王叔文所引用，後連遭貶逐．會昌中爲檢校禮部尚書．晚年與白居易

孟郊

劉禹錫（上官周作）

相酬答，居易稱他爲詩豪，以爲『其鋒森然，少敢當者．』時人並號之爲『劉，白．』韓愈字退之，昌黎人．他提倡古文，力挽當時頹靡的文風，後來散文受其影響者至深．他的詩也嚴正古拙，頗有人以他爲規法．初官四門博士，後貶爲潮州刺史，最後爲吏部侍郎，以卒．柳宗元字子厚，河東人，也以古文著名於文壇，他的詩也精瑩動人．初爲王叔文所引用，後貶爲永州司馬，移爲柳州刺史卒。在這時，集於韓愈左右的詩人又有李賀，賈島，劉乂等，以李賈爲最著稱。乂有盧仝，與孟郊齊名，於當時亦甚有詩名。賀字長吉每出遊，常從一小奚奴，騎距驢，背一古錦囊，遇有所得，即書投囊中。及暮歸，從婢取書研墨疊紙足成之。

韓愈

柳宗元

李賀（上官周作）　賈島

嘗以詩謁韓愈。愈時爲國子博士，已送客解帶，門人呈卷，旋讀之。賀死時年不過二十七。島字浪仙，范陽人，初爲僧，名無本。後乃舉進士，終普州司戶。乂行爲亦詭僻。少放肆，爲俠行，因酒殺人，亡命。後更折節讀書，能爲歌詩。聞韓愈接天下士，步謁之，作冰杜雪車二詩，出盧仝、孟郊右。後以爭語不能下賓客，因持愈金數斤去，曰：『此諛墓中人得耳，不若與劉君爲壽。』愈不能止.歸齊魯,不知所終.仝濟源人,嘗居東都.韓愈爲河南令,厚禮之,自號玉川子.

白居易與元稹齊名,時稱『元白.』他們的詩俱平易明暢,爲婦孺所共曉,所以當時流傳極廣.『二十年間,禁省觀寺郵候牆壁之上無不書,王公妾婦牛童馬走之口無不道.至於繕寫模勒,衒賣於市井,或持之以交酒茗者,處處皆是,』(元稹長慶集序)甚至流傳於國外,誠爲『自篇章以來未有如是流傳之廣者.』居易字樂天,號香山居士,太原人,生於公元七百七十二年(唐大曆七年).官左贊善大夫,因事貶江州司馬,又爲主客郎,知制誥,最後爲太子

白居易

少傅，以公元八百四十六年（卽唐代宗會昌六年）卒。他的不朽之作爲長恨歌，琵琶行，新豐折臂翁諸篇。中國詩人最少爲長篇的敘事詩，獨居易作此類詩甚多，此亦爲他的獨特之點。他自分其詩爲『諷諭，閒適』數類，自言：『諷諭則意激而言質，閒適則思澹而辭迂。』元稹字微之，河南人，官左拾遺，因事出爲通州司馬，最後爲武昌節度使，以公元八百三十一年（卽唐文宗太和五年）卒。他與居易的詩，當時少年擬倣者甚多，號爲『元和體』。

杜牧字牧之，京兆萬年人，生於公元八百〇三年。初爲監察御史，喜論事，又出爲黃池，睦三州的刺史，最後爲中書舍人。他性情豪

元微之（上官周作）

邁，甚自負其經濟才略，其詩亦慷慨悲涼，當時盛傳之如『煙籠寒水月籠沙，夜泊秦淮近酒家。商女不知亡國恨，隔江猶唱後庭花。』（泊秦淮）之類，甚爲論者所稱。或以他與杜甫並舉，號之爲小杜，以別於甫。李商隱字義山，懷州河內人，生於公元八百十三年（卽唐元和八年）。初爲弘農尉，後從王茂元，柳仲郢諸節鎭掌書記，最後爲檢校工部郞中。他的詩以華豔稱，所及於後來的影響亦甚大。溫庭筠與之齊名，時號『溫李』。二人之情調頗相類，俱以豔詞靡曲著稱，後人稱他們之詩爲『西崑體』。庭筠字飛卿，并州人，爲方城尉。他們的詩，可以庭筠的陽春曲爲一例：

『雲母空窗曉煙薄，香昏龍氣凝輝閣。霏

（上官周作）

霏霧雨杏花天，簾外春寒著羅幙．曲闌伏檻金麒麟，沙苑芳郊連翠茵．廄馬何能嚙芳草，路人不敢隨流塵．』又有段成式也與他們齊名．羅隱字昭諫，餘杭人，長於詠史詩，因亂歸鄉里，錢鏐辟之爲從事．他在當時甚有詩名，爲一個浪漫的人物，民間多以怪特的故事，集於他的名字之下．與他同時的詩人，尚有：陸龜蒙字魯望，居松江甫里，以善品茶著稱；司空圖字表聖，河中虞鄉人，著詩品，很有名，爲人有節概，唐哀帝被殺，他也不食而死；杜荀鶴號九華山人，朱溫時爲主客外郎，知制誥；皮日休字襲美，襄陽人，爲黃巢所殺；鄭谷字若愚，袁州人，爲都官郎中；許渾字仲晦，潤州丹陽人．爲郢州刺史，晚年隱居．韓偓

溫庭筠（上官周作）

字致堯，唐末仕頗高達，後謫官入閩；韋莊字端已，杜陵人，爲王建之相國。

這個時代的女詩人以上官婉兒爲最著，婉兒爲唐中宗昭容，初佐武則天，對於當時文學頗有提倡的功績，後來韋氏失敗，婉兒亦被殺。以後有魚玄機，薛濤等。玄機字幼微，爲咸通中西京咸宜觀女道士。以笞殺女童綠翹下獄。其在獄中詩，有『明月照幽隙，淸風開短襟』之句。薛濤爲蜀中女子，相傳係營妓。她與元稹同時，嘗給稹詩，有：『詩篇調態人皆有，細膩風光我獨知。月夜詠花憐暗淡，雨朝題柳爲欹垂』諸句。

十一

在這個第一詩人時代裏，重要的論文家與歷史家並不多見。所有的文學者的功力俱集中於詩歌的一方面。故這裏對於論文與史書僅敍一二。史書大都承襲班馬的體裁，而無特創的傑作，較重要者爲：沈約的宋書，凡一百卷；蕭子顯的南齊書，凡五十九卷；魏收的後魏書，凡一百十二卷；又晉書，凡一百三十卷，爲唐太宗時諸文臣所撰；周書，凡五十卷，爲令狐德棻等所撰；梁書，凡五十六卷，陳書，凡三十六卷，俱爲姚思廉所撰；北齊書，凡五十卷，爲李百藥所撰；南史，凡八十卷，北史，凡一百卷，俱爲李延壽所撰；隋書，凡八十五卷，爲魏徵等所撰。又有蕭衍，曾集合文臣，倣司馬遷史記之體，作通史，自上古直敍至當代，打破傳統的斷代爲史之習慣，但此書後卽散佚不傳。當這時代之中末，又有劉知幾字子玄，著史通，敍史書的義例及方法甚詳盡，可稱爲一部不朽的大著。

初期的論文家有蕭繹，作金樓子；其後有王通號文中子，作中說，爲摹擬論語之著作。又有劉子者，或謂

姚思濂

係梁之劉勰作，或謂係北齊之劉晝作。顏之推亦爲北齊人，曾作顏氏家訓。此後更有蘇瓌，封許國公，張說，封燕國公，俱能以儁麗之散文論叙時事，時稱『燕許大手筆』。顏眞卿論事，亦以忠懇明切著稱。陸贄字敬輿，蘇州人，尤善以對偶之表諭的

陸贄

顏眞卿

文體，表達最深摯的自己的情感．當他在唐德宗奉天中執筆爲制誥時，所下制書，雖武人悍卒，無不感動流涕，可謂一個大作家．與贄同時者，有獨孤及，李華，蕭穎士，權德輿並著名於世；又有令狐楚者，以著作偶儷的章表著名，如李義山之流，俱受其影響．所謂『古文』的大作家韓愈亦出現於此時，柳宗元，劉禹錫，張籍，李翺等，俱屬於他的一派．籍字文昌，烏江人，並能詩．翺字習之，趙郡人，爲愈之姪壻．同時，有李觀，字元賓，皇甫湜，字持正，亦皆爲這一派的作家．湜之弟子，爲來無擇．無擇之後爲孫樵，字可之．然這個『古文派』流派雖長，而在當時却僅有一部分的勢力，直至公元第十世紀之末，再度爲歐陽修，蘇軾所提倡，才在文壇上佔了很大的威權．再後，在這時代的末年，有羅隱，作讒書．亦很有名．

十二

文學評論在此時代畧露曙光，卽有文心雕龍與詩品的兩部大著出現；此二大著俱爲初期的產品．文心雕龍爲劉勰所撰．勰爲蕭衍時人；後剃度爲和尙，專力於佛典。文心雕龍似爲他早年的著作；凡分上下二部。上部二十五篇，都爲論文學體裁之別的；下部二十四篇則論文學的工拙之由，有類於修辭學。他以最難達意的當代文體，創作如此偉大的一部文學評論的專著，且甚嚴密有條理，其魄力之大與天才之高越殊令人驚異。詩品爲鍾嶸所作。嶸亦劉勰的同時代者。但詩品卻沒有文心雕龍之偉大，凡分三卷，將漢以來的詩人歸納於上中下三品之中，且每人敘其詩的源淵之所在並略評之，偶然有些很好的見解，但錯謬之處亦不爲少。此後，則此類著作又隱沒不見。末葉的司空圖，亦曾作詩品的一篇，然性質與鍾嶸的完全不同，不能算爲文學評論。

文學的選本重要者在初期也產生了不少，如蕭統有文選三十卷，又有詩苑英華二十卷；徐陵也撰集玉台新詠十卷。到了中期，更有一部很大的總集，名爲文館詞林的，爲初唐諸文臣所編成。此後，則此類的書也沒有人去做。

參考書目

一、此時代初期的詩，可於張溥的漢魏六朝百三名家集及丁福保的全漢魏晉六朝詩二書得之。

二、此時代後期的詩，可於淸代編纂的全唐詩中得之。全唐詩凡九百卷；有原刊本，有石印縮小本。諸

重要詩人有單行專集的並列於下。

三、謝朓詩集有拜經樓校本，又有四部叢刊本。

四、昭明太子集，蕭統撰，有四部叢刊本。

五、江文通集十卷，江淹撰，四部叢刊本又有江文通集彙注十卷，明胡人驥注刻。

六、庾子山集十六卷，庾信撰，四部叢刊本，又有庾子山集注十六卷，倪璠注，通行本。

七、徐孝穆集六卷，徐陵撰，四部叢刊本，又有吳兆宜的箋注本。

八、初唐王楊盧駱之四傑的文集，四部叢刊中亦有之。

九、陳伯玉集十一卷，陳子昂撰，四部叢刊本。

十、李太白集，通行本極多，有繆曰芑刻本，（此本有石印者），有王琦注本，有四部叢刊本。

十一、杜工部集，杜甫撰，四部叢刊中亦有之，又有仇兆鰲的詳注本，楊倫的鏡銓本，此外注本尚有許

多不能遍舉。

十二、王右丞集六卷王維撰，有四部叢刊本，又有趙殿成的注本。

十三、高常侍詩集八卷高適撰，四部叢刊本。

十四、孟浩然集四卷，四部叢刊本。

十五、岑參，劉長卿，韋應物，錢起的文集，四部叢刊中俱有之。

十六、韓昌黎集，韓愈撰，刻本及注本極多。

十七、柳宗元文集，通行本亦甚多。

十八、劉禹錫文集，有近人董氏倣宋刻本，甚精。

十九、元氏長慶集，元稹撰，有四部叢刊本。

二十、白氏文集，白居易撰，有四部叢刊本。

二十一、李商隱，杜牧，温庭筠，羅隱諸人的文集，四部叢刊內亦俱有之。

二十二、唐五十家小集，近人江標翻宋刻本。

二十三、全唐詩錄一百卷，徐倬編，通行本。

二十四、劉勰的文心雕龍，通行本甚多，以黃叔琳的注本爲最好。

二十五、鍾嶸的詩品，在何氏刻的歷代詩話中有之．近有單行石印本。

二十六、文選以李善注的六十卷本爲最好，有胡克家倣宋刻本。

二十七、玉台新詠通行本甚多。

第十四章　中世纪的中国詩人下

第十四章　中世紀的中國詩人下

一

五七言的古律詩，經齊至唐的大盛時代，許多作者對之便有些厭倦了。在此種陳舊的詩式裏，他們覺得很難完全表白出他們的情思而使之異常的動人，於是他們便開闢了另一條新路走，這條新路便是所謂『詞』的一種新詩體了。這種新詩體，其導源遠在蕭衍（公元第五世紀之後半至第六世紀之前半）之時，衍的江南弄：『衆花雜色滿上林，舒芳曜彩垂輕陰，連手躞蹀舞春心。舞春心，臨歲腴。中人望，獨踟躕』論者已推之爲『詞』之先驅了。到了公元第七世紀之後半，李景伯，沈佺期諸人作回波樂；相傳大詩人李白亦作桂殿秋，淸平調，菩薩蠻，憶秦娥諸新調，『詞』之一體始漸漸的形成。如菩薩蠻：『平林漠漠煙如織，寒山一帶傷心碧。暝色入高樓，有人樓上愁。玉階空佇立，宿鳥歸飛急。何處是歸程？長亭更短亭。』及憶秦娥：『簫聲咽，秦娥夢斷秦樓月。秦樓月，年年柳色，霸陵傷別。樂遊原上清秋節，咸陽古道音塵絕。音塵絕，西風殘照，漢家陵闕。』俱為『絕妙好詞。』如非白作，亦必為一很偉大的詩人所作。此後，此種新詩體時時有人試作。然所作究不多，且亦不甚重要，故未能即引起很大的影響。到了唐之末年，即公元第九世紀之後半，『詞』始大行於世。至五代之時（第十世紀），則牠差不多要佔奪了五七言古律詩的地域了。當時的重要詩人，除了羅隱，司空圖，杜荀鶴諸老詩人外，其餘的人，都甚致力於此種新詩體。在上者如李曄（唐昭宗）李存勗（後唐莊宗）王衍（蜀主）孟昶（後蜀主）等亦善為詞，至於南唐二主，李璟，（嗣主）李煜（後主），則直為兩個偉大的詞人，所作可冠於那時的一切詩人之上。前於他們的則有溫庭筠；在他們治下的詞人則有：韓偓，皇甫松，韋莊，牛嶠，毛文錫，和凝，牛希濟，薛昭蘊，顧敻，鹿虔扆，魏承班，李珣，歐陽炯，閻選，孫光憲，張泌，馮延已等他們大都不善於作五七言的舊體詩，有的簡直連一首這類的舊體詩也不曾遺留到後世來。試以李煜爲例：他的舊體詩渡中江望石城泣下：『江南江北舊家鄉，三十年來夢一場。吳苑宮闈今冷落，廣陵台殿已荒涼。雲籠遠岫愁千片，雨打歸舟淚萬行。兄弟四人三百口，不堪閑坐細思量。』較之他的詞浪淘沙：『簾外雨潺潺，春意闌珊，羅衾不耐五更寒。夢裏不知身是客，一晌貪歡。獨自暮凭闌，無限江山，別時容易見時難。流水落花春去也，天上人間！』任何人都知道其間相差至遠。這二首內的淒惻惓戀的情感原是一樣的，然因渡中江望石城泣下穿了舊的詩衣，便不覺得有什麽動人處，浪淘沙用了新詩體，便覺得深情淒楚，感人至深，此正是他善於以新體詩而不善於以舊體詩來表達他的婉曲悲切的內情的一證。其餘的詩人，至少有一部分是與他的情形相同的。

二

李曄（唐昭宗）生於公元八百六十七年，爲唐懿宗第七子，以公元八百八十九年卽皇帝位．是時，朱全忠勢力方盛，曄雖爲天下主，實則在全忠的旗影下度苟生偸活的生活而已．至公元九百〇四年，他遂爲全忠所殺．他善作詞；如巫山一段雲：『蝶舞黎園雪，鶯啼柳帶煙．小池殘日豔陽天，苧蘿山又山．青鳥不來愁絕，忍看鴛鴦雙結．春風一等少年心，閑情恨不禁』似爲他未經憂難時所作；至如菩薩蠻：『登樓遙望秦宮殿，茫茫只見雙飛燕．渭水一條流，千山與萬岳．遠煙籠碧樹，陌上行人去．安得有英雄，迎歸大內中，』則爲他度困苦生活時的作品．

李存勗（後唐莊宗）生於公元八百八十五年．其先本爲西突厥人，唐懿宗時賜姓李氏．公元九百二十三年，起兵滅梁，卽皇帝位．他精曉音律，與伶人暱遊．在位四年，以公元九百二十六年，爲他們所殺．他的詞，如如夢令：『曾宴桃源深洞，一曲清歌舞鳳．長記別伊時，和淚出門相送．如夢如夢，殘月落花煙重』之類，深情婉妮，使人渾不記得這是一個武人，一個入籍於中國不久的西突厥的武人所作的．

蜀主王衍及後蜀主孟昶，自作之詞不多。然當時中原大亂，文士不渡江而往依南唐，卽西至蜀而歸於王氏及繼其後的孟氏。所以當時西蜀的文學，稱爲極盛。

南唐嗣主李璟，字伯玉，生於公元九百十六年，而以公元九百六十一年卒。他的詞傳於今者僅三首，然『細雨夢回雞塞遠，小樓吹徹玉笙寒，』及『青鳥不傳雲外信，丁香空結雨中愁』（攤破浣溪沙二首中語）諸句，甚爲後人所稱，自足爲當時詞人之一領袖。

李存勗（後唐莊宗）

南唐後主李煜，字重光，璟之子，生於公元九百三十六年。他的天才較其父爲尤高；善屬文，工書畫，妙於音律。嘗著雜說百篇，時人以爲可繼曹丕之典論，又有集十卷，今皆不傳。傳於今者僅詩詞五十餘首。然僅此數十首之詩詞，已足使他成爲一個不朽的大詩人。宋興師滅南唐，煜降於他們，被遷住於宋都，終日愁苦，以眼淚洗面。宋太宗甚忌之，公元九百七十七年，他遂爲其所殺。他的詞可分爲兩部分：第一部分是在江南的歡樂繁華的生活中的作品，第二部分是降宋後的悲苦寂寞的生活中的作品。第一部分的作品可用他的浣溪沙：『紅日已高三丈透，金鑪次第添香獸，紅錦地衣隨步皺。佳人舞點金釵溜，酒惡時拈花蘂齅，別殿遙聞簫

李後主

鼓奏』爲代表，這是他的『慢臉笑盈盈，相看無限情』『歸時休放燭花紅，待蹋馬蹄清夜月』的時代的出品，這是他黃金時代的生活的反映；然他的天才此時尙未臻於成熟，詞的內裏尙未具甚深摯的情緒。直到了他的生活的第二期，卽囚禁的悲苦時代，其作品才如曜于秋光中的萃菓林，靜躺于夕陽中的黃金色的熟稻田一般，無人不驚詫其美麗與其豐實的內容。我們試讀他的憶江南：『多少恨，昨夜夢魂中。還似舊時遊上苑，車如流水馬如龍，花月正春風』；擣練子：『深院靜，小庭空，斷續寒砧斷續風。無奈夜長人不寐，數聲和月到簾櫳』以及相見歡：『無言獨上西樓，月如鉤。寂寞梧桐深院鎖淸秋。翦不斷，理還亂，是離愁，別是一般滋味在心頭』等等，殆無一首不使人悽然而表深切的同情於他的。無疑的，當時的最大詩人之號，舍他外實無人足以當之。

前於李曄而在公元第九世紀的前半出現的大詩人有溫庭筠。溫庭筠，本名岐，字飛卿，太原人，與李義山齊名，時稱『溫李』。上面一章已經講起過他。這裏專敍他的詞.他的詞才思豔麗,韻格清拔,且所作甚多,可算爲最初的一個大「詞」家.如憶江南:『梳洗罷,獨倚望江樓.過盡千帆皆不是.斜暉脈脈水悠悠,腸斷白蘋洲』及菩薩蠻:『小山重疊金明滅,鬢雲欲度香顋雪.嬾起畫娥眉,弄妝梳洗遲.照花前後鏡,花面交相映.新帖繡羅襦,雙雙金鷓鴣』之類,可爲他的代表作.大抵他的此種作品皆詞意婉靡而別有一種特殊的情調,所敍的皆不過是兒女的柔情與離愁別緒之類,自然不如李煜之偉大,然他對於後來一般作詞者的影響卻極大.又有韓偓,略後於溫庭筠,嘗左右李曄,甚得其信任,卒被朱存忠所忌而出官於閩.他的詞的情調,亦甚類於庭筠.又有皇甫松,約與偓同時,亦甚有詞名.

入五代時,卽公元第十世紀之開始時,向爲詩人的集中地的中原,因變亂的頻頻,而其詩壇頓現冷落之狀.老詩人羅隱等,俱四散避地於兵戈未及之區.新體詩的大作家韋莊及牛嶠,因亦遷居於蜀,開蜀中詩壇的隆盛的先聲.韋莊字端已,杜陵人,以公元八百九十四年(卽唐昭宗乾寧元年)得進士.授校書郎,轉補闕.

李詢爲兩川宣諭和協使，辟他做判官。他以中原兵亂相尋，遂依王建，建辟爲掌書記。後建立國，以他爲平章事。但他亦未嘗無故鄉之思念，在他的菩薩蠻之一：『洛陽城裏春光好，洛陽才子他鄉老。柳暗魏王堤，此時心轉迷。桃花春水淥，水上鴛鴦浴。凝恨對殘暉，憶君君不知』裏可見之。他的詞，好的很多；女冠子二首：『四月十七，正是去年今日，別君時。忍淚佯低面，含羞半斂眉。不知魂已斷，空有夢相隨。除卻天邊月，沒人知』（其一）『昨夜夜半，枕上分明夢見，語多時。依舊桃花面，頻低柳葉眉。半羞還半喜，欲去又依依。覺來知是夢，不勝悲』（其二）明白如話，而蘊情至深，是詞壇裏不易得見的好作品。

牛嶠字松卿，一字延峯，隴西人。以公元八百七十八年（卽唐懿宗乾符五年）第進士，歷官尚書郎。王建鎭蜀，以他爲判官。及建立國，嶠爲給事中。他的詞也不脫當時一切詞家的喜用婉靡的情意與豔麗的詞句的習慣，惟定西蕃一詞：『紫塞月明千里，金甲冷，戍樓寒夢長安。鄉思望中天闊，漏殘星亦殘。畫角數聲嗚咽，雪漫漫,』其情調為特異.

當時,留居於中原的詩人,自不能說沒有,然實無甚著名者.其善於作新體的『詞』者,不過和凝一人而已.和凝字成績,鄆州須昌人,生於公元八百九十八年,以公元九百五十五年卒.後唐天成中為翰林學士,知貢舉.入晉為中書侍郎同平章事.入漢拜太子太傅,封魯國公.周初,仍為太子太傅.他所作詩文甚富,有集百卷,自篆於版,模印數百帙,分贈於人.文集之自印行,似以凝為第一個人.他的詞亦甚豔麗,如薄命女:『天欲曉,宮漏穿花聲繚繞.窗裏星光少.冷露寒侵帳額,殘月光沉樹杪.夢斷錦幃空悄悄,彊起愁眉小.』可為一例.

蜀中文學,此時極盛,詞家尤多.中原詩壇,好像已搬遷到那邊去.當時詞家之著者有毛文錫,牛希濟,薛昭蘊,顧敻,鹿虔扆,魏承班,尹鶚,毛熙震,李珣,歐陽炯,閻選等.毛文錫,字平珪,事蜀為翰林學士,後歷文思殿大學士,司徒.他的詞可以醉花間:『休相問,怕相問,相問還添恨.春水滿塘生,鸂鶒還相趁.昨夜雨霏霏,臨明寒一陣.

偏憶戍樓人久絕邊庭信』及紗窗恨:『新春燕子還來至,一雙飛,壘巢泥溼,時時墜涴人衣.後園裏看百花發,香風拂繡戶金扉,月照紗窗恨依依』爲代表.牛希濟爲嶠兄子,仕蜀爲御史中丞,降於後唐,爲雍州節度副使.他的詞可以生查子:『春山煙欲收,天澹星稀小.殘月臉邊明,別淚臨淸曉.語已多,情未了,回首猶重道.記得綠羅裙,處處憐芳草』爲代表.薛昭蘊爲蜀侍郎;顧夐初爲蜀茂州刺史,後官至太尉;鹿虔扆爲蜀永泰軍節度使,加太保;魏承班爲蜀太尉;尹鶚爲蜀參卿;毛熙震爲蜀祕書監;李珣字德潤,梓州人,有瓊瑤集;歐陽炯,蓋州華陽人,爲蜀門下侍郎平章事;閻選爲後蜀時之處士.他們都是可歸在一派之內的,他們的詞意都是靡麗而婉微的.寫天然景色的美妙如畫,是他們的特長;他們的短處則在情調太相同了,不易使人分別出某個作家的個性來.如『恨身翻不作車塵,萬里得隨君』(歐陽炯的巫山一段雲)『如秋雨連緜聲散敗荷叢裏.那堪深夜聽,酒初醒』(李珣的酒泉子)如『弱柳萬條垂翠帶,殘紅滿地碎香鈿,蕙風飄蕩散輕煙』(毛熙震的浣溪紗）如『煙月不知人事改，夜闌還照深宮』（鹿虔扆的臨江仙）這一類的文句，俱能細膩的婉曲的達出自己的深摯的情緒，描出無人曾畫描過的景色，自是他們的不朽之一點。

又有孫光憲，亦可附於這一派；他字孟文，陵州人，爲荊南高從誨書記，歷檢校祕書兼御史大夫。他的詞甚有名於當時，可以漁歌子之『泛流螢，明又滅，夜涼水冷東灣闊。風浩浩，笛寥寥，萬頃金波重疊』數句爲代表。

南唐文章之盛，在當時亦不下於西蜀，二主詞華照耀，如旭日之麗天，當時無可與匹敵者。其臣下更有張泌，瑪延已等，亦爲詞壇之傑出的將星。張泌（一作佖）字子澄，淮南人，仕南唐爲句容縣尉，後官至內史舍人。他的詞亦爲情思靡麗而描寫婉膩之作；如南歌子：『柳色遮樓暗，桐花落砌香。畫堂開處遠風涼，高卷水精簾額襯斜陽』及江城子：『浣花溪上見卿卿，臉波秋水明，黛眉輕。綠雲高綰，金簇小蜻蜓。好事問他來得麼？和笑道，莫多情』可以爲例。

這時有趙崇祚者，嘗選自溫庭筠以下至張泌諸人之作，爲花間集十卷。這一派婉膩靡麗的新體詩作家的重要作品大抵已總集於這部書裏了。所以我們或可稱他們爲『花間派』。惟馮延已之作，亦近於此派，乃不見收於趙崇祚，不知何故。

馮延已一名延嗣，字正中，廣陵人，初在南唐爲翰林學士，後進中書侍郎同平章事，有陽春集一卷。他的詞以謁金門：『風乍起，吹皺一池春水。閑引鴛鴦芳徑裏，手挼紅杏蘂。鬬鴨闌干獨倚，碧玉搔頭斜墮。終日望君君不至，舉頭聞鵲喜』一首最爲人所稱，然如蝶戀花之數句：『窗外寒雞天欲曙香印成灰，坐起渾無緒。庭際高梧凝宿霧，卷簾雙鵲驚飛去』。及憶江南：『去歲迎春樓上月，正是西窗夜涼時節，玉人貪睡墮釵雲，粉消妝薄見天真。人非風月長依舊，破鏡塵箏，一夢經年瘦。今宵簾幕颺花陰，空餘枕淚獨傷心』等，亦爲不弱於謁金門之作。

三

趙匡胤奪了周祚，（公元九百六十年）次第削平諸國，中國復成了統一的局面．此後各方文士便復集中於京師．新體詩的作者益多．自大臣至武士，無不能爲詞；公私席會的樂歌是詞，優妓所學的歌唱亦是詞；歷三四世紀而不衰；其盛況甚類於前數世紀的五七言詩．

老詞人入此時代者，有歐陽炯諸人．但此時代中的重要詩人，乃後數十年始有出現．最初出現者爲晏殊；殊字同叔，臨川人，生於公元九百九十一年，卒於公元一千〇五十五年．康定間（公元一〇四〇年）拜集賢殿學士同中書門下平章事，兼樞密使，卒謚元獻，有珠玉詞一卷．晁无咎言：『元獻不蹈襲人語而風調閑雅．』劉貢父謂殊尤喜馮延已歌詞，其所自作亦不減延已．大抵此最初的宋代大詞人，自不免多少受有些前代的影響；也許如劉貢父所說，他所受影響以馮延已爲最深．然他的詞與延已的，其色彩及情調卻俱不相同．如他的清平樂：『紅牋小字，說盡平生意．鴻鴈在雲魚在水，惆悵此情難寄．斜陽獨倚西樓，遙山恰對簾鉤．人面不知何處，綠波依舊東流』延巳詞決無此閑易．與他略同時的詞家，重要的有范仲淹及宋祁二人．范仲淹字希文，吳縣人，生於公元九百八十九年，官至樞密副使參知政事，以公元一千〇五十二年卒．他的詞不多，然如御街行：『紛紛墜葉飄香砌，夜寂靜，寒聲碎．真珠簾捲玉樓空，天淡銀河垂地．年年今夜，月華如練，長是人千里．愁腸已斷無由醉，酒未到，先成淚．殘燈明滅枕頭欹，諳盡孤眠滋味．都來此事，眉間心上，無計相迴避』等，深情婉曲，可謂爲不朽的名作．宋祁字子京，安州安陸人，生於公元九百九十八年，卒於公元一千〇六十二年，官翰林學士承旨．他的玉樓春：『東城漸覺風光好，穀

范仲淹

縐波紋迎客棹．綠楊煙外曉寒輕，紅杏枝頭春意鬧．浮生長恨歡娛少，肯愛千金輕一笑．爲君持酒勸斜陽，且向花間留晚照．』盛傳當時，他因此被大詞人張先稱爲『紅杏枝頭春意鬧尚書．』

略後於晏殊，有大作家歐陽修，柳永，張先相繼而出．歐陽修字永叔，廬陵人，生於公元一千〇〇七年，卒於公元一千〇七十二年．官樞密副使參政知事，後以太子少師致仕，有六一詞．他在當時，以提倡古文得大名．然他雖在古文裏所現出的嚴肅的孔教徒的護

歐陽文忠公

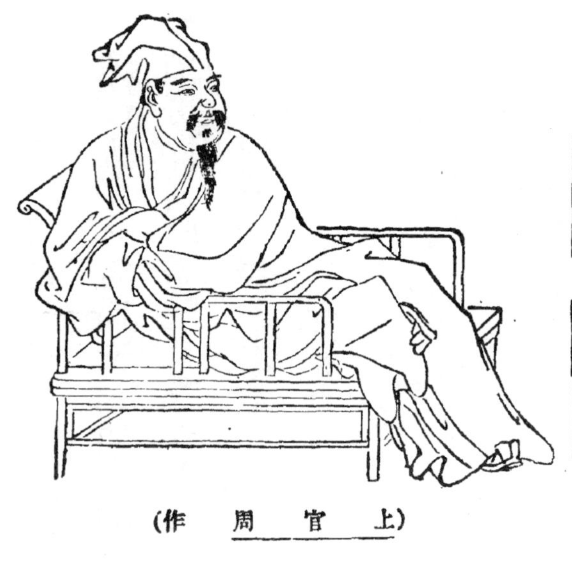

（上官周作）

道的臉孔,而在他的詞中,卻完全把他的潛在的熱烈的詩人真面目現出了.有的人常把他的許多極好的作品,雜入花間集或馮延已的陽春集中,以爲非他所作,使他完成他的嚴肅冷酷的護道者的目面,然此種手段殊無謂.在許多公認爲他的作品的六一詞中,他的天真的詩人的一副面目仍是完全的顯現出.如采桑子:『輕舟短棹西湖好,綠水逶迤,芳草長堤,隱隱笙歌處處隨.無風水面琉璃滑,不覺船移.微動漣漪,驚起沙禽掠岸飛.』如踏莎行:『候館梅殘,溪橋柳細,草熏風暖搖征轡.離愁漸遠漸無窮,迢迢不斷如春水.寸寸柔腸,盈盈粉淚,樓高莫近危欄倚.平蕪盡處是春山,行人更在春山外.』如蝶戀花:『庭院深深深幾許?楊柳堆煙,簾幙無重數.玉勒雕鞍遊冶處,樓高不見章台路.雨橫風狂三月暮,門掩黃昏,無計留春住.淚眼問花花不語,亂紅飛過鞦韆去.』(此詞或入陽春集,李淸照稱是六一詞.)如臨江仙:『柳外輕雷池上雨,雨聲滴碎荷聲.小樓西角斷虹明.闌干倚處,待得月華生.燕子飛來窺畫棟,玉鉤垂下簾旌.涼波不動簟紋平,水精雙枕,旁有墮釵橫.』

無一首不表現一個浪漫的善感的詩人的歐陽修來．誰還記得他是一個以護道自命的大古文家！

張先字子野，吳興人，生於公元九百九十年，爲都官郎中，有安陸詞．他享壽甚長，至公元一千〇七十八年始卒．他的詞甚有聲於當時．宋祁嘗往見之，將命者道：『尙書欲見「雲破月來花弄影」郎中．』蓋因他的天仙子：『水調數聲持酒聽，午睡醒來愁未醒．送春春去幾時回？臨晚鏡，傷流景，往事悠悠空記省．沙上並禽池上暝，雲破月來花弄影，重重簾幙密遮鏡．風不定，人初靜，明日落紅應滿徑』中有此數語．

柳永在當時，詞名較歐陽修及張先尤盛．時人嘗謂：『有井水飲處無不知歌柳詞者．』其流傳之廣遠，大約可與唐之元白的詩相類了．柳詞之所以能有此廣大範圍的讀者歌者，完全在他的詞脫下了花間派的衣衫，而自創一格，能勇於運用白話與淺顯的文字．這一點是他的最大特色．他初名三變，字耆卿，崇安人．以公元一千〇三十四年(即景祐元年)第進士,官至屯田員外郎,有樂章集三卷.他之又一特色,在於善作長詞,在他之前,詞家大都善於小令(短)而不善於慢詞(長),自他起來後,慢詞才大行於時.如他的晝夜樂:『洞房記得初相遇,便只合長相聚.何期小會幽歡,變作別離情緒!況值闌珊春色暮,對滿目亂花狂絮,直恐好風光,盡隨伊歸去.一場寂寞憑誰訴?算前言總輕負.早知恁地難拚,悔不當初留住.其奈風流端正外,更別有繫人心處.一日不思量,也攢眉千度』及鶴冲天:『閒牕漏永,月冷,霜華墮悄悄下,簾幙殘燈火.再三往事,離魂亂,愁腸鎖,無語沉吟坐.好天好景,未省展眉則箇.從前早是多成破,何況經歲月相抛嚲.假使重相見,還得似當初麼?悔恨無計,那迢迢良夜,自家只恁擢挫』俱能婉曲的在長的詞句裏,細細的表達出一種深摯的情緒,且用了『恁地』『則箇』『也』『麼』諸口話入詞,使牠更易爲時人所領悟.他的詞流行的廣遠,豈是偶然的!典雅派,正統派的批評家雖常在譏誚他,然而所謂正統派的詞人那一個可比得上他的偉大!

與他們同時的作家有晏幾道，王安石。晏幾道爲殊的幼子，字叔原，曾監潁昌許田鎭，有小山詞，黃庭堅嘗評之道：『叔原樂府，寓以詩人句法，精壯頓挫，能動搖人心。』他的臨江仙：『夢後樓台高鎖，酒醒簾幕低垂。去年春恨卻來時，落花人獨立，微雨燕雙飛。記得小蘋初見，兩重心字羅衣，琵琶絃上說相思。當時明月在，曾照綵雲歸』可爲他的一個代表作。王安石字介甫，臨川人，生於公元一千〇二十一年，神宗時同中書門下平章事，封舒國公，加司空。以變法圖強，受守舊者最強烈的攻擊與譏誚。以公元一千〇八十六年卒，有詞一卷。他的詞可以淸平樂：『雲垂平野，掩映竹籬茅舍，闃寂幽居實瀟灑，是處綠嬌紅冶。丈夫運用堂堂，且莫五角六張。若有一卮芳酒，逍遙自在無妨』爲代表。

略後於他們的作家有大天才的蘇軾。軾以散文，以舊體詩著盛名於當代，而他的詞也有大影響於同時代人。軾字子瞻，眉山人，生於公元一千〇三十六年。初官翰林學士，紹聖初（公元一〇九四年）安置惠州，徙昌化，以公元一千一百〇一

蘇文忠公遺像

年卒於常州。軾的詞，人謂多不諧音律；晁无咎則謂其『橫放傑出，自是曲子內縛不住者。』陸遊謂：『東坡詞歌之曲終覺天風海雨逼人。』陳師道謂軾乃『以詩爲詞。』然如他的赤壁懷古（念奴嬌）：『大江東去，浪聲沈千古風流人物。故壘西邊，人道是三國孫吳赤壁。亂石崩雲，驚濤捲岸，捲起千堆雪。江山如畫，一時多少豪傑。遙想公瑾當年，小喬初嫁了，雄姿英發。羽扇綸巾，談笑間檣櫓灰飛煙滅。故國神遊，多情應是笑我生華髮。人間如寄，一尊還酹江月，』以及『荷簣過山前，曰：「有心也哉此賢」』（醉翁操）諸句，乃直似在做論文。這可算是引古文以入詞，與柳永之引口語入詞，正成一絕妙的對照。此種粗豪恣放之作，後來辛棄疾的一派受其影響至深。吹劍續錄曾記一段笑話。『東坡在玉堂日，有幕士善歌，因問：「我詞比柳耆卿何如？」對曰：「柳郎中詞只好十七八女孩兒按紅牙拍，歌楊柳岸曉風殘月。學士詞須關西大漢，執鐵綽板，唱大江東去。」』此未免嘲誚過甚。實在他的詞亦不盡爲『大江東去』之類，如卜算子：『缺月掛疏桐，漏斷人初靜。時見幽人獨往來，縹緲孤鴻影。驚起卻回頭，有恨無人省。揀盡寒枝不肯棲，楓落吳江冷』之類，其描寫亦甚細膩婉曲。

論者歸之於蘇軾門下的詞人，有黃庭堅，秦觀，晁補之，張耒，陳師道及程垓等，而以秦七（觀）黃九（庭堅）爲最著。詞苑叢話言『秦少游自會稽入京見東坡，坡云：「久別當作文甚勝，都下盛唱公山抹微雲之詞。」秦遜謝。坡遽云「不意別後公卻學柳七。」秦答曰：「某雖無識，亦不至是，先生之言無乃過乎！」坡云：「銷魂當此際，非柳詞句法乎？」秦慚服。』實則不僅秦觀受柳永影響，卽黃庭堅亦受有他的影響；不過觀所受的柳永影響乃在所謂『銷魂當此際』的一方面，庭堅的則在於引用口話的一方面。庭堅字魯直，分寧人，生於公元一千○四十五年，爲起居舍人，以公元一千一百○五年卒，有山谷詞。如他的沁園春：『把我身心，爲伊煩惱，算天便知。恨一回相見，百方做計，未能偎倚，早覓東西。鏡裏拈花，水中捉月，覷著無由得近伊。添憔悴，鎮花銷翠減，玉瘦香肌。奴兒又有行期。你去卽無妨，我共誰向眼前.常見心猶未足,怎生禁得真個分離.地角天涯,我隨君去,掘井爲盟無改移.君須是做些兒相度,莫待臨時.』直較柳永爲尤近於白話而大類元人的曲子.但庭堅之詞,亦有甚琢飾典雅者,不盡爲此種.秦觀字少游,高游人,生於公元一千〇四十九年,以蘇軾薦,除太學博士,遷正字,兼國史院編修,後遭黨禁被流放,以公元一千一百年卒,有淮海詞.他的詞,在當時爲最正則的,所以稱許者極多,得名過於軾及庭堅.晁无咎言:『近來作者皆不及少游.』蔡伯世言:『子瞻辭勝乎情,耆卿情勝乎辭,辭情相稱者,惟少游而已.』試引其詞數首爲證:『遙夜沉沉如水,風緊驛亭深閉.夢破鼠窺燈,霜送曉寒侵被.無寐無寐,門外馬嘶人起.』(憶仙姿)『山抹微雲,天黏衰草,畫角聲斷譙門.暫停征棹,聊共引離尊.多少蓬萊舊事,空回首,煙靄紛紛.斜陽外,寒鴉數點,流水遶孤村.消魂當此際,香囊暗解,羅帶輕分.謾贏得靑樓薄倖名存.此去何時見也?襟袖上空染啼痕.傷情處,高城望斷,燈火已黃昏.』(滿庭芳)此種秀雅之詞自較『大江東去』及『假使重相見,還得似當初麼』爲更易得文士們的歡迎了。晁補之及張耒諸人，詞名皆不及秦黃之著。補之字无咎，鉅野人，爲著作郎，亦坐黨禁被流放。陳質齋謂其詞佳者固未遜於秦七黃九。張耒字文潛，淮陰人，以直龍圖閣知潤州。晚年主管崇福宮。陳師道字履常，一字無己，彭城人，爲祕書省正字。程垓字正伯，眉山人，爲軾之中表兄弟，有書舟雅詞。垓的詞，如酷相思：『月掛霜林寒欲墮，正門外催人起。奈離別如今真個是，欲住也留無計，欲去也來無計。馬上離魂衣上淚，各自箇供憔悴。問江路梅花開也未？春到也須頻寄，人到也須頻寄』之類，是顯然受有柳永之影響的。大抵所謂『蘇門』的這幾個人，在詞的這一方面，實際並沒有受到蘇軾的什麼影響，所以歸之於『蘇門』，原是委屈了他們；倒是柳永的影響，在他們之中頗可顯著的看出。蘇軾的影響是直到後數十年才在辛棄疾，劉克莊諸人裏發現出來的，他們才可算是真的『蘇派』。

略後於蘇軾的著名詞人，有毛滂，周邦彥，賀鑄。毛滂字澤民，江山人，爲杭州法曹。嘗作惜分飛一詞，贈妓瓊芳：『淚溼闌干花著露，愁到眉峯碧聚。此恨平分取，更無言語空相覷。斷雨殘雲無意緒，寂寞朝朝暮暮。今夜山深處，斷魂分付潮回去。』蘇軾見而賞之，因此得名。後來他知武康縣，又知秀州，有東堂詞。賀鑄字方回，衞州人，生於公元一千〇六十三年，卒於公元一千一百二十年。元祐中通判泗州，後退居吳下，自號慶湖遺老，有東山寓聲樂府。張耒謂：『方回樂府妙絕一世，盛麗如遊金張之堂，妖冶如攬嬙施之袪，幽索如屈宋，悲壯如蘇李。』當時頗傳唱他的青玉案：『凌波不過橫塘路，但目送芳塵去。錦瑟年華誰與度？月台花謝，瑣窗朱戶，惟有春知處。碧雲冉冉蘅皐暮，綵筆新題斷腸句。試問閑愁都幾許？一川煙草，滿城風絮，梅子黃時雨。』此詞最後一句『梅子黃時花，』極爲時人所讚賞，故或叫他爲『賀梅子。』

周邦彥對於後來的影響，較賀鑄，毛滂爲大。這因爲他懂得音律之故。他字美成，錢塘人，歷官祕書監，進徽閣待制，提舉大晟府，後徙處州卒，有淸真集。他善於作慢詞，有的時候，辭句很典雅，有的時候也雜入些口語。劉潛夫謂：『美成頗偸古句；

陳質齋也說，『美成詞多用唐人詩語，櫽括入律，』實則此種的剽竊『成語』『舊意』本爲大多數詞人的通病，固不僅他一人如此。現在舉六醜（薔薇謝後作）一詞以見他的作風的一斑：『正單衣試酒，悵客裏光陰虛擲。願春暫留，春歸如過翼，一去無迹。爲問家何在？夜來風雨，葬楚宮傾國。釵鈿墮處遺香澤。亂點桃蹊，輕翻柳陌。多情更誰追惜，但蜂媒蝶使，時叩窗槅。東園岑寂，漸蒙籠暗碧。靜繞珍叢底，成嘆息。長條故惹行客，似牽衣待話，別情無極。殘英小，强簪巾幘。終不似一朶，釵頭顫裊，向人欹側。漂流處莫趁潮汐，恐斷鴻尚有相思字，何由見得。』

四

公元一千一百二十六年，北方的金人起兵侵入宋境，攻陷汴京，擒了宋徽宗，欽宗二帝北去。此後中國內部擾亂了好幾年。宋室終於不能再在北方立足，便遷都於臨安，卽所謂『南渡』。中國又成了如第五世紀時南北朝分立的局面，直到第十三世紀的後半，才再得統一。這事影響於文學很大；一方因異族之入主中國中部，破壞舊的典雅文學而產生了新的口語文學，造成將來戲劇，小說的創作；同時因這個大變動文人的情緒極受激刺，引起不少作家的愛國的熱情；大部分的作品便棄去了向來靡麗婉約的作風而向壯烈慷慨激昂的路走去．第一個大詩人，應這個呼聲而起的，便是辛棄疾．

辛棄疾字幼安，歷城人，初在劉豫處，後南來投宋，爲浙東安撫使，加龍圖閣待制，進樞密都承旨．他出入兵間，甚有才略；他的詞也慷慨豪恣，如他的爲人．如永遇樂（京口北固亭懷古）：『千古江山，英雄無覓孫仲謀處．舞榭歌台，風流總被雨打風吹去．斜陽草樹，尋常巷陌，人道寄奴曾住．想當年金戈鐵馬，氣吞萬里如虎．元嘉草草，封狼居胥，意贏得倉皇北顧．四十三年，望中，猶記烽火揚州路．可堪回首，佛狸祠下，一片神鴉社鼓．憑誰問：廉頗老矣，尙能飯否？』及菩薩蠻（書江西造口壁）：『鬱孤台下清江水，中間多少行人淚．西北是長安，可憐無數山．青山遮不住，畢竟東流去．江晚正愁余，山深聞鷓鴣』可爲一例．他的作風甚似蘇軾，大概所受於軾的影響是很深的。

繼棄疾的這種作風的有陸游，劉克莊及劉過諸人。陸游字務觀，山陰人，生於公元一千一百二十五年。少年時具熱烈的愛國心，甚思有所作爲。後至蜀爲范成大參議，自號放翁，最後爲寶章閣侍制，以公元一千二百十年卒。在他的詞裏，我們也可看出他的悲壯的氣概，如夜遊宮：『雪晚淸笳亂起，夢遊處不知何地。鐵騎無聲望似水，想關河雁門西，靑海際。睡覺寒燈裏，漏聲斷，月斜牕紙。自許封侯在萬里，有誰知鬢雖殘，心未死』桃園憶故人『中原當日，山川震，關輔回頭煨燼。淚盡兩河征鎭，日望中興運。秋風霜滿靑靑鬢，老卻新豐英俊。雲外華山千仞，依舊無人問；』及謝池春：『壯歲從戎，曾是氣吞殘虜。陣雲高狼煙夜舉。朱顏靑鬢，擁雕戈西戍。笑儒冠自來多誤。功名夢斷，卻泛扁舟吳楚。漫悲歌傷懷吊古，煙波無際。望秦關何處？嘆流年又成虛度』可以爲例。在他的五七言詩裏，我們更可常常的看出他的這種壯烈的情緒。劉克莊字潛夫，莆田人，官龍圖閣直學士，有後村詞。他的作風與辛

宋陸放翁先生遺像

陸甚相似，於玉樓春（呈林節推）『年年躍馬長安市，客裏似家家如寄．青錢喚酒日無何，紅燭呼盧宵不寐．易挑錦婦機中字，難得玉人心下事．男兒西北有神州，莫灑水西橋畔淚』一詞可見之．劉過字改之，襄陽人，一云太和人，有龍洲詞．他曾客於辛棄疾處，故作風也甚相似，讀他的清平樂：『新來塞北，傳到真消息，赤地居民無一粒，更五單於爭立．維師尙父鷹揚，熊羆百萬堂堂；看取黃金假鉞，歸來異姓真王』可見．

經過宋南渡的大變動的，尙有一個偉大的女流作家李清照．她字易安，是格非之女，嫁給趙明誠，有漱玉集．但她雖經這個大變動，在她的詞裏卻不甚可見什麼痕跡．她的作品並不多，然幾無一首不好的．她不善作五七言詩，所專致力的乃

李清照

是詞。如壺中天慢：『蕭條庭院，又斜風細雨，重門須閉。寵柳嬌花寒食近，種種惱人天氣。險韻詩成，扶頭酒醒，別是閑滋味。征鴻過盡，萬千心事難寄。樓上幾日春寒，簾垂四面，玉闌干慵倚。被冷香消新夢覺，不許愁人不起。淸露晨流，新桐初引，多少遊春意。日高煙歛，更看今日晴未？』如醉花陰：『薄霧濃雲愁永晝，瑞腦銷金獸。佳節又重陽，玉枕紗厨，半夜涼初透。東籬把酒黃昏後，有暗香盈袖。莫道不銷魂，簾卷西風，人似黃花瘦；』如聲聲慢：『尋尋覓覓，冷冷淸淸，悽悽慘慘戚戚。乍暖還寒時候，最難將息。三杯兩盞淡酒，怎敵他曉來風急！鴈過也，正傷心，卻是舊時相識。滿地黃花堆積，憔悴損，如今有誰堪摘？守着窗兒獨自，怎生得黑！梧桐更兼細雨，到黃昏點點滴滴。這次第怎一個愁字了得』之類，無不盛傳於人口。朱熹說，『本朝婦人能文者，惟魏夫人及李易安二人而已』。魏夫人爲丞相曾子宣妻，亦善作詞，如菩薩蠻：『溪山掩映斜陽裏，樓台影動鴛鴦起。隔岸兩三家，出牆紅杏花。綠楊堤下路，早晚溪邊去。三見柳綿飛，離人猶未歸』之類，意境也甚高。但李易安固不僅爲婦女中之能文傑出者，卽在各時代的詩人中，她所占的地位也不能在陶潛、李杜、及歐陽修、蘇軾之下。

自南渡之後，江南的地方，又漸漸的恢復了歌舞昇平的盛況；雖然有辛棄疾陸游之流，不欲苟安於小朝廷的局面，然而大多數的詞人又都已心滿意足的曼聲唱着閑歌豔曲，回向典雅婉和的大路走去了。這一派的詞家最多，朱敦儒，康與之最先出。

朱敦儒字希真（一作希直）洛陽人，爲兩浙東路提點刑獄，後告歸，有樵歌三卷。汪叔耕言『希真詞多塵外之想，雖雜以微塵，而其清氣自不可沒。』在漁父：『搖首出紅塵，醒醉更無時節。生計綠蓑青笠，慣披霜衝雪。晚來風定釣絲閑，上下是新月。千里水天一色，看孤鴻明滅』一詞裏，我們可見其作風一班。康與之字伯可，南渡初以詞受知高宗，官郎中，有順庵樂府。論者以他比於柳永。沈伯時說他未免時有俗語。

此後詞人之最著者有范成大，姜夔，史達祖，高觀國，盧祖皋，吳文英，蔣捷，張炎，陳允平，周密，王沂孫等．又有女流作家朱淑真．姜夔與吳文英對於後來詞壇尤有很大的影響．

范成大爲偉大的田野詩人，他的五七言詩甚著名，我們在他的詞裏也可見他的閑適的作風之一斑：眼兒媚：『酣酣日脚紫煙浮，妍暖破輕裘．困人天氣，醉人花氣，午夢扶頭．春慵恰似春塘水，一片縠紋愁．溶溶曳曳，東風無力，欲皺還休．』他字致能，吳郡人，生於公元一千一百二十五年，卒於公元一千一百九十三年．曾出爲帥，又入爲資政殿學士，有石湖集．姜夔字堯章，鄱陽人，流寓吳興，不第而卒，有白石詞．他善吹簫；自製曲，初則率意爲長短句，然後協以音律．范成大評他有『裁雲縫月之妙手，敲金戛玉之奇聲．』他的暗香：『舊時月色，算幾番照我，梅邊吹笛．喚起玉人，不管清寒與攀摘．何遜而今漸老，都忘卻春風詞筆．但怪得竹外疎花，香冷入瑤席．江國正寂寂，嘆寄與路遙，夜雪初積．翠尊易泣，紅萼無言耿相憶．長記曾攜手處，千樹壓西湖寒碧．又片片吹盡也，幾時見得！』可算爲他的代表作．史達祖字邦卿，汴人，有梅溪詞，姜夔稱他的詞『奇秀淸逸，融情景於一家，會句意於兩得．』如萬年歡：『兩袖梅風，謝橋邊岸痕猶帶陰雪．過了匆匆燈市，草根靑發，燕子春愁未醒，誤幾處芳音遼絕．煙溪上采菉人歸，定應愁沁花骨．非干厚情易歇，奈燕台句老，難道離別．小徑吹衣，曾記故里風物．多少驚心舊事，第一是侵堦羅襪．如今但柳髮晞春夜，來和露梳月．』可見一斑．高觀國字賓王，山陰人，有竹屋癡語．陳唐卿說他的詞『要是不經人道語．』如菩薩蠻：『春風吹綠湖邊草，春光依舊湖邊道．玉勒錦障泥，少年游冶時．煙明花似繡，且醉旗亭酒．斜日照花西，歸鴉花外啼．』可爲一例．他與史達祖二人都是很受秦觀、周邦彥的影響的；他們作品的情調都近於周、秦．盧祖皋字申之，永嘉人，（一云邛州人）爲軍器少監，有蒲江詞．他的作風也是承襲『典雅派』的，與史、高二人俱甚注意於用很鮮巧的辭句，例如烏夜啼（離恨）『柳色津頭泫綠，桃花渡口啼紅．一春又負西湖醉，離恨雨聲中．客袂迢迢西塞，餘寒剪剪東風。誰家拂水飛來燕，惆悵小樓空』。吳文英字君特，四明人，有夢窗甲乙丙丁稿。尹惟曉謂：『求詞於吾宋前有清真（周邦彥），後有夢窗』。不僅當時人如此推許，卽後來詞人也多以他爲『正統派』之宗匠的。但有一部分人卻反對他，如張炎說『吳夢窗如七寶樓台，眩人眼目，折碎下來，不成片段』。此實對於一般所謂『典雅派』的大多數作家的最確切的評語，不僅吳文英一人如此。他的詞，可以唐多令：『何處合成愁？離人心上秋。縱芭蕉不雨也颼颼。都道晚涼天氣好，有明月怕登樓。年事夢中休，花空煙水流。燕辭歸，客尚淹留。垂柳不縈裙帶住，漫長是繫行舟』及風入松：『聽風聽雨過淸明，愁草瘞花銘。樓前綠暗分攜路，一絲柳一寸柔情。料峭春寒中酒，交加曉夢啼鶯。西園日日掃林亭，依舊賞新晴。黃蜂頻撲鞦韆索，有當時纖手香凝。惆悵雙鴛不到，幽階一夜苔生』爲代表。蔣捷字勝欲，吳興人，宋亡不仕，有竹山詞。他的作品，有一部分是纖巧的，是屬於正統派的，如『紅了櫻桃，綠了芭蕉，送春歸，客尚蓬飄。昨宵穀水，今夜蘭皋，奈何雲溶溶，風淡淡，雨瀟灕』……（行香子）之類；有一部分是粗豪的，是屬於蘇辛一派，所謂『別派』的，如『甚矣君狂矣！想胸中些兒磊魂，酒澆不去。據我看來何所似：一似韓家五鬼，又一似楊家風子……』（賀新郎）然後者所作不多。張炎字叔夏，爲宋宗室之後。宋亡後，流落播遷，遊於四方，所交皆遺民逸士，故他在公元一千二百七十九年宋亡以後所作的詞，辭意隱約而一往情深，亡國之痛鬱結於紙背。集名山中白雲詞，（一名玉田詞）鄭思肖爲作序。如玉漏遲；『……幽趣盡屬閒僧，渾未識人間落花啼鳥。呼酒凭高，莫問四愁三笑。可惜秦山晉水，甚卻向此時登眺，清趣少，那更好遊人老。』及春從天上來：『海上回槎，認舊時鷗鷺，猶戀蒹葭。影散香消，水流雲在，疏樹十里，寒沙難問錢塘。蘇小都不見，擘竹分茶更堪嗟。似荻花江上，誰弄琵琶。煙霞自延晚照，盡換了西林窈窕紋紗。蝴蝶飛來不知是夢，猶疑春在隣家。一掬幽懷難寫，春何處？春已天涯，減繁華，是山中杜宇，不是楊花。』都可約略見到他的這種隱約而熱烈的悲痛。陳允平也是一個宋的遺民，字君衡，號西麓，明州人，有日湖漁唱。他的作風可於唐多令:『休去採芙蓉,秋江煙水,空帶斜陽一片征鴻。欲頓困愁無頓處,都著在兩眉峯。心中寄題紅,畫橋流水東。斷腸人無奈秋濃。回首層樓歸去懶,早新月掛梧桐』見其一斑。周密字公謹,濟南人,僑居吳興,自號弁陽嘯翁,宋亡後也不出仕,有草窗詞(一名蘋州漁笛譜)他也屬於正統派的,與張炎同爲當時最著名的詞人;他的作品可以點絳脣:『午夢初回,卷簾盡放春愁去。晝長無侶,自對黃鸝語。絮影蘋香,春在無人處,移舟去。未成新句,一硯梨花雨』爲例子。王沂孫字聖與,號碧山,又號中仙,會稽人,有碧山樂府(一名花外集),常與張炎等相酬和。

在這時,詞已成了舊體,又有新體的詩所謂『曲』的漸行於時,且已有人以『曲』來作劇本了。所以自蔣捷以下諸人,他們的後半生,都不獨是宋代的遺老,且也成了詩國的遺老了。

朱淑眞爲李清照後的一個女流大作家,她的五七言詩與詞都很好。她是錢塘人,境遇很悲慘,嫁了一個很壞的丈夫,終日抑抑不歡,所以她的詩詞中多蘊着愁苦之音。當時人集她的作品，名之爲斷腸集，這名正可以反映出她的生平。她的詞可以謁金門：『春已半，觸目此情無限。十二闌干倚遍，愁來天不管。好是風和日暖，輸與鶯鶯燕燕。滿院落花簾不卷，斷腸芳草遠。』及生查子（元夕）『去年元夜時，花市燈如晝。月上柳梢頭，人約黃昏後。今年元夜時，月與燈依舊。不見去年人，淚濕春衫袖』（此詞或以爲非她所作）爲代表。

五

自一千一百二十六年南北朝對立之後，北朝的文士有一部分遷到南方。但異族的金朝在當時也頗知提倡文學，於是到了後來作家也產生了不少單說詞，可稱爲作者的，前後有吳激，劉迎，王寂，李俊民，韓玉，趙秉文，党懷英，段克己，段成己及元好問等。吳激字彥高，建州人，爲米芾之壻。使金被留。劉迎字無黨，東萊人，有山林長語。韓玉字溫甫，有東浦詞。王寂有拙軒詞，李俊民有莊靖先生樂府。趙秉文字周臣，與元好問俱以古文著名。党懷英字世傑，有竹谿集。段克己字復之，河東人，有遯齋樂府.段成己爲克己弟,字誠之,有菊軒樂府.元好問字裕之,秀容人,爲北朝最大的作家,有遺山樂府.段克己、成己及元好問俱經見過蒙古(元)滅金的悲劇的,他們入元都不出仕,在當時也是詩國的遺老,與張炎,周密他們一樣.

此後,入元時,詞的新興作家未嘗沒有,然已無復有淸新的氣韻與動人心魄的描寫了.代之而興起,爲公元第十三四世紀的文學中心者乃爲戲曲.一般所謂詩國的遺老及遺少,固然不屑動筆去寫那種新體裁的作品,然而新起的作家卻風起泉湧的出來,佔領了當時的這個新文壇.這將在以後另述.

六

上面所敍的都是關於公元第十世紀以來的詩之一新體所謂詞的;我們承認中世紀裏的第二詩人時代,其重心乃在於這種新體詩.然而五七言的古律詩,在這個時代——公元第十世紀至第十三世紀的後半——也未嘗無重要的作家值得使我們敍述一下的.大抵在五代及宋初之時,五七言古體詩的地位,確曾被新體的詞佔奪了一時；到了梅堯臣，蘇舜卿，歐陽修，蘇軾，黃庭堅諸人出時一方面詞固在開展他的勢力，一方面五七言詩也在澄鍊他的內質，另改了一種新面目，以維持他的威權；所謂『宋詩』卽後人給他的特殊名號。曹學佺謂宋詩取材廣而命意新，不勦襲前人一字。雖然所謂宋詩之全部，不能當他的這種讚美，然而大多數的作家卻可以說是如此的。

宋詩的最初期，有楊億，錢惟演，劉筠等十餘人，以晚唐的李商隱爲宗向，其詩琢飾纖靡，號爲『西崑體』。然不久卽爲石介，梅堯臣諸人所推翻。與他們同時而不受其染的有王禹偁，徐鉉，寇準，韓琦，潘閬，林逋，石介諸人。王禹偁字元之，濟州鉅野人，爲翰林學士，出知黃州，徙蘄州而死，有小畜集。他的詩頗受有杜甫的影響；然如他的畬田調：『北山種了種南山，相助力耕尙有偏。願得人間皆似我，也應四海少荒田』平易如口語，已開了後來宋詩的風氣之先。徐鉉字鼎臣，會稽人，初仕南唐，後入宋爲檢校工部尙書。馮延己說，『凡人爲文，皆事奇語。不爾，則不足觀，惟徐公率意而成，自造精極。』由此已可見其作風之如何。寇準字平仲，華州下邽人，爲中書侍郎同中書門下平章事，有詩集。四庫全書總目提要謂他的詩『含思悽婉，綽有晚唐之致。然音韻特高，終非凡豔所可及。』如春雨：『散亂紫花塢，空濛暗柳堤。望迴腸已斷，何處更鶯啼！』可爲他的作品的一例。韓琦字稚圭，相州安陽人，官至右僕射侍中，有安陽集。潘閬字逍遙，大名人，爲滁州參軍。林逋字君復，錢塘人，結廬西湖孤山，不娶，以梅鶴爲伴，賜號和靖先生。其詩平澹邃美，梅聖俞謂詠之令人忘百事。如湖村晚興：『滄洲白鳥飛，山影落晴暉。映竹犬初吠，弄船人各歸。水波隨月動，林翠帶煙微。寺近疎鐘起，蕭然還掩扉』可爲一例。他的山園小梅中之數語：『疏影橫斜水淸淺，暗香浮動月黃昏』尤爲時人所傳誦。石介字守道，兗州奉符人，爲太子中允，人稱之爲徂徠先生。他是正統的古文家，一面攻楊億等之靡麗詩及駢文，一面又攻佛老，韓愈所提倡的古文之復興，他很有功績。

梅堯臣，蘇舜卿及歐陽修繼他們而起，開創了宋詩的局面。梅堯臣字聖俞，人

林和靖

稱宛陵先生，宣州宣城人，生於公元一千〇〇二年，卒於公元一千〇六十年，爲尙書屯田都官員外郎。他在當時詩名極大，爲公元第十一世紀前半的最大詩人，他少年時卽以詩知名，此期的詩，爲淸麗閑肆平淡，至後半生，則其詩涵演深遠，氣力剛勁，間亦琢剝以出怪巧。龔嘯謂他：『去浮靡之習於昆體極弊之際，存古淡之道於諸大家未起之先。』誠然，西昆體之滅絕，他是與有大力的。在河南張應之東齋：『昔我居此時，鑿池通竹圃：池淸少遊魚，林淺無棲羽。至今寒窗風，靜送枯荷雨。雨歇吏人稀，知君獨吟苦』及田家：『高樹蔭柴扉，靑苔照落暉。荷鋤山月上，尋徑野煙微。老叟扶童望，羸羊帶犢歸。燈前飯何有？白薤露中肥』可見其作風之一班。蘇舜欽字子美，梓州桐山人，生於公元一千〇〇八年，卒於公元一千〇四十八年。他在當時與梅堯臣齊名，號爲『蘇、梅』。劉克莊謂其歌行雄放於聖俞，軒昂不羈，如其爲人。大抵他與梅堯臣都是於古樸中具灝落渟畜之妙的，但梅則深遠閒淡，他則超邁橫絕，此爲二人不同處。他的詩有『會將趨古淡，先可去浮囂』之句，此可爲宋詩諸作家的共同宣言.他的作風可於若神棲心堂:『予心充塞天壤間,豈以一物相拘關.然放一物無不有.遂得此身相與閒.上人搆堂號棲心,不欲塵累相追攀.冷灰槁木極潰敗,雖有善迹輒自刪.予嘗浩然無所撓,與予異指亦往還.卷舒動靜固有道,期於達者誠非艱』一詩見一斑.歐陽修的詩較梅蘇爲富腴,情調從容而敷愉,然不如他的詞之蘊有深情,如曉詠:『簾外星辰逐斗移,紫河聲轉下雲西.九雛烏起城將曙,百尺樓高月易低.露裛蘭苕惟有淚,秋荒桃李不成蹊.西堂吟思無人助,草滿池塘夢自迷』可爲一例.

與他們同時的,還有邵雍,著有伊川擊壤集.他的詩平淡閑適,大部分無深摯的情緒,且喜說道理,成所謂『理學派』的詩的始祖.我們讀他的擊壤集,差不多到處可以遇見類似格言或教訓文的韻文,如生男吟:『我今行年四十五,生男方始爲人父,鞠育教誨誠在我,壽夭賢愚繫於汝.我若壽命七十歲,眼前見汝二十五.我欲願汝成大賢,未知天意肯從否』.此簡直不能復稱之爲詩;但也間有好詩.他的影響很大，如理學家周敦頤，張載，程顥等都是他的嫡派，其他如司馬光，富弼也與他同調。這一派的詩，淡易清和而毫不沾染華豔氣，是可稱許的，然有時則太淡了，淡如白水之無味，有時則以詩爲說『道理』的工具，成了有韻的格言，這都是他們的大病。

繼續梅堯臣諸人之後的有王安石，蘇軾，蘇轍兄弟，孔武仲，平仲，文仲兄弟，以及鄭俠，王令，米芾，張耒，晁補之，秦觀，沈遼，徐積等。黃庭堅也與他們同時，但他對於後來的影響卻最大，開創了所謂『江西詩派』的一個潮流；與他同時的陳師道，韓駒，晁冲之，都是受他的感化的，南渡以後的諸大詩人如陸游之流，也都甚受他

邵雍

的影響。

王安石少年時的詩，一往直前而無涵畜，晚來始見深婉不迫，如金明池：『宜秋西望碧參差，憶看鄉人禊飲時。斜倚水開花有思，緩隨風轉柳如癡。青天白日春常好，綠髮朱顏老自悲。跋馬未堪塵滿眼，夕陽偷理釣魚絲』可爲一例。蘇軾的詩豪邁奔放如他的詞，且氣象洪闊，鋪敍宛轉，黃庭堅，秦觀，張耒，晁補之等都曾多少的受其感化。如雨晴後：『雨過浮萍合，蛙聲滿四鄰。海棠真一夢，梅子欲嘗新。拄杖閑挑菜，鞦韆不見人。慇懃木芍藥，獨自殿餘春。』及送晁美叔：『我年二十無朋儔，當時四海一子由。君來扣門如有求，頎然病鶴淸而脩：「醉翁遺我從子游。」翁如退之

王安石（上官周作）

蹈軻丘，尙欲放予出一頭．酒醉夢斷四十秋，病鶴不病骨愈蚪．惟有我顏老可羞．醉翁賓客散九洲，幾人白髮還相收．我如懷祖拙自謀，正作尙書已過優．君求會稽實良籌，往看萬壑爭交流』可爲一例．蘇轍字子由爲軾之弟，當時也甚文名，時稱二蘇，然他的天才實不如兄．孔武仲字常父，臨江新喻人，與兄文仲，弟平仲並有文名，時稱『三孔．』他們的詩都甚豪邁，今取平仲的元豐四年十二月大雪郡侯送酒詩爲例：『平明大雪風怒嘷，屋上卷來亭下高．更深更密皆能到，所在紛紛如雨毛．堆床壓案掃復聚，取筆欲書冰折毫．鬚眉沾白催我老，自頸以下類擁袍．此時只好閉門坐，右手把酒左持螯．奈何巑岏據聽事，千兵踏籍泥如糟．强登曹亭要望遠，紙傘掣手不可操．黑陰遮眼鋪水墨，寒氣刮耳投兵刀．飢腸及午尙未飯，更搜詩句無乃勞．幸有使君憐寂寞，亟使兵廚分凍醪．余雖不飮爲一醻，兩頰生春紅勝桃．醉眼瞢騰視天地，螺蠃螟蛉輕二毫．勿令小暖氣便壯，自笑世間皆我曹．』鄭俠字介夫，福淸人，以進流民圖，反對王安石的變法得大名．他的詩亦疎樸老直，今以苞苴行為例：『苞苴來，苞苴去，封書裏信不得住。君不見箕山之下有仁人，室無杯器，以手捧水，不願風瓢掛高樹。』王令字逢原，廣陵人，卒時年僅二十八。他的詩亦古拙，例如：『秋夕不自曉，百蟲齊一鳴。時節適使然，鼓脅亦有聲。爭喧鼠公盜，悉窣虵陰行。獨有東家雞，苦心為昏明。』米芾字元章，太原人，徙居襄陽。善畫山水人物，自成一家，書亦勁奇；他的詩亦為時人所稱。蘇軾謂：『元章奔逸絕塵之氣，超妙入神之字，清新絕俗之文，相知二十年，恨知公不盡。』他的作品，今舉一例：『六代蕭蕭木葉稀，樓高北固落殘暉。兩州城郭青煙起，千里江山白鷺

米芾

飛。海近雲濤驚夜夢，天低月露溼秋衣。使君肯負時平樂，長倒金鍾盡醉歸。』（甘露寺）張耒的詩受白居易的影響爲多，甚閑適蘊籍，例如秋日：『隕葉鳥不顧，枯莖蟲莫吟。野荒田已穫，江暗夕多陰。夜語聞山雨，無眠聽楚砧。敝裘還補綻，披拂動歸心。』晁補之與秦觀的詩，俱爲甚受蘇軾的感化者；補之文調灝衍而拗拙，例如：『無心看春只欲坐。偶騎馬傍春街行。可憐愁以草得暖，一寸心從何處生。』（漫成呈文潛）觀的作風則宛麗渟泓如其詞，例如：『睡起東軒下，悠悠春緒長。爬搔失幽囀，款欠墮危芳。蛛網留晴絮，蜂房受晚香。欲尋初斷夢，雲霧已冥茫。』（睡起）當時稱他二人及黃庭堅、張耒爲蘇門四詩人。沈遼字睿達，錢塘人，與兄遘，俱有詩名，常與王安石等相唱和。徐積字仲車，楚州山陽人，亦以詩名，事母甚孝，卒時謚爲節孝處士。文同字與可，梓州人，與東坡爲中表，善畫，其詩清肅，無俗學補綴氣。

黃庭堅自號山谷老人，時人嘗以他與蘇軾並稱。他的詩自成一家，雖隻字半句不輕出，同時詩人及後人都甚受其感化。凡宗向於『江西詩派』的作家皆師承

黃山谷先生小象
似僧有髮似俗
無塵作夢中夢
見身外身
山谷先生自作像
贊後學翁方綱書

之。江西詩派的末流，其詩句至於拗拙之極而不能讀，此病在庭堅尚不甚著，例如：『海南海北夢不到，會合乃非人力能。地褊未堪長袖舞，夜寒空對短檠燈。相看鬢髮時窺鏡，曾共詩書更曲肱。作個生涯終未是，故山松長到天藤。』（次韻幾復和答所寄）及『狂卒猝起金坑西，脅從數百馬百蹄；所過州縣不敢誰，肩輿虜載三十妻。伍生有膽無智略，謂河可憑虎可搏。身膏白刃浮屠前，此鄉父老至今憐。』（題蓮華寺）呂居仁作江西詩派，所列者自庭堅以下凡二十六人，然其中除陳師道，晁沖之，韓駒外，並無甚著名之作家。陳師道字履常，一字無已，號後山，彭城人，爲祕書省正字。其詩爲直受黃庭堅的影響的；例如答黃生：『我無置錐君立壁，春黍作糜甘勝蜜。綈袍不受故人意，樂餌肯爲兒輩屈。割白鷺股何足難，食鸕鷀肉未爲失。暮年五斗得千里，有愧寒簷背朝日。』晁沖之字叔用，初字用道。少年舉進士，在京師豪華自放。後遭黨禍，棲遁於具茨之下，號具茨先生。他的詩氣勢洪闊而筆力寬餘，論者謂陸游可以繼其後。韓駒字子蒼，蜀仙井監人，嘗從蘇轍遊，其詩甚整鍊，不吝改竄，有寄人數年復追取更定一二字者。

宋南渡之後，詩人有沈與求，王庭珪，汪藻，孫覿，葉夢得，張元幹，張九成，陳與義，劉子翬，程俱，吴儆等，而以葉夢得與陳與義爲最著。沈與求字必先，湖州德清人，南渡後嘗參知政事，有龜谿集。王庭珪字民瞻，安福人，有盧溪集。汪藻字彥章，德興人，有浮溪集。孫覿字仲益，以嘗提舉鴻慶宮，故自號鴻慶居士。葉夢得字少蘊，吴縣人，南渡後爲江東安撫大使兼知建康府。他經過南渡的大事變，然其詩仍蕭閑疏散，不甚受此大事變的影響，例如：『澗下流泉澗上松，淸陰盡處有層峯。應知六月冰壺外，未許人間得暫逢。』張九幹字仲宗，永福人，有蘆川歸來集。張九成字子韶，開封人，學者稱之爲橫浦先生。陳與義字去非，號簡齋，汝州葉縣人，官至參知政事。其詩甚工，當時有盛名，劉後村謂：『元祐後詩人迭起，不出蘇黃二體，及簡齋始以老杜爲師。』如秋夜：『中庭淡月照三更，白露洗空河漢明。莫遣西風吹葉盡，卻愁無處著秋聲；』及中牟道中：『楊柳招人不待媒，蜻蜓近馬忽相猜。如何得與涼風約，不共塵沙一併來.』可爲他的作品的一例.劉子翬字彥沖,學者稱之爲屏山先生.程俱字致道,開化人,爲中書舍人,其詩蕭散古澹.吳儆字益恭,爲朝散郎,學者稱之爲竹洲先生.

繼他們之後的有陸游,楊萬里,范成大三大家,皆受江西詩派之影響者,又有號爲『永嘉四靈』之徐照,徐璣,翁卷,趙師秀四人,爲反抗『江西派』而主張復晚唐之詩風的.其他詩人更有尤袤,陳造,周必大,朱熹,陳傅良,薛季宣,葉適,樓鑰,黃公度,裘萬頃等.

陸游與范成大,尤袤,楊萬里俱爲江西派詩人曾幾的弟子,所以多少受些黃庭堅的影響,但他能別樹一風格,表白出他自己的創造的性格.他意氣豪邁,常欲有所作爲,所以灝漫熱烈的愛國之呼號,常見於他的詞與詩,而在詩中尤其顯躍,例如:『半年閉戶廢登臨,直自春殘病至今.帳外昏燈伴孤夢,簷前寒雨滴愁心.中原形勝關河在,列聖憂勤德澤深.遙想遺民垂泣處,大梁城闕又秋砧.』(秋思.)他的詠寫『田野』的詩也甚著名，例如：『避雨來投白版扉，野人憐客不相違，林喧鳥雀棲初定，村近牛羊暮自歸。土釜暖湯先濯足，豆蘸吹火旋烘衣。老來世路渾諳盡，露宿風餐未覺非。』（宿野人家）楊萬里字廷秀，吉州吉水人，爲祕書監，嘗自號其室曰誠齋。他的詩，自言始學江西，旣學后山半山，晚學唐人，後忽有悟，遂謝去前學而後渙然自得，時目爲『誠齋體』。他亦善於描寫田野景色，例如：『一晴一雨路乾溼，半淡半濃山疊重。遠草平中見牛背，新秧疏處有人蹤。』（過百家渡）其他各詩也閒澹多自得語，例如：『雨歇林間涼自生，風穿徑裏曉逾淸，意行偶到無人處，驚起山禽我亦驚。』（檜徑曉步）『百千寒雀下空庭，小集梅梢語晚晴。特地作團喧殺我，忽然驚散寂無聲。』（寒雀）范成大爲詠寫田園的大詩人。楊萬里於詩無當意者，獨推服成大之作，例如：『已報舟浮登岸更，憐橋踏平池，養成蛙吹無謂，掃盡蚊雷卻奇，』（積雨作寒）『柳花深巷午雞聲，桑葉尖新綠未成。坐睡覺來無一事，滿窗曉日看蠶生，』『晝出耘田夜績麻，村莊兒女各當家。兒童未解供耕織，也傍桑陰學種瓜，』『靜看簷蛛結網低，無端妨礙小蟲飛。蜻蜓倒掛蜂兒窘，催喚山童爲解圍。』『秋來只怕雨垂垂，甲子無雲萬事宜。穫稻畢工隨曬穀，直須晴到入倉時』（四時田園雜興）之類，都是未經人寫過的景色。

徐照字道暉，永嘉人。詩學晚唐，然頗多好的，例如：『初與君相知，便欲肺腸傾，只擬君肺腸，與妾相似生。徘徊幾言笑，始悟非真情。妾情不可收，悔思淚盈盈。』（妾薄命）徐璣字文淵，從晉江遷永嘉，爲長泰令。翁卷字靈舒，亦永嘉人。徐照等因卷字靈舒，亦各改字爲靈暉（照）靈淵，（璣）靈秀（師秀）『四靈』之號卽因此而起。趙師秀字紫芝，嘗出仕。他們都喜作五言律體詩。師秀嘗言：『一篇幸止有四十字，更增一字吾末如之何矣。』所以他們對於江西派的長詩甚致不滿。

尤袤在當時詩名雖與陸，范，楊並盛，然其詩存於今者不多。陳造字唐卿，高郵人，自號江湖長翁。陸游范成大俱甚稱許他。周必大字子充，一字洪道，廬陵人，爲樞密使右丞相。朱熹字元晦，一字仲晦，徽州婺源人，爲煥章閣待制。他是南宋大理學家，雖自稱不能詩，然如：『擁衾獨宿聽寒雨，聲在荒庭竹樹間．萬里故園今夜永，遙知風雪滿前山』（夜雨）之類，並不弱於當時諸大詩人．陳傅良字君舉，居溫州瑞安，習經世之學，其詩蒼勁．薛季宣字士龍，永嘉人，其詩質直暢達．葉適字正則，也是永嘉人，其詩用工苦而造境生．樓鑰字大防，自號攻媿主人，鄞人，其詩雅贍．黃公度字師憲，莆田人，洪邁謂其詩『精深而不浮於巧，平澹而不近俗』．裘萬頃字元量，豫章人，其詩也有閑適之趣．

略後於他們的大家，有劉克莊，戴復古及方岳．劉克莊字潛夫，號後村，莆陽人，在當時爲最負盛名之詩人．初爲建陽令，後爲福建

朱熹

提刑.他的詩初爲受『四靈』派之影響,後則自成一家,例如:『夜深捫絕頂,童子旋開扉.問客來何暮云僧去未歸.山空聞瀑瀉,林黑見螢飛.此境惟予愛,他人到想稀.』(夜過瑞香菴作)戴復古字式之,天台黃巖人,負奇尙氣,慷慨不羇.嘗學詩於陸游,復漫遊於四方.以詩鳴江湖間五十年.方岳字巨山,新安祁門人,爲吏部侍郎.其詩主清新,工於鏤琢.

這時代的女流作家朱淑眞,亦善爲五七言詩,音甚楚苦,然如馬塍:『一塍芳草碧芊芊,活水穿花暗護田.蠶事正忙農事急,不知春色爲誰妍?』之類,亦具閑澹的趣味.

劉克莊死後數年,蒙古由北方侵入南方,宋室便爲他們所破滅.許多詩人都不忍見異族之成南方的主人,或隱遁於山林,或悲楚的漫遊於四方,或則以死來泯滅一己的悲感.這些詩人之著者,有文天祥,謝枋得,謝翶,許月卿,林景熙,鄭思肖,眞山民及汪元量等.文天祥字履善,廬陵人.南宋末年爲右丞相,至蒙古軍講解,爲所留後得脫逃歸，起兵爲最後的戰鬥．兵敗，復爲他們所執，居獄四年，終於不屈而死．謝枋得字君直，號疊山，信州弋陽人．南宋亡後，嘗起兵圖恢復．兵敗，隱於閩．元累次徵聘，俱辭不就，後爲他們所迫脅，不食死，有疊山集．謝翶字皐羽，長溪人，自號晞髮子．嘗爲文天祥諮議參軍．天祥被殺，他亡匿，漫遊於各處，所至輒感哭．此時之詩情緒絕沈痛悲憤，例如遊釣臺：『百臺臨釣情，遺像在蒼煙．有客隨槎到，無僧依樹禪．風塵侵祭器，樵獵避兵船．應有前朝蹟，看碑數漢年』．許月卿字太空，婺源人，宋亡後，深居一室，十年而卒．林景熙字德陽，號霽山，平陽人，宋亡不仕，著白石樵唱詩集．鄭思肖字憶翁，號所南，福州連江人，宋

文天祥（上官周作）

亡後，坐臥不北向，他的詩淸雋絕俗，例如：『石竇雲封隱者家，一溪流水繞門斜，滿山落葉無行路，樹上寒猨剝蘚花．』眞山民不知其眞名，但自號山民．其詩澹贍，張伯子謂他爲『宋末一陶元亮．』汪元量字大有，號水雲，錢塘人．宋亡後隨王室北去，後爲道士南歸．其詩愴惻，如幽州歌：『漢兒辮髮籠氈笠，日暮黃金臺上立．臂鷹解帶忽放飛，一行塞雁南征泣．』在這裏所蘊蓄着的是多少的亡國淚！

北朝的金的五七言詩作者亦有多人；吳激與蔡松年齊名，時稱吳蔡，二人詩並淸麗．其後則有党懷英，李純甫，楊雲翼，趙秉文，雷淵諸人．党懷英的詩較他的詞

謝枋得

爲著名。李純甫字之純，號屏山，弘州襄陽人，縱酒自放，喜爲詩。楊雲翼字子美，樂平人，官至資善大夫，與趙秉文齊名，時稱楊趙。趙秉文字周臣，磁州滏陽人，號閑閑老人，有滏水集，其詩亦甚有名。雷淵字希顏，應州渾源人，師李純甫，尙氣節。此後則有王庭筠，王若虛，李獻能，元好問等，而以元好問爲最著。庭筠字子端，河東人，號黃華山主。若虛字從之，藁城人，有滹南遺老集。獻能字欽叔，河中人。好問年弱冠，卽被稱爲元才子，後官至翰林，金亡，不仕。著遺山集，編中州集。其詩沈鬱悲壯，筆力極雄健。爲當代之盟主，且亦爲元代諸作家之冠。

七

在這『第二詩人時代』散文並不見得發達，除了所謂『古文』的作家之外，其他重要的歷史家及論文家俱不多見。這時哲學的著作很多，然比之公歷紀元前四五世的周秦諸子則遠有遜色，思想且不論，卽以文章而論，周秦諸子的乃是很優美的文學作品，這時代的諸哲學家的卻極難有什麼可以算爲『文學的』之著作．但在這時代的後期，卻有用口語寫的幾種小說出現，此於後來中國小說的發展甚有影響，當於下一二章內論之．

這時代的歷史家，最初有劉昫，他是後晉時的一個宰相，曾編了唐書一部，但這部書卻不能算爲文學的．以後，有宋祁，歐陽修不滿意於他的這部書，又另編著了一部同性質的書，人別名之爲新唐書．歐陽修又自己獨著了一部五代史．此二書雖是他們用古文家的筆來寫的，然而在敍述裏並不見有什麼動人的地方．略後，有司馬光，著了一部通鑑，仿左傳的編年體裁，敍戰國至五代的事，是一部極專心的大著作．再以後，便沒有什麼値到提起的史書了．

古文的運動，本起於中唐時韓愈，柳宗元諸人，他們欲撲滅自六朝至那時的駢儷的文體而復歸於純樸古雅．在當時卽成了文學上的一支海流，然卻並未有絕大的影響與優越的地位．宋初，楊億諸人尙從事於麗靡的文．後來石介，尹洙，柳開，穆修諸人起，才推倒了楊億等而宣傳韓柳的古文．歐陽修繼之而鼓吹，而古文始大行於文壇。曾鞏，王安石以及蘇洵，蘇軾，蘇轍之父子三人皆爲受他的影響而興起的。自此以後，古文遂成了散文的正統體裁，作者不絕。在文壇上占領了極優越的地位。南渡以後，古文作家之著者有王十朋，呂祖謙，陳亮，朱熹，葉適，謝枋得等。北朝亦染受此種風氣，古文作家之最著者，有趙秉文，党懷英，王若虛及元好問。這個運動，最大的功績在摧毀了不自然而雕琢過度的駢文的權力，而其病則在以『古』爲尙，以摹學所謂太史公，揚雄的文字爲高，不知向獨創的路走去；而以文學的尺來估量他們的作品，也使我們不敢恭維他們有什麼偉大的成績。所以

呂祖謙

他們雖在文學史上成了一個大潮流，我們卻不能給他們以重要的地位。

參考書目

一、五代詞在全唐詩的最後一册（第十二函第十册）裏，已差不多收羅完備。

二、花間集十卷，蜀趙崇祚編，有汲古閣刊本及四部叢刊本，又有其他通行本。此書除南唐二主及馮延己不列入外，五代的重要詞人幾全收羅進去。

三、南唐二主詞有晨風閣叢書本，又有劉繼曾的南唐二主詞箋，無錫圖書館印。

四、馮延己詞有王鵬運刻的四印齋本。

五、韋莊的浣花集有四部叢刊本。

六、詞綜三十六卷，朱彝曾編，選唐五代至宋元的詞，有原刻本，又有坊刻本，附王昶的補遺。

七、最好的詞集叢刻，近有三種，一、雙照樓所刻詞，爲吳昌綬編刻；二、四印齋所刻詞，爲王鵬運編刻；三、彊村叢書，爲朱祖謀編刻。以彊村叢書所收錄爲最多，且最易得。

八、汲古閣刻的宋六十家詞也甚有用，近有石印本。

九、歐陽修的文忠集甚易得，四部叢刊中亦有之。

十、蘇軾的全集較好的有東坡七集，近有翻刻本。

十一、柳永，周彥邦，賀鑄，辛棄疾，吳文英，姜夔，諸人的詞集，在六十家詞及彊村叢書中俱有之。

十二、張炎的山中白雲洞有古今名家詞刻本，周密的草窗詞，有知不足齋叢書本，但彊村叢書中亦俱有之。

十三、李清照的漱玉詞，在汲古閣刻的詩詞雜俎中，（此書近有石印本。）四印齋所刻詞中亦有之，最完備。

十四、汲古閣刻的詞苑英華中，包羅了不少的「詞選，」如花間集，絕妙詞選等。

十五、宋詩總集以吳之振編的宋詩鈔爲最著，近有商務印書館的翻印本，並印行宋詩鈔補一書。

十六、梅堯臣的宛陵集，有震澤徐氏刻本，又有四部叢刊本。

十七、蘇舜欽的蘇學士集，有宋犖校刻本，又有四部叢刊本。

十八、王安石的臨川集，通行本甚多，四部叢刊中亦有之。

十九、黃庭堅的詩集，通行本甚多，四部叢刊中亦有之。

二十、陳師道的后山集，陳與義的簡齋詩集，四部叢刊中亦有之。

二十一、范成大，楊萬里，陸游，劉克莊諸人的集子，四部叢刊中俱有之。

二十二、元好問的遺山先生文集，四部叢刊中亦有之。

二十三、呂祖謙編的宋文鑑及續於此書之後的南宋文範及南宋文錄錄均有江蘇書局刻本。

二十四、金文雅爲莊仲方編，亦爲江蘇書局出版。

第十五章　中世纪的波斯诗人

第十五章　中世紀的波斯詩人

一

中世紀的波斯，在文學上，真是一個黃金時代；雖然她曾被阿剌伯人侵入了一次，接着又被蒙古人所統治，然而她的詩的天才，在這個時代卻發展得登峯造極，無以復加；正有類于同時的我們的中國，那時，我們也恰是詩人的黃金時代。所有近代歐洲人所熟知的弗達西，亞摩客耶，沙地，赫菲玆諸大詩人，都產生在這時。波斯的文學，以詩歌爲主體，無論在那個時代都是如此。但在古代流傳下來的詩歌，卻不過是些斷片或不重要的作品，或敍述醫學，地理之類的韻文而已。到了中世紀的時候，纔有偉大的詩人出來，而許多的偉大的詩人，也只在中世紀呈現他們的異彩，以後，便又不大有什麼可以與相比肩的作家了；尤其在公元十一世紀之初至十四世紀之末，是波斯詩人的黃金時代。

關於波斯詩人的生平與作品，有好些重要的詩選存在於今，足以供我們的取材與研究。除了幾個大作家有專集流傳的之外，其餘的詩人便不能不靠這些詩選以保存他們的作品了。

自阿剌伯人侵入了波斯之後，灌輸了兩種的東西進去，一種是回教，一種是阿剌伯文。波斯人信仰回教的不少，用阿剌伯文做詩和文的尤不少。而在詩歌的作品上，用阿剌伯文的尤爲習見。但也有不肯舍棄他們本國的語言文字，而仍舊用他們的祖國的文字來寫作詩歌的。所以波斯的詩人，有兩輩，一輩是用波斯文寫他的詩的作家，一輩是用阿剌伯文寫的作家。這些文字都不是我們所熟悉，或可以說所曾常常見到的，所以這裏便不再細細的分出那個作家是用波斯文，或那個作家是用阿剌伯文的了。

我們的講述開始於波斯的回教時代．所謂回教的波斯的第一個真的大詩人便是路達吉（Rùdukì or Rùdagì）．與他同時代的作家們便已給他以很高的名譽了，有人竟稱他爲『詩人的王．』相傳他一生出來，便已瞎眼．他不僅是一個優美的詩人，且還是一個最好的歌者，還會奏琴．他常在那沙二世（Nasr II, 913–942, A. D.）之前，和琴而歌，頗得那沙的喜愛．到了後來當他晚年時，他的寵愛衰了，便貧窮而死．據說當他盛時，他有二百個奴隸，他的行囊須有一百隻駱駝去背載．他的詩有一百卷，但傳於今卻已不多，今譯其一首如下：

把那酒，你可以稱之爲紅寶石融化於杯中的酒，帶來給我，這酒還如一把出了鞘的偃月刀，在正午的太陽光之下照耀着．

牠是玫瑰的水，你可以說，蒸溜得純潔了的；

牠的甜蜜之悅人，如睡神的手掌偷偷的經過初倦了的眼上．你可以稱那杯子爲雲，那酒便是從雲中落下的雨點，或可以說，你所長久禱求的充滿心中的快樂，終於來到了。如果沒有了酒，所有的心，都要如一片的荒漠，困悶而黑暗，但如果我們的生命的最後呼吸已經告終，一看見了酒，便更會帶了牠回來的。

呵，如果一隻鷹迅飛了下來，攫取了那酒帶到天空上去，

帶到所有的卑下的人都得不到之處，誰不會如我似的喊了一聲『好呀！』呢？

路達吉之後，有達恢恢（Daqiqi）他的名字雖是阿刺伯的，但他卻信仰波斯的古教，此可於他之讚美飲酒的詩中見之。達恢恢的大名望存在於一部未完成的波斯史詩中；他開始寫了一百韻，講到古教的起源與建立，突然的爲他的一個所愛的奴隸，一個土耳其的童子，所刺死了。以後弗達西著他的大史詩時，便把達恢恢的著作運用進去。達恢恢的詩名，在當時很大，曾有一個大臣，引進了一個詩人給某個王，說道：『陛下，我帶了一個詩人來給你，自達恢恢的臉爲死所幕後，時間的眼還沒有看見像他一樣的詩人呢。』達恢恢的抒情詩，流傳於今者不過四

十韻，今譯其一首如下：

停留得太久了，我是輕輕的想道：走呀！
卽如一位貴客，也許可以停留得過久．
然在井中的水，儲得時間多了，
便要失去牠的流性，牠的甜味也要走了．

此外，在路達吉和達恢恢同時，還有不少的小詩人，卻不是這裏所能盡舉．

二

蘇丹馬摩特（Mahmud, 940–1020, A.D.）在位時，波斯的文學很發達．他自己會作詩，手下的詩人很不少，其中最有名的便是弗達西（Firdawsi）．相傳，有一天，馬摩特左右的三個詩人正在某處談話，一個從異地來的人卻要加入他們的羣中．一個詩人便起來說道：『兄弟，我們是國王的詩人，須要是詩人纔能進我們的羣中．現在我們聯句，每人都作一句，如果你能把第四句接得上，那末便可以進我們的羣中了』 這個客人答應了.他們有意把第四句的韻弄得很難,然他卻做得很好.這個客人便是弗達西.他們同時發現,弗達西對於波斯古代的傳說和歷史的知識,非常的豐富.於是他們便進言於蘇丹馬摩特,叫他繼續達恢恢,把那部大史詩做完全了.弗達西於是專心去做這個大工作.馬摩特並答應他每一千韻,給他一千個金錢.他努力了三十年,這部帝王之書.(The Shahnamah)纔告成功.當他大功告成時,便以一份鈔本呈獻於馬摩特.他待這位大詩人很冷淡,對於帝王之書也並不表示熱烈的歡迎.弗達西很不高興,便寫了些諷刺詩.這個諷刺詩到了馬摩特的耳中,他也生氣了,便僅以六萬的小錢,代替六萬的金錢,償報他的勞苦.當錢到時,弗達西正在公共浴池中.他接受了賜錢,又驚又怒,便立刻把這些錢分給浴池的侍者和扛錢來的奴隸們了.他想到了一個復仇的方法,便寫了一首很刻毒的諷刺詩,托一個寵愛的首相代呈,並說,這詩須於國王政務忙時當衆誦讀,以娛悅他.他他自己立刻動身到報達的王宮中以避禍.報達的王卻給他以六萬的金錢;他又在帝王之書上,加了一千韻.他的著名的詩篇,這時已傳誦於衆口.馬摩特很後悔他以前的行爲,便卑辭厚禮,差了一個人,送了以前所許的金錢,並國袍一襲給弗達西,要請他回來.但當這位使臣到時,弗達西已經死了.他死時年已八十.

他的詩名極高,在歐洲人所知道的波斯的詩人中,他是他們所熟知的第一個大詩人,如希臘之荷馬一樣.帝王之書包含波斯古代至弗達西之前代,即阿刺伯人之侵入時(公元六三六年)時爲止.他所用的文字是波斯文字的最純粹者,阿刺伯字用得極少.帝王之書中有許多節是非常美麗的,其描寫力之偉大與音律之諧和,沒有一個詩人可以比得上他.他的抒情詩也很好,玆舉其一首如下:

我的頭要是偎靠在你胸前一夜,
牠便要高揚到天空之上了;
我要把筆碎在水星的手指中,

我要把太陽的冠，握取來當做我的獎品。
我的靈魂要飛在九天之上，
土星的高傲的頭，卻還躺在我的足下，
然而找卻可憐那失望的愛者們，悲苦得傷了，死了，
如果你的美貌，或你的丹脣，或你的雙眼成了我的。

阿薩地（Asadi）亦名大阿薩地，因爲他兒子也是作者。相傳他是弗達西的先生，又是他很好的朋友，他死在弗達西之後，大約年齡是很高大了。當蘇丹馬摩特要把大史詩帝王的書請他編著時，他辭以年老；這個責任便落在弗達西的身上，後來，弗達西快要死了，而他的帝王的書卻還有最後的四千韻沒有寫好；阿薩地便以一日一夜的工夫把牠完全寫好了，第二天讀給將死的弗達西聽，以安慰他。但阿薩地的名望並不繫於此，他自有他自己的大著作在。他以善於作戰詩（Strife-poem）稱，共作了這樣的詩五篇，一爲阿刺伯人與波斯人，二爲天與地，三

爲盾與弓，四爲日與夜，五爲回教與波斯教，其中以日與夜爲最有名。阿薩地也與弗達西一樣，最後卻爲蘇丹馬摩特所不喜因爲他在阿剌伯人與波斯人中，稱揚了馬摩特的仇人。

三

以後的時代，便是那騷、伊、古斯拉（Nasir-I-Khusraw），亞摩客耶（Umar Khaygàm）及幾個別的大詩人的時代了。

那騷、伊、古斯拉是一個詩人，游歷家；關於他的傳說，非常的多。相傳他是巴爾克（Balkh）的國王，被他國民所逐放，寄居於永江（Yumgàn），他的家中，飾以最美麗的浴池，花囿和武士，而浴池之弘麗尤爲後人所豔稱。他的大著作是用一部散文寫的游記；一部詩歌全集，名狄王（Diwan）及一部光的書（Book of Light）等。由他的游記裏，我們可以略略知道些他的生平。他是某地政府裏的祕書，在公元一〇四五年的冬天，因爲受一個夢境的警告，他便立志把他所稱爲『能夠滅少世界的憂愁的唯一東西』的酒禁絕了，並動身到米加去朝聖地．這時，他大約是四十歲．以後游歷了許多地方，在一〇四七年到了埃及的大府開羅，在那個地方約住了二三年．這個游歷共經過了七年纔歸到本鄉．他的狄王這時已經告成了．他的哲學，是以自由意志說代替了定命論．他說道：

『雖然上帝創造了母親胸頭與乳汁，

孩子們卻要自己把母親的乳汁啜來吃．』

『你的靈魂是一本書，你的行為是如寫的東西：除了好的話以外，不要寫別的東西在你的靈魂上：

啊，兄弟，把那好的，完全好的話寫在那本書上吧，因為筆是在你自己手上的．』

在他的狄王上，都是些長的詩篇，茲節譯其中的幾節如下：

你的身體對於你是一條鐵鍊，世界對於你是一所獄室：

你竟把這個獄室當做家，而以鐵鍊為好的東西麼？

你的靈魂是弱於智慧，且也赤裸裸的沒有工作：

去求智慧的强健吧，去把你的裸體竭力隱藏了吧。

你的文字是種子；你的靈魂是農夫，而世界是你的園地：

讓農夫好好的耕種，園地上便要出產豐富了。

狄王是有力的，原創的，忠懇而有熱誠勇毅而具學問，在別的波斯詩人中，沒有一個是像他那樣的積極的。

那騷、伊古斯拉以外，同時有四個大詩人，都是以寫作四行詩，波斯的一種特別詩體著名。第一個便是『天文家詩人』亞摩客耶，第二個便是方言詩人巴巴、太哈（Bábá Táhir），第三個便是有名的神祕者阿皮爾、客爾（Abil-Khayr）第四個是巴利、安薩（Pir-i-Ansar）。

亞摩客耶爲了英國文人菲茲格拉（Fitz-Gerald），曾翻譯了他的詩，幾乎在歐洲成了一個東方最大的詩人，比他在本國所得的聲望大得多了。在他的本國，波斯，他的名望乃大部分在於他的算學與天文學，而非他的詩的成功。在尼達米(Nidhami)的四個討論(Four Discourses)中，曾有一段關於亞摩客耶的記載，非常的動人。他說，他在一個地方和亞摩相遇，聽見亞摩說道：『我的墳，將來一定在一個地方，那裏，樹上的花，將每年兩次落在我上面。』這件事似乎不可能的，所

『於是春天來了』

亞摩客耶的魯拜集

『在綠蔭之下，有一塊麵包，
一瓶酒，一卷詩，——還有你
在我身邊，在荒野中唱着，而
荒野現在是天國了。』

亞摩客耶的魯拜集

以他將信將疑，然而他卻知道亞摩是不說虛話的．當公元一一三五——一三六年時，他叫了一個嚮導，在某一個禮拜五的黃昏，引他到亞摩的墳上．他的墳正在一個花園的牆腳，墳上恰好有一株梨樹和一株桃樹，伸出他們的頭，落了無數無數的花瓣在他的墳上，幾乎使他的塵土埋葬在花下．於是他想起了亞摩以前說的話，他掩面哭了．

在歐洲，亞摩的故事，流傳於衆口者不少，卻大半為浪漫的故事而非真實的事蹟．他的著作，以魯拜集 (Rubáiyyat) 為最有名，凡包含四行詩一百五十八首，卽菲茲格拉所譯者是.

巴巴太哈(Baba Táhir)是一個方言詩人,如英國的葆痕士(Burns)一樣.他的生平,我們知道的很少;波斯的作家,或以他爲生於公元十一世紀之初,或以他爲生於公元十三世紀之末;然經了幾個學者的考察的結果,斷定他是生在十一世紀中.在波斯的一部古書中,有一段關於他的故事.蘇丹皮格(T. Beg)到了哈馬丹(Hamadan),看見了三個聖者,巴巴太哈是其一.他立刻跨下了馬,走近他們,吻他們的手.巴巴太哈問道:『你對待上帝的兒子什麼樣子?』蘇丹道:『聽從你的意見.』巴巴道:『還是聽從上帝的意見罷,上帝喜的是正直和好行爲.』蘇丹哭了,說道:『我將這樣辦.』巴巴取過他的手來,把一隻破的長頸瓶,套在他指頭上,說道:『如此,我將世界的國放在你的手上:你要正直!』蘇丹把這瓶當做寶物,每次出戰,一定把牠套在指上.可見巴巴是如何的能感動人.這次的會見,約在公元一〇五五——五八年,故知巴巴必生於十一世紀中.

阿皮爾客爾（Abil Khayer）生於公元九六七年，死於公元一〇四九年，是第一個把四行詩用來當做傳達宗教的神祕的與哲學的思想的工具的人，相傳他和巴巴太哈爲友；當他們第一次相見而分離後，那神祕家說道：『我所見的東西他知道』那哲學家則道：『我所知道的東西他看得見』阿皮爾、客爾的生平大約不很平穩，他的經驗大都在『靈魂的世界』而不在『地平線上的世界』這使他與別的好些詩人不同，他的詩，另有一種可愛的地方，與亞摩客耶他們的情調是兩樣，現在譯其三首如下：

（一）

先生，如果我喝了酒，如果我
耗費我的生活在把酒和愛情滲合在一處，請你不要責備我；
當我酒醒了時，我和敵人們坐着；但當
我忘了我自己時，我是和朋友坐着。

（二）

我說道，『你的美是屬於誰的！』
他答道：『因爲只有我一個存在，所以屬於我；
愛者被愛者與愛情都是一個，就是我，
美，和鏡，和能看的眼，也都是一個，就是我』。

（三）

要去殉道的戰士們，去爲信仰而打仗；
他們難道不知道：
更高尚些的殉道的愛者們，
乃爲被殺於朋友之手而非死於敵人之手者麽？

他還有一首更有名的詩，如下面的，曾被一位詩人完全引用入他自己獻給他的戀愛者的詩中：

要是你呼喚我時，雖然我的身體躺在沈重的墓場的泥土之下，
雖然我的骨已經消去了，我仍將答應你的。

巴利、安薩（Pir-i-Ansar）是四個四行詩作家的最後一個；批評者說，他的許多半神祕，半倫理的著作，（這些著作有時用有韻的散文寫成，有時用散文雜以真的四行詩寫成）貢獻於神祕的，教訓的詩歌的發達者，比之任何別的詩人都多些。他以他的禱歌集（Munajat）及他的魯拜集（Rubaiyyat），即四行詩集）著名，他生於一〇〇六年，死於一〇八八年。底下的一首東西是他的禱歌中取出來的：

啊，上帝！兩片的鐵，從同一地方取出，一片成了一個馬蹄鐵，一片成了一個王的鏡子？啊，上帝自你
有了分離的火後，爲什麼你只燃着那地獄的火，啊，上帝！我幻想我知道你，但現在我把這幻想拋
在水中了。啊，上帝！我是無助的，迷惑着的；我不知道我有什麼，也沒有了我所知道的東西了。

四

以上講的都是神祕的詩人，底下四個是他們同時代的非神秘派的詩人。

客特倫（Qutran）曾與那騷、伊、古斯拉談過話，那騷說道：『我在太白里（Tabris）見到一個詩人，名爲客特倫。他寫得很好的詩，但不大知道波斯文。』客特倫對於藝術，非常的講究，曾創造了幾種很難的韻式，後人模倣者不少，成了一個詩派。

小阿薩地是大阿薩地的兒子，名爲阿里（Ali），曾作了一篇模倣帝王的書的英雄史詩，名格沙士那馬（Garshasp-nama），敘一個古代傳說中的英雄格沙士的歷險和成功。此詩共有九千或一萬韻，告成於公元一〇六六年。他的最重要的著作是一部波斯文的辭典（Lexicon），據說是他在晚年纔編成的。

阿沙特（Fakhru'd-Din As'ad）以作浪漫的詩歌委士與賴明（Wis and Ramin）著名，如果沒有這篇東西，他的名字便早已湮沒了。茲引委士與賴明最後的一歌以見這詩的一斑：

啊，快樂的委沙，她的紅脣，微笑的承認他們的戀愛，

緊壓在賴明的紅脣上，

上帝祝福他們願望的成功，

而馬巴（Mubad）的無結果的熱情是白費力了。

弗西喜（Fasihi）與阿沙特是同鄉，他也著了一部很著名的詩，講述那曾爲許多詩人所傳述的瓦美與阿特拉（Wamiq and Adhra）的故事。關於這個故事，有一件事很重要。某一日，一個人送了一部書給一個總督當做贈品。總督問他是什麼書，他說是瓦美與阿特拉的傳奇，很有趣的故事，一個聰明人爲某王寫的。總督說道：『我們是讀可蘭經的人，除了可蘭與先知者的著作外，別的都不讀。如這一類的書，我們都不需要，因爲他們是魔術家所編的，我們一見就要看不順。』於是他命這書拋在水中了。並下令凡波斯人及魔術家做的書都用火燒了。所以當時波斯的詩壇遭了一個大刼。據說，有好幾種的瓦美與阿特拉的傳奇都因此而

散失不傳了．

這四個詩人以外，阿爾馬里 (Abul-Ala al-Maarri) 是應該在最後一舉的；他是敍利亞的一個小村鎮的人，四歲時因天花瞎了一隻眼，後來，又瞎了一隻．他非常的富裕，奴隸極多，但他自己卻過着隱士的生活，穿着粗布的衣，每日吃着半塊麵包．那騷、伊古士拉，經過他住的地方，曾與他見面過．他在詩歌與文學上，地位極高，又是一個很偉大的思想家．雖不是一個波斯人，也不曾住在波斯的地方，然卻對於以後波斯的悲觀的與懷疑派的詩人影響很大．他的最有名的著名有西托士、桑特 (Siqtu'z-Zand)，包含他早年的詩歌；洛蘇米耶特 (Luzumiyyat)，包含他晚年的哲理與悲觀的詩；他的尺牘，有名的東西不少；再有天堂與地獄 (Risalatul-Ghufrân)，乃是一種散文的神曲，馬里敍寫他自己的想像的地獄旅行的．這裏譯了他的一首四行詩：

啊，你阿蒲爾阿拉，蘇萊門 (Sulayman) 的兒子，

眞的,你的盲目乃有益於你的;
因爲,你若能看見人類,
在他們之中,將沒有一個人是你的瞳子所要看見的.

五

此後,阿剌伯文的勢力漸衰,波斯文的勢力一天天的盛大,一般的詩人,都採用本國語言來發表自己的情思.在這個時代的初期,沙那依 (Sanai) 是一個很重要的作家,他的生平,我們不大知道,僅曉得他是一個王庭中的詩人;他的著作以眞理之國 (Garden of Truth) 爲最著,其他行爲的書,戀愛的書,理性的書等,流傳得極少.眞理之園有一萬一千韻,與其說是純粹的神祕的書,不如說是道德的與倫理的.全書分爲十卷.但他行文用韻處很沈笨無趣,爲波斯最沈悶的書之一.他的狄王 (The Diwan) 卻比眞理之園高得多了.他的抒情詩也很美麗可愛.

摩齊 (Amir Muizzi) 是桑酌 (Sanjar) 朝的桂冠詩人.論者稱他爲『波斯

的最甜蜜的歌者與最美麗的機警者之一，他的詩到達了新鮮與甜美的最高點，流利與可愛都是無比的.』他甚爲桑酌所寵愛，家產很富裕，但結局卻很憂悲；因爲有一次桑酌正練習箭術，卻無意中把他射死了.但有的人說，他並沒有死，不過受傷而已，不久便復元了.他的死年約在公元一一四七——一四八年，與他們同時代的詩人很不少，這裏只好都略去了.

六

以後便是公元十二世紀的後半葉了.這時產生了四個很偉大的詩人，安瓦里(Anwari)是其中最早出來且最有名的一個.在世界上，除了安瓦里的本國批評家外，多不知道安瓦里乃是波斯的三大詩人之一，與弗達西及沙地(Sadi)並肩而立，而超越過那騷、伊古斯拉諸人之上.安瓦里的生平，知道的人不多；僅曉得他初時專心於科學，對於天文學，幾何學，論理學以及其他，無不有精深的研究.相傳他在學校時，是一個窮苦的學生.有一天，校門外邊，經過了一個騎着高頭大馬的人，四周都是奴隸和侍者們圍護着。安瓦里便問他是什麼人，後來知道了他原來是一個詩人，便叫道：『天呀，科學的地位這樣的高，而我卻如此的窮，詩的等級這樣的低，而他卻如此的顯赫麼？我敢立誓，從今天起，我要做詩了，那是我最低的工作！』於是當夜他便作成了一首詩。第二天早晨，他便立在蘇丹的宮門外背誦他的詩。蘇丹問他是要錢呢，還是要宮庭中的一個位置，他答道：

『除了在你的門口，世界上沒有我息足的地方了，

除了這個宮牆之內，我的頭便再也找不到別的地方躺下了。』

於是蘇丹給了他一個位置。但他的性情是不適宜於宮庭生活的，他常說道：『行乞是詩人的法律。』他又告訴人說詩人如不到了五十歲便不應該作詩；然而他自己的詩人生活，卻至少經過了四十年以上（公元一一四五——一一八五年）。他的晚年，相傳曾爲某城的人民所辱，因爲城中出現了一冊諷刺詩，很刻薄的罵那裏的居民，他們都以爲這是安瓦里做的——其實並不是他——便把

他拿去游街頭上帶了女飾．虧得中途被他的幾個有力的朋友救了．他作了一首巴利諾狄亞（Palinodia）的長詩，記載此事並感謝救他的人．但他的最好的詩乃是柯拉桑之淚（The Tears of Khorassan）一詩．此詩寫於公元一一五五年，敍的是一族野蠻民族的變亂事．波斯某處，有蠻族古茲人聚居，地方官懼其勢力伸張，便用兵去討伐，卻失敗了，蘇丹桑酌（Sanjar）自己派兵去，古茲人恐懼求和，他不答應．於是古茲族拚命打仗，打散了官兵，把桑酌也擄獲來，並攻入都城及各地，焚略殺奪，無所不至．這是歷史上的一件大事，安瓦里在這詩裏寫得尤爲驚人；其中有一段是如此：

啊，晨風呀，如果你經過了沙麥曠（Samarquad），

把柯拉桑人民的信帶給王子吧，

這封信的開頭是肉體的痛苦靈魂的悲感，

這封信的結束是精神的憂鬱心頭的燃燒，

這封信的字裏行間，是充滿了可憐者的嘆息，
這封信之內含儲的是被害者的紅血，
這封信的一個一個的字母是如被壓迫者的胸的一般乾枯，
牠上面寫的地位是爲憂苦之眼所潮溼了；
所以耳朵的通道當聽了這封信時是受傷了，
所以眼睛的瞳人當見了這封信時是變爲血了。

第二個大詩人是卡客尼（Khaqani）；他的詩以隱晦難讀著稱，或稱之爲『波斯高蹈派』（Persian Parnassus）中最重要的詩人之一。他生於公元一一〇六——七年，他父親是一個木匠，但很早的死了；他叔叔教養他，授他以阿剌伯文，醫學，天文學等。他的學詩由於宮庭詩人阿蒲爾、阿拉（Abul-Ala）之指示，他並給他女子爲他的妻。後來他到了一個王宮裏，但那裏的生活卻不大好。他很想到柯拉桑去，因爲聽見蘇丹桑酉待遇詩人很好，但這個計劃似乎並沒有實現，因爲他

有一詩道：

爲什麼原因他們不讓我到柯拉桑去呢？
我是一個夜鶯，然而他們卻不讓我去拜訪玫瑰園。

不久，柯拉桑爲野蠻人所毀，桑酌又死了，他的游歷柯拉桑之意遂消滅了。他曾到過某地，受到與安瓦里所受的上面所說的待遇差不多。他們發見了一首蔑辱人民的詩，誤會爲卡客尼所作，他便趕快的作了一首頌揚這城的人的詩，以解此圍。後來回到了家，爲國王所惡，囚之於獄中。他作了一首有名的獄歌。他在公元一一八五年死去，葬於蘇客布（Surkhab）的『詩人墓地』中。

第三個大詩人是尼達米（Nidhami），一個有名的傳奇詩作者。他生於公元一一四〇——四一年。他的第一部傳奇詩是神秘的寶藏（Treasury of Mysteries）第二部的傳奇詩是柯史拉與希林（Khusraw and Shirin）的故事，第三部是萊拉與馬琪納（Layla and Majnun）的故事，第四部是亞歷山大帝的故事，第五部，卽最後的一部，是七個肖像(The Haft Paykar)這五部傳奇合稱爲『五寶』．他死的時候是公元一二〇二——三年，得年六十三．他具有高尚的詩人性格，不肯做一個宮庭詩人，也不肯如別的詩人一樣去頌揚當代之主．然他在當時的名望，卻無與比倫，在波斯與土耳其，他至今還有很大的影響．他的抒情詩也很有名．大都以原創的，成熟的意境與韻律著，有不可及的崇高的天才．波斯的詩人，像他那樣的詩才偉大而性格又高尚純潔的，很少得見．神秘的寶藏是五部中最短的一部傳奇詩，可以說是一部神秘詩，而以古事爲說明的，不能算作傳奇．柯史拉與希林敘的是某地的王柯史拉與美麗的女郎希林的戀愛，及他的情敵法哈特(Farhad)的不幸的運命．萊拉與馬琪納的故事，本是東方最流行的戀愛故事之一，不僅在波斯，卽在土耳其及西亞西亞也流行着．詩中所詠的地方，乃不是波斯而是阿剌伯，詩中所寫的英雄與女英雄，乃不是皇家貴族而是沙漠中平常的阿剌伯人．詩裏曾有一段寫柴伊特(Zayd)在夢中見萊拉與馬琪納同在天堂上，可以打破平常人以爲回教不准婦人入天堂及把純潔忠實的愛情看得很低的誤會．亞歷山大帝分爲二部分，一部爲『亞歷山大的幸運的書』，一部是『亞歷山大的知慧的書．』七個肖像是敘一個有名的傳說，主人翁是國王巴蘭(Bahram Gûr)．他的勇敢與武技在史書上有得記載着．卻說巴蘭有一天在密室裏看着七個肖像，都是美麗無比的女子，有的是中國皇帝之公主，有的是西方國王的公主，有的是印度王的公主等等．巴蘭爲這些美麗的肖像所迷惑．在他卽王位以後，便向她們的父親求婚．建立了七個弘麗的宮殿以居她們，巴蘭每天到一處，輪流的住着．公主們也每天輪流的講故事給他聽，有些學天方夜譚的樣子．這部傳奇止於巴蘭的死．其中插敘了一部故事，很有趣．巴蘭每次出獵，總帶了一個女郎同去，在休息時，奏琴給他聽．有一天，國王正獵射得高興，心裏很想女郎讚美他．但女郎卻不聲不響．國王道：我的箭法不好麼？那邊有一隻驢來了，你看，我要射中牠的眼．女郎道：不算數！能射中牠的耳朵和蹄底纔好呢．果然，巴蘭射中了驢的耳和蹄．女郎道，那不算希奇，因爲你的箭法練習得很久了。巴蘭大怒，立刻命侍臣把她牽去殺了。她哀求這個侍臣赦了她，把她藏在獵室裏，因爲國王要殺她，原是一時之氣，以後，一定會再想到她的。在這個獵室之門前，有六十級的石梯。她每天負了一隻新生的犢從這石梯上下。犢一天天的大了，他的力量也一天天的增了。有一天，侍臣請巴蘭到他村莊中吃飯。女郎幕了面到巴蘭之前獻技，巴蘭極讚賞她的體育的發達，要求看她的臉，便快樂的知道她原來就是以前的女郎，並沒有死。

達希爾(Dhahir)是第四個偉大的詩人，但他的名望卻沒有以上的三個人大，他的詩雖很高，現在卻已很少有人去讀了。當時批評家每稱他的詩所具有的絢麗，乃非別的詩所曾具有的。有的人則以爲他的詩較之安瓦里的更爲新鮮而優美。他也是一個宮庭詩人，到了晚年，卻被放逐出宮，死於公元一二〇一年。在他的詩裏宗教的氣息是看不見，他的情調完全是世間的，文辭則修飾得光彩，很燦麗，如一班的宮庭詩人一樣。他也如別的宮庭詩人一樣，雖然信着回教，卻不大守

波斯詩人獻詩圖

這圖是從一部波斯文的詩選中取來的。這個詩人是在十三世紀的後半，正把他的一篇長詩，獻給蒙古的王或總督圖中有六個蒙古人我們很容易把他們和詩人分別出。

教規，仍讚美着酒，在他的一首四行詩裏曾說道：『與其在天堂做一個醒者，到不如在地獄裏喝酒。』他常作詩頌揚當代之主，以求得金錢；如果頌言失了效用，那末譏刺的詩也很足以使人拿錢來給他。許多宮庭詩人都是如此的，達希爾是一個最顯著的例。然而他卻常常在窮困之中。他嘗說道：『債主是常駐在我的門口，而你的門口卻駐着幸運。』

六

當公元一二五八年，蒙古人西侵，報達爲他們所攻陷；波斯人死者達八十萬人，所有許多年代以來所蓄儲的財寶，無論是物質的，文學的，或科學的，一切都毀棄無遺。波斯自此遂淪在蒙古人的統治之下，直至中世紀之末(十四世紀)還是如此，這時，也正是中國爲他們所攻陷，而自古世界所未有的最大帝國遂開始建立成功。

但蒙古人雖毀陷了報達及其他波斯名城，對於文人卻還知道保護。當時歷史家，傳記家出現了不少，神秘家（Mystics）也不少，其中以柯白拉（Kubra）爲最有名，他死於公元一二二一年蒙古人攻陷克瓦拉辛（Khawarazm）城之役。據某史家說，成吉思汗早已知道柯白拉的名字，要想保存他，便差了一個使者對他說道：『現在要攻克瓦拉辛城，而屠殺城中的人民，你是當代最偉大的有德的人，應該出城來，到我這裏住，免得同歸於盡。』柯白拉卻答道：『要我出來，我便和城中的人民一同出來。』因此便死於城中。還有一個神祕家，名馬希猶定（Muhiyyu'd Din ibnul-Arabi），生於公元一一六五年；他又是一個詩人，他的情調是奇異而高貴的。

這個時代，雖然是紛擾而被統制於異族的時代，大詩人卻有不少，波斯三大詩人之一的沙地（Sadi）也卽出生於此時。

阿泰（Faridu'd-Din Attai）是這時代第一個重要的神秘詩人。他的著作，共有一百十四種，但大部分是散佚了，現存的只有三十種。鳥語（Language of the

Birds)是一部用詩體的神秘的比譬，痛苦的書 (Book of Affliction) 與神書 (The Divine Book) 是他的詩集，此外還有別的好幾種。

第二個重要詩人是路米 (Jalalu'd Din-i-Rumi)，他生於公元一二〇七年，也是一個神祕的詩人。他的抒情詩是可以永生的。有人稱他的作品爲波斯文寫的可蘭經，是聖教之根，是「重合」與「實知」的神祕的發現者。他的作品譯出爲英、法、德文的不少，所以亦有歐洲人熟悉的波斯詩人之一。下面譯他的詩一首，可以見他的風格與思想之一斑：

啊，我是不知道我自己的，天呀，現在我將怎麽辦？
我不崇拜那十字架，也不崇拜那新月，我不是一個基督徒，也不是一個猶太人。
我的家不在東，也不在西，不在陸，也不在海，我不和天使也不和惡魔爲伴，
我不是火，也不是水所造出，我的身體不是塵土，也不是露水所形成。
我不生在遠的中國，也不在賽辛 (Saqsin) 也不在保爾加爾 (Bulghar)；

我不在有五條河的印度長成，也不在伊拉（Iraq）也不在柯拉桑．
我不存在這個世界也不在那個世界，不在天堂也不在地獄；
我不從阿丁園（Eden）與天堂落下，也不是由亞當傳下．
在盡端的地方之外，在一個路徑的蹤影的太空，
我超越於靈魂與肉體，我活潑潑的住在我『愛的一個』的靈魂中！

沙地（Sadi）是這時代第三個偉大的詩人，也是波斯的三大詩人之一，或稱他為三個『詩歌的先知者』之一，——其他二人是弗達西與安瓦里．沒有一個波斯詩人，到了現在，還有比他更大的名望的，或比他更被人所敬愛所誦讀的．他的玫瑰園（Gulistàn）和他的果園（Bustàn），凡是波斯的學生，讀第一本名著時，便要首先讀到；他的抒情詩，與以後的大詩人赫菲茲（Hafitz）同樣的為最大多數人所讀．他和上面的兩個詩人很不相同，他們是神祕的，熱誠的信教的詩人，他卻半虔敬的，半世間的之詩人．在這時代，神祕主義充溢在空氣中，連日常談話也免

沙地

不列顛博物院藏

不了有些這種氣息；沙地的作品，自然是不能逃避了這樣的空氣．但在大體上，我們可以毫不躊躇的說，沙地的主要的特點，乃是世間的知慧而不是神祕主義，所以玫瑰園一書乃是波斯文字中最機譎的作品．他生於公元一一八四年，死於公元一二九一年，可算是世界詩人年齡最高的人．他的生平，可分爲三時代；第一時代，是讀書時代，終止於公元一二二六年，這時，他大都住在報達．第二時代是旅行時代；自一二二六年起，約有三十年，都在回教的諸國中到處的游歷．到了公元一二五六年，他回家了，這是他的第三時代的開始．這個時代乃是他主要的從事於文藝工作之時代．歸來的一年，卽公元一二五七年，他發表了他的果園，一部詩集，隔了一年，又發表了他的玫瑰園，一部故事集，這些故事都是從他的豐富的觀察與經驗中出來的，卻同時帶着有道德的反省與世間知慧的格言，文辭是散文，卻安放了不少詩篇進去．這兩部書都曾譯成了不少國的文字，與亞摩客耶的魯拜集同爲歐洲人最熟悉的波斯作品．他的作品，除了這兩部以外，還有不少，各種的詩體，他差不多都試了一試。他曾有一首詩，有一個著名的開始道：『不要把你的心專一的放在什麼土地上或朋友上，因爲土地與海是不可數的多，而甜蜜的心也是無窮的。』又有一首抒情詩，讚頌之者很不少，茲節譯其一段如下：

啊，幸福不讓我把我的情人緊摟在我的胸前，
也不讓我緊緊的吻着她的甜蜜的唇，以忘我的久流於異地，
她用她的圈套來絡住遠而廣的許多犧牲者，
我要把這圈套偸走了，那末，有一天，我便將把她也誘引我這邊來了。
然而我不敢用過於勇敢的手去撫摩她的頭髮，
因爲圈套在那裏呢，如鳥在網羅中一樣，那裏絡住的乃是許多戀愛者未說出的心。……

還有許多零句，也是很可愛的：

『全個城市乃是沒有家的人的家，
窮人的家乃是黑夜在那裏追到了他的地方。』

『一個人被殺在他愛者的帳幕之前，那沒有什麼，所可注意的是生者的人，看他如何能把他的靈魂救活』

『你罵了我，我是滿意的：上帝赦你，你說好話：一句苦惡的回答，適宜於本來吃着糖的紅唇！

『愛與忠實的美點，不在那個美麗的臉上，』

除了以上三人之外，小詩人還不少，這裏只好都不說。

七

沙地與路米之後的時代，乃是波斯歷史家的時代，但那時的詩人卻也不少。阿米爾柯史拉（Amir Khusraw）是一個著名的詩人與音樂家。他是土耳其人，生於公元一二五三年，他的有名的詩乃是悲悼他母親之死的一首，其中有很動人的句子，茲譯如下：

……我母親死了，躺在泥土之下；

如果我把泥土傾在我自己的頭上，那是奇事麼？
我的母親呀，你在那裏，在什麼奇異的地方？
母親，你不能把你的臉顯給我看了麼？
再從地的心中，發出了微笑，
以慰我悲痛的哭泣罷！
過去的時候，你的足所走過的地方，
現在我回想起來，都是天堂了……

蒲伊巴巴（Pur-i-Baba）第一次在他的詩裏，引進了不少土耳其與蒙古的文字，同時，專門的名辭也用了不少。他的風格是以前宮庭詩人的風格，善於潤飾，且堆了不少美麗的字眼，有時比譬繁富，有時且用了巧妙的文字以爲游戲。

伊馬米（Imami）是某地的一個游歷於貴族卿相間的獻詩的詩人，死於公元一二六八——九年。當時曾與沙地及漢格爾（Hamgar）相酬唱。

漢格爾(Hamgar)也是一個爲貴人總督食客之詩人，他的四行詩很有名，有時也作很刻毒的四行詩：

一隻猪比起你來還好看些，
見你的臉倒不如見一隻猴子的，心裏還高興些。
你的癖氣卻比你的臉更爲醜惡，
比起牠來，你的臉卻是美麗而有光彩的。

伊拉恢(Iraqi)比上面的幾個詩人都偉大；他的詩才很高。他的詩大都是神祕的。在他的童年時，卽已會背誦可蘭經。他死於一二八九年。他的著作以抒情詩爲最好，一册名愛者的書(Book of Lovers)的詩，亦極有名。散文著作，名閃光(Flashes)的，在波斯思想界亦有很大的影響。其中有一零句，茲譯如下：

臉只有一個，但當你在
許多面鏡子中看時，牠卻變了許多個。

阿赫特(Awhadi)死於公元一三三七——八年，他的名作是『表現世界的鏡子』(World-displaying Glass)，這部書一出現，在一個月之內已有了四百部鈔本，都賣得好價。他的抒情詩也很有名。

除了這幾個人以外，當時還有許多詩人，不能在這裏舉出。

八

蒙古大帝國，到了一三三五年瓦解了，同年卻有一個怪傑產生出來，這人就是帖木兒(Timur)，不到多少年便重光了這個蒙古帝國，中世紀的波斯，便在他的統治之下告了結束。

在帖木兒時代，波斯詩人足以使我們注意的很不少，其中最有名的便是赫菲茲(Hafiz)，此外還有好幾個，都各現出他們的特異的光彩，以增飾這個中世紀的晚霞天氣的美麗。

第一個要說的是耶敏(Ibn-i-Yamin)，他的祖先是土耳其人，他的死年是公元一一三六八年，他的著作流傳於今者有零片集(Fragments)，其中的詩，大部分爲哲學的，倫理的或神祕的性質．

你知道孩子對於把他作爲承繼者的父親，

也並不表示感激麼？

他似乎說道：「那是你損害了我的和平，

把我帶到了如此可憐的世界上來！」

在這詩裏，我們可以看出耶敏的悲觀思想來．

克瓦朱(Khwaju)是第二個要說的，他曾爲某蘇丹的宮庭詩人，死於公元一三五二年．在他的新年之日與玫瑰，曾敍述他自己的生平．他的著作，包含五篇傳奇詩，及零句與四行詩等．

薩客尼(Ubayd-i-Zàkàni)是波斯諷刺詩人中的最有名者，他的貴族的倫理(Ethics of Aristocracy)是一篇無比的諷刺好詩，此外尙有不少別的作品．他死於一三七一年．

赫菲茲(Hafiz)是這時代的詩人中最有名者，他的名字，不僅傑出於一代，乃是在不朽的大詩人弗達西沙地之中的．他的父親是一個商人，但很早的死了，赫菲茲不得不於幼年時卽出來謀生．但在餘暇時，他還進鄰近的學校中讀書；他隨後卽學會作詩．然那時還未成功，直到了某一日，一個老人給他吃了些神異的仙物，並告訴他從此以後，詩的天才與知識庫的鎖匙是給了他了時，他才成爲眞正的詩人．以後，他歷在諸王及諸大吏間爲食客．在公元一三八七年，他與大英雄帖木兒相見．還有許多帝王都爭邀他到他們的宮中去住．他在當時的聲望是極大的．他與波斯的別個宮庭詩人不同，他們之獻詩於國王與貴吏，乃爲了金錢，到了寵愛衰了時，卻又去寫諷刺詩了．他卻全不是如此．他永不曾用過卑鄙的手段去取得金錢，也永不曾作過諷刺詩罵他們．赫菲茲所歌詠的，大都爲春天，玫瑰，夜鶯，酒，少年與美麗．他的無比的天才，使這些東西都永生於他的詩裏；他的流麗可

詩人赫非茲(左)與一個哲學家(右)(不列顛博物院藏)

愛，音節諧利的作品，模倣他的人雖多，卻沒有一個曾及得上他．現在譯他的詩數首如下：

（一）

紅玫瑰爛縵的開着花，蓓蕾在飲着春天的氣味，
祝福呀，愛酒的人，一切祝福！

（二）

高高的舉起盛着紅色酒的du呀，因爲這裏便是自由的大廳，
聖人與酒徒是一個，農夫是不殊於帝王．

（三）

酒宴告畢了，夜已深了，酒店的第二個門大開了．
低的人和有力量的人必須低了頭，經過生的穹門，去與在外面的什麽……相遇呢？

赫菲茲死於公元一三八九年，他的墓在一個美麗的花園內，這園卽名爲赫

菲茲園歷代都有人修理，時時都有人去游歷。他自己一首詩裏的話應驗了：

赫菲茲之墓 (在西拉士 Shiraz)

『當你經過我們的墓時，尋求一個祝福，因爲牠將成爲一個爲全個世界的浪子們來游歷的地方。』

他的短句，在最後也應譯幾首給我們的讀者：

（一）

歡迎，呵，帶了幸福的使命而來的吉鳥！

你來的好！有什麼消息？朋友在那裏？道路怎麼走？

（二）

顯示出你的臉，從我的記憶中，把所有我的自己生存的思想都取了去；

叫那風把那人的收穫完全帶了去吧。

（三）

我說道，我等待着你！她答道，你的等待將要告終止的。

我說道，你做我的月吧！她答道，如果牠不出來了呢！

(四)

呵，上帝，你曾把那新鮮而微笑的玫瑰委託了我，

我現在從花林的妒眼裏把牠委託給你了。

這時代的重要詩人至少有十個，現在這裏因爲篇幅的關係，只好僅舉上面的幾個以爲例了。

參考書目

一、波斯文學史 (A Literary History of Persia)，共二冊，白朗 (E. G. Brown) 著，爲菲蕭恩文 (T. Fisher Unwin) 公司出版的『文學史叢書』(The Library of Literary History) 之一。

二、韃靼治下的波斯文學史 (A History of Persian Literature under Tartar Dominion)，亦白朗著，爲波斯文學史的第三冊，康橋大學出版部 (Cambridge University Press) 出版。

三、波斯詩人傳 (Biographical Notices of Persian Poets) 奧賽萊 (Sir Gore Ouseley)

著，一八四七年出版於倫敦。

四、亞摩客耶的魯拜集 (Rubaiyat of Omar Khayyam)，菲茲格拉 (E. FitzGerald) 英譯，各種的印本極多，倫敦的 Siegle, Hill & Co. 的一本，係以 F. Sangorski 及 G. Sutcliffe 二人手寫手繪的稿本付印，是諸本中之最美麗者。

五、沙底的玫瑰園 (Sádi's Gulistan)，柏拉茲 (J. T. Platts) 英譯，倫敦 Crosby Lockwood & Son 出版，在史格得叢書 (Scott Library) 中亦收入。

波斯詩人作品的英譯者，除了上面的魯拜集與玫瑰園之外，有通行本者極少，大都視為專門研究之書，頗不易得，今不一一列舉。

第十六章　中世纪的阿剌伯与印度

第十六章　中世紀的印度與阿剌伯

一

中世紀的印度，曾爲回教徒所侵入，又曾爲蒙古人所侵入；佛教的勢力在那時是很薄弱；婆羅門教仍占着絕大的權威．中世紀的後半，卻爲婆羅門教與回教的二大宗教勢力所統治．當第七世紀時，有一個很可紀念的事件，便是三藏法師的由中華而至印度，帶了不少佛經到中國來．在那時，印度的戲曲，已是很發達了．中國戲曲在中世紀後半期之突然而發生，受印度的影響，想必是不少．在這一點，我們希望將來有專門的研究者能有更詳確的說明．

中世的印度文學，並無什麼重要的詩歌與傳奇，他們的光榮乃是戲曲，所以中世紀的印度文學時代，可以稱之爲戲曲的時代。這時有二大戲曲家，巴瓦希底(Bhavabhuti)，與開里臺沙(Kalidasa)，其成就都是很偉大的。

最有名的印度戲曲，曾受到近代世界上的注意的，是泥車，(Mud Cart)作者及著作時代都不能確知；據一部分的學者的研究，謂係出於公元第六世紀中。這個戲曲的開始，先由劇場經理到臺上說明關於劇本及作者的讚美的話。據他說，這劇作者是修特拉加(Sudraka)，他是一個王，又是一個武士，一個詩人。劇中的故事是如此：查魯達泰(Charudatta)，一個少年而窮苦的婆羅門，爲一個美女瓦桑太西那(Vasantasena)所愛；她把首飾箱留在查魯達泰的家中。在第三幕中，這個首飾箱乃爲一個壞的婆羅門所竊取。他的妻把她所有的珠寶都取出來，給她丈夫，叫他償還查魯達泰。然那個竊箱的婆羅門，卻把箱送給他所戀愛的一個瓦桑太西那的侍女。她卻復獻上給瓦桑太西那。她便使那侍女與那婆羅門結婚。她與查魯達泰的愛情突然的增進了，不管外面的人如何的反對與詛咒他坐在他的樂園中，等待她的來訪。她來了。後來，她住在查魯達泰家中，醒來時，見他已先往隣近的一個樂園中，留一信叫她跟去。她正要登車時，車夫見無車墊，馳馬去取。恰好國舅的空車經過街中，因爲前途擁擠，車夫把車停在查魯達泰門前，而去清路。瓦桑太西那以爲那是自己的車，便登上車，馳去了，恰好有一個罪犯阿里亞加(Aryaka)上場；他由御監中逃出，手還有桎梏鎖鬬着。他見無墊的空車，便也登了上去，馳到樂園，遇見查魯達泰。他可憐他的境遇，便把他的桎梏取下，給他一把刀，指引他逃走之路。同時國舅到了這個樂園，瓦桑太西那也到了。國舅向她求愛，她不去理會他，國舅大怒，把她搤死了，卻賈罪於查魯達泰，將他判決死刑。最後一幕，卽第十幕，見查魯達泰已將受刑，忽真相大明，他遂被釋放。恰好，國王被殺，阿里亞加卽位爲王，給查魯達泰以高位。他最後遂復回到他妻子那裏。這劇的藝術是很高的。

開里台莎(Kalidasa)的生年，約在此劇出現之前；他乃是印度戲曲的莎士比亞，他的劇本表示出印度古劇之最純潔，最崇高的藝術方式。別的作家都有多少的受有外來的影響，獨有開里台莎是完全的站在獨立的地位上，以純粹的古典形式表現出古時的生活與思想。他的生年，有的說是公元第一世紀，有的則把他放在以後的時代。至少，他是在中世紀的初期的。他共留有三劇。第一劇是莎甘泰萊(Sakuntala)。事實是如此：一個少年的國王，行獵於林中，來到了一個隱士的村落，村中有一位美麗若仙的少女莎甘泰萊，其父爲有名之聖隱士，其母則爲一天女。國王一見這個少女的美貌，不禁的起了愛心；莎甘泰萊對於他也動情了。他們遂結了婚。但國王不久因有要事，急要回國，遂留下一個戒指給她而去。她終日夢想着她的丈夫，疏忽了敬禮一個大聖，那個大聖大怒，遂詛咒道，國王將不再認識她的臉。後來又說，如見了戒指，便可復相見。大聖的詛咒實現了。莎甘泰萊浴時，失去了戒指，爲魚所吞。她帶了孩子到王宮來，國王不認識她。後來兩個魚夫復得了那個戒指，國王的記憶才回復過來，承認了莎甘泰萊爲后。這劇是印度戲劇藝術的頂點；寫的是英雄的神似的人物，而非人民的實際生活，其中辭藻至爲繁縟，其原本的桑斯克里底文乃非一般人所能懂。開里台莎的第二部戲曲是奧瓦賽（Urvasi, Won by Valour）。共有五個短幕，寫的是一個仙女奧瓦賽的歷險；她爲惡魔所困，虧得她的情人，一個英雄的國王，把她救了。他的第三部戲曲是一部歷史劇，寫的是：國王阿尼米特拉（Agnimitra）不管他二后之反對，而與宮中的一女侍戀愛，終於娶了她，而得二后之承認。

第二個大戲曲家巴瓦希底（Bhavabhuti），約生於公元第七世紀之末。他也留有三部劇本。他的藝術也是很高超而精粹的，如果不是預先研究，第一次去聽，其難懂的句子是很多的。他自己說他的劇本不是爲一般人所看，乃是專爲學者及文人所著的。他寫道：『批評我們的人，他們所知是如何的少。這劇不是爲他們的。與我同好的人也許有幾個，或將有幾個存在，因爲時間是無窮的，世界是廣大的。』他的第一劇是梅萊底與梅台瓦（Malati Madhava）。寫的是：女郎梅萊底被養育於一個佛教的尼庵中，一個少年梅台瓦也到那裏讀書。當地的印度教徒，選取梅萊底爲神的犧牲，把她縛在地上，以待燒獻於神。正在這時，梅台瓦進來了；他與惡魔們爭鬥了許久，終於殺了牧師，救了梅萊底出來。後來二人又經過些別的災難，而終於結合。最後一個佛教的尼姑上場，背誦經典上的話。此劇的價值，在表現印度的思想，不僅證明了佛教在那時代的地位，且有影響於後來的印度信仰。他的第二劇是馬海委拉、查利特拉（Mahavira Charitra）。把大史詩拉馬耶那的前六卷戲劇化了的。自拉馬失去他的妻賽泰，至救回她爲止。他的第三劇烏泰拉、拉馬、查利特拉（Uttara-Rama-Charitra）。把拉馬耶那的第七卷戲劇化了；在那裏，賽泰的貞操爲拉馬及國人所疑，二人離婚了一時，到了後來，經過了許多事，才復團圓。

在以上所說二大作家之戲曲以外，印度還有幾部戲曲應該一說的。那格南達（Nagananda）是僅有的佛教的戲曲，或以爲牠是國王西萊地底亞二世（Siladitya II）著的，其實，乃是一個詩人台瓦加（Dhavaka）所作。最後二幕，寫的是『金翅鳥王』（Guruda）每日吞吃一隻那加（Naga），一種有人性蛇類。劇中的英雄乾妙泰瓦希那（Jimutavahana）把他自己的身體給他吃，因此救了那加族的滅亡。金翅鳥王知道他是一佛子，叫道：『我造下了什麼大罪！我剛纔吃的乃是一個佛子。』乾妙泰瓦希那復活了，告金翅鳥王以佛教的敬愛萬物的教條。『不要殺害生命；懺悔你以前的行爲。』

摩特拉、拉克希莎（Mudra Rakshasa）相傳爲一個名爲委莎克台泰（Visakadatta）的作家所著，約產生於公元第十二世紀，爲上述的幾部戲曲中最晚作之作品，敘的是公元前第四世紀的歷史上的一件變亂。婆羅門教的勢力在那裏是極鮮明的寫出。

二

中世紀的阿剌伯真是一個偉大的國家；大宗教家莫哈默德由那裏崛起，創造了回教，一手執可蘭經，一手執劍，以宣傳其教義於各處．公元第八世紀時，他們又渡過地中海而到了西班牙．直到了十三世紀，蒙古人侵入後，他們的黃金時代方纔過去．然而回教的信徒，卻已遍及世界各處．在這個黃金時代，阿剌伯的大詩人出現了不少，還有不少的科學家，歷史家以及其他．這裏只說到他們的詩人，及他們的絕大著作天方夜談．

回教未發生之前，阿剌伯的詩歌是極盛．這樣的盛代，約有一世紀（公元後第六世紀），自第一首詩歌產生，到了莫哈默德在公元六百二十二年逃到美地那（Medina）那一年（卽回教紀元第一年）爲止．這一百二十年的文學，其影響是很偉大而永久的．在這時代，詩人是最光榮的人物．當阿剌伯的某一家，有一個詩人出現時，別的鄰族們便都來慶賀他們．大宴了好幾天，歌着舞着．所以這時代的詩是極優美的，植根於民衆的生活上；詩歌在這時，不是有教育的少數人之侈奢品，乃是全體人民的文學表白的媒介．每一族都有他們的詩人，他們自由的把他們所想到的，所覺到的說出。他們的話，「比箭還快的飛越過沙漠。」最初，阿刺伯的詩人原帶有神巫或與超自然的東西接近的人物，後來，乃漸漸變爲一個文人，爲一族的光榮的文人。最初的詩歌，除了泉歌——倦遊的旅客見到了泉水是常常喜歡得唱起來的——戰歌，禱神歌以及情歌，輓歌之外，還有諷刺歌，作諷刺詩，乃是當時詩人要務之一，這乃是戰爭元素之一，其重要乃如實際的戰爭。

這時代，有七個大詩人，他們所著的七篇的長詩，後人合編爲長詩集（Mu-'allaqat）。第一個詩人，且是最有名的一個，爲伊摩魯（Imru'u'l-Qayo）。有許多浪漫的故事，是以他爲中心的。有一件故事是如此，伊摩魯的父親把他逐出家庭，他和同輩的人四處的浪遊。後來，他父親被殺的信到了，他叫道：『我父親消耗了我的青春，現在，我老了，他卻把「血仇」的重擔放在我肩上了。今天且喝酒，明天做事！』接着七夜，他痛飲着，以後便立誓，不再吃肉，不再喝酒，不再近婦人，不再洗頭，直到報完仇之後。他到了一個神前，抽取了『報仇，』『不報，』『等機會』三支箭中之一。他抽到了『不報，』立刻把箭折斷了，擲到神的臉上，說道：『如果你的父親也被殺了，便不會如此了！』但他的報仇顯然沒有成功。後來，他到了君士坦丁堡，皇帝約士丁尼(Justinian)任命他為巴勒斯坦的長官。在中途，他卻不意的死了。(約在公元後五百四十年。) 據說皇帝因為他與公主私通，所以送一件毒袍給他，把他暗殺了。通常都認他為回教發生前的最大詩人。莫哈默德稱他為『到地獄之火去的人們的領袖。』他的長詩，無人不讚許其辭句之美，想像之富，描寫之可愛而複雜，音韻之鏗鏘與溫甜；他所引起的感興乃是青春的快樂與光榮。

泰拉法 (Tarafa b. Al-'Abd) 是第二個長詩作家。他早年就有作刺諷詩的天才，不管友與敵都一律的譏嘲着。他家族把他逐出了一次，後來又許其復歸。他的長詩，曾得一個富人的讚賞而得暫時的獨立。後來，他到一個國王那裏去。初甚得寵，後以寫諷刺詩及他事觸王之怒。他叫他送一信給某處總督，信中乃叫總督把他殺了。他的青春之花遂如此的消滅了。據有的記載，說他這時還未滿二十歲。

阿摩爾 (Amr b. Kulthum) 是第三個長詩作家，在他詩裏表現出自己的高尙的人格與堅定的勇力的相傳，有一個國王曾召他和他母親到宮中去。國王陪他飲酒，他母親則在皇太后那裏款待着。太后叫她去端一個盆子，那是對待賓客不應該的事。他母親說道：『誰要什麼，他們自己可以站起來去取。』太后卻繼續的說着。他母親大叫道：『羞呀！救呀！』阿摩爾在外聽見了，血冲到臉上來，取下了壁上掛的唯一的刀，把國王殺了。

第四個詩人是赫里士 (Harith b. Hilliza)，他的詩沒有阿摩爾那樣的有趣，卻有些歷史上的價值。安泰拉 (Antara b. Shaddàd) 是第五個詩人，以勇力著，大家都忘記了他的詩，而記着他爲一個傳奇的英雄。他母親是一個黑奴。原來，奴隸生的兒子也是奴隸，直等到他父親承認他纔算是自由人。某一次，他和他父親同出，駱駝爲人所刼，他們與之戰爭。安泰拉卻不加入，說道：『一個奴隸不知道怎樣的打仗，他的工作是喂駝駱，上鞍韁。』他父親叫道：『你是自由了。』於是安泰拉加入了，他的刀比誰都勇敢．他的長詩以刺激人的戰爭景色著名．安泰拉詠唱的是戰爭的事，他的同時代作家薩赫爾 (Zuhayr b. Abi Sulma)——第六個長詩作家——卻在他的詩裏歌詠着戰後的和平，稱讚那些值得稱讚的英雄．他的詩很精美．據說，他寫了一首詩，要費四個月的工夫，還要改正了四個月，還要給同時詩人看了四個月，方才肯發表．相傳，他曾與莫哈默德相遇，那個大先知叫道：『呀，上帝，把我離了他的惡魔吧．』

拉比特 (Labid b. Rabiá) 是最後的一個長詩作家，生於第六世紀的後半期，而死於公元六六一年左右．他信了回教，卽棄去了詩歌，他說道：『上帝給我可蘭經以換詩歌．』他的長詩，是回教前阿刺伯詩中之最優美的例子之一，寫出沙漠生活與景色的新鮮圖畫，寫得很可愛．

在七個長詩作家之外，還有三個大詩人要一舉的，頭二個是公認爲可以列在阿刺伯最偉大的詩人之列的．

那比加（Nabigha）生在回教發生前半世紀中，曾住於兩處的王庭中。希拉（Hira）國王奴曼（Nu'man）與他尤爲親密。他有許多時浴於國王的寵愛的日光中，一切都很如意。後來，奴曼叫他作一詩讚王后之美貌，他讚得太好了，使奴曼起了疑心，因此只得離開了。有的說他之離開希拉，乃因仇人故作一首諷刺奴曼的詩，以爲是他作的，因此失寵。他離了希拉，便到別一國，然其心仍在希拉；常作詩自明無辜，並敘客居之可憐。最後，奴曼遂與他復和了。他自己說是一個『宗教的人』，但他是死在回教發生之前，乃爲一個未受洗禮基督教徒，不然，也將成一個回教徒了。

那比加詩裏嚴肅而忠懇的情調，在他的同時代的少年阿莎（A'sha）詩裏，卻不見了踪影。阿莎乃是一個職業的行吟詩人，他手裏執着琴，走遍阿剌伯全境，恭維那些有報酬給他的人。他的諷刺詩人之名極著，他所要求的東西，很少數人敢於拒絕他。他是站在阿剌伯詩歌的前線的，有人且以爲他比別的詩人都高。他的漫游的生活，使他與阿剌伯所有各種的文化接觸．在他的詩裏，似見他受着些基督教的影響．他最善於描寫酒及酒宴．

第三個詩人阿爾卡馬（Alqama b. Abada）的生平，知道的人很少．他的最有名的詩乃是一首獻給一位戰勝者，懇求他釋放他的同族的．

阿剌伯前期的詩壇上，女詩人不多，他們都帶有男性的．他們的歌很少唱戀愛，而多唱的是死．他們特別的地域是輓歌．其中最有名的詩人是康莎（Khansa），她約生在第六世紀的後半．她最好的輓歌是悲悼她兩個兄弟之戰死的．

此外，還有許多詩人，不能一一的舉出．

三

回教的開始時期，對於文學是並不有好感的．其初，他們忙於戰勝，擴地，組織，其後，又忙於內戰；直到了烏麥耶特（Umayyads, 661-750）朝，古代的異教精神纔復活起來．烏麥爾（Umar b. Abi Rabià, 719 A. D.）是這時阿剌伯本土詩人中的領袖.他爲一個富商之子.他半生都追逐於貴婦人之後,而歌詠着他們;專誠的回教徒乃以他爲犯了對於上帝最大的罪.此外還有幾個小詩人這裏不能列舉了.大約這時的情歌,大都爲民間的產品.

烏麥耶特朝的最重要的詩人乃是阿克泰爾(Akhtal),法拉茲達(Farazdaq),加勞爾(Jarir)三人;他們都不是阿剌伯人,乃是生長於米索不達米亞的;他們不是回教的騎士,他們除了在情場以外,拒絕別的打仗.

這三個詩人中,最年長的是阿克泰爾,他是一個基督教徒,終身不改信仰;據說某次加利弗曾以巨款給他,要他改信回教,而他拒絕了.他雖爲加利弗所敬,而常常受牧師所責備.有一次,他見牧師經過,連忙叫妻子去吻牧師的袍.但他的妻只能吻着牧師的驢尾.阿克泰爾安慰她道:『他和他的驢尾,那都是一樣.』他的長詩,曾被讚爲純潔,修整,正確.某批評家把他放在回教時代詩人之首.他的三種詩是無比的:讚頌詩,諷刺詩與情詩.

法拉茲達與加勞爾是齊名於當時，先後幾月，同死於公元七百二十八年。法拉茲達一生發生了許多戀愛的事；他的詩常提到他的表妹娜瓦爾（Nawâr）。當她將與別人結婚時，他用了一個詭計，迫她嫁了他。他們常常的口角，不久，遂離了婚。離婚以後，他卻又常懺悔着，失望着。『法拉茲達的悔恨』後來乃成了一句代表痛苦的追悔與失望的成語。

加勞爾與法拉茲達是同族；他是一個宮庭詩人。他的諷刺詩是極著名的；他自己以爲壞的，如出之於別的詩人卻已是很好的了。盲詩人巴喜夏（Bashshar b. Burd, 783 A. D.）說道：『我諷刺了加勞爾，但他以我爲太年輕，不屑注意。如果他答了我，我將成了世界上最優美的詩人了。』

這三個大詩人之後，隔了很久時候，纔有格依蘭（Ghaylân b. Uqba）出來，他的詩摹倣沙漠詩人，風格殊輭弱。後來的哲學家，喜其風格之古而難讀，遂讚揚過度。有人說，詩歌開始於伊摩魯而終止於格依蘭。

四

自公元七四九年阿巴西特朝（Abhasid Dynasty）立基之後，至公元一二五八年報達（Baghdad）爲蒙古人攻陷之時止，整整有五個世紀，是爲阿巴西特朝代。在那個時候，出現了不少大詩人，大學者，歷史家，哲學家，以及科學家。那時是回教文學的黃金時代。這時代的詩歌，矯正了烏麥耶特朝諸詩人的摹古之習，及崇古尊古之觀念；幾個批許家笑着那些只知耗費時力於古代著作的文人；又有批評家主張：古與今之高下不必論，只論其成就之如何，而不必注意其時代。於是新詩派以生。那時，詩人之特性有一點與以前不同者，卽自始至終，他們皆爲宮庭詩人，以恭維王室爲事者。一則，那時，沒有有組織之書業，沒有豪富之出版家，所以他們只好依幫加利弗爲生。二則，這樣的風氣，以阿剌伯人遷入報達後爲盛。最早時代的阿剌伯詩人，如上所述者，原來並不如此。波斯的詩人，向來就以作恭維詩著名，阿剌伯詩人不過受其影響而已。

這時的代表詩人有五個，卽莫底(Muti b. Iyás)，阿皮諾瓦士(Abù Nuwás)，阿皮阿泰希耶(Abu 'l-Àtàhiya)，摩泰那皮(Mutanabbi)及麥亞里(Abu 'l-Àláal-Maarri)，都是宮庭詩人．

莫底是新派詩人的最早的一個．他的詩歌，開始寫於烏麥耶特朝，後來，阿巴西特朝成立了，莫底便依附於他們的勢力之下．他曾與當時一羣自由思想家在一處．他的歌詠愛情及美酒的詩，是以輕妙及秀雅著名的．

阿皮諾瓦士是一個很偉大的詩人，在當時及其後，無可與他並肩者，在古代的諸大詩人中亦未有勝過他的．他生在第八世紀的中葉，家世很貧寒．他的血統不是純阿刺伯的．他和好些阿刺伯人同到沙漠中浪游了一次之後，便到了報達，在宮庭中戰勝了一切的同輩詩人．他的癖氣很壞，又不善自掩飾，常觸怒了加利弗，說要殺他，又曾真的把他下獄了幾次．到了他老年時，他卻悔恨着以前的行爲——『惡魔死時，惡魔要成一個僧侶了．』阿皮諾瓦士的詩，種類很繁雜，有頌聖詩，有諷刺詩，有打獵詩，有宗教詩；但戀愛與酒卻是他天才被感興的兩個動機。他的酒歌常被視爲無比的好；其中有一首，開始道：

罷！一杯，酌滿了牠，告訴我這是酒，

因爲如果我能在光明處飲酒，我決不到暗處去喝！

當我醒時，每一個時候都是詛咒與窮苦，

當我醉得東顚西倒時，我卻是富人。

羞羞的說那愛人的名字吧，且浮誇的假裝獨自在着；

在快樂裏把面幕抛卻了，那是沒有好處的。

阿皮諾瓦士實行了他所說的話；常常的他覺得快樂是人生的無上要務；宗教的訓條是不許擋在路上的。他還常勸別人不怕過度的享樂，因爲上帝的慈悲是比人所能造的所有罪惡都大的。（他死於公元八一〇年）然而與他這一派自由思想者及享樂的詩人相對待的，還有許多同時代的信仰道德與宗教的回教徒的詩人們,阿皮阿泰希耶 (Abu 'l-Atáhiya 748-828 A. D.) 卽是其一.

阿皮阿泰希耶是純正的阿剌伯人他少年時以售賣陶器爲生.他的詩才,是那樣的好,當他自呈於加利弗之前時,他竟厚酬他,後來,且得到了年俸.在報達時,他愛上了一個女奴,但她卻並不回答他的熱情,也不注意到他讚美她及訴說她之受苦的詩篇.他失望了,遂轉念去潛修,放下了浮誇人世的詩,而專心去用他的詩才於乾枯的道德之默想上,這些詩在他國人心上深沈的感應着.他和麥阿里及其他諸人一樣,疏忽了正當的回教訓條,而采用了根據於經驗與反省的一種道德哲學,所以許多人都稱爲自由思想家.這是很顯明的,在他的詩中,常說到死,卻從來不說到『復活』與『裁判』.他的詩常呼吸着一種悲悶與無望的悲觀精神.死及死後的事,人的無能與可憐,以及人世的快樂之虛空,——這些都是他的詩的題材.他的風格,真樸,平易而自然.他的宗教詩非宮庭或學者所讀的,乃是給那些『最愛他們所能懂得的東西』的平民讀的.他乃爲『街上的人』而著作.不管傳統的繁縟之辭采，而只知以平淺之語，傳達一般的感情與經驗。他是阿剌伯文學上，第一個，也許也是最後的一個，能夠運用完全平常的文句而不失其爲大詩人的作家。他的詩的情調可於下面幾個短句及一詩中見之：

人坐在那裏，如狂飮者在舉杯飮酒一樣，
從世界的手中，飮着那一個個傳來的死之酒。
如果人看見一個先知者在求乞，他們便將推他，揶揄他了。
你的朋友，當你不必靠他而可做事時永遠是你的；
但如果你，有需要去求他時，他便將推你開去了。
遠遠的離了平安之路，希望你要被救麽？
船在陸地上是走不動的
信仰是一切悲哀的醫藥，
懷疑僅只揚起了一羣的紛擾而已。

『生與死』

人的生命是他的美譽，不是他的活的年壽；

人的死亡是他的惡名，不是那將近的死日。

那末，以好的行爲生存你的美譽吧：

啊，世人呀，如此的，在這個世界上兩個活着，你便將活着。

阿皮阿泰希耶在他同時代不得大名望，他死時，年齡已很高，有的人以爲他的眞實的詩才較阿皮諾瓦士爲尤高；然而他們倆卻是當時的二個著名的代表，不能相比的。一個代表豪華的享樂之社會，一個卻代表着中下級人民的宗教感情與信仰。

摩泰那比 (al-Mutanabbi, 卽 Abu 'l-Tayyib Ahmad b. Husayn, 915–965 A. D.) 生於阿剌伯，據說他父親是一個挑水者。他早歲在外留學，表現出很高的詩才。他自命爲一個先知者，信從他的人很不少；後來爲一個總督所捕，下之於獄，釋出之後，四處游蕩，後來爲了宮庭詩人，甚受國王之欵待。他很感激，眞的感激他那主人；他的頌聖詩是具着純潔而高尙的感情，比之一般的及他以後所作的頌聖詩不同。後來，他不幸與國王有了意見，逃到埃及，卻所如不合。公元九六五年時，他旅遊巴比倫爲强盜所殺。他的詩在當時極流行，此可於其詩集注釋及批評者之多見之。他的國人，每以他爲阿刺伯最大詩人之一；且有好幾個人，竟以他爲第一個詩人。麥亞里他自己也是一個大詩人，以爲，他有時要改摩泰那比詩中的一個字，竟不能有所改。『他的詩是完美的。』但到了後來，卻又有人大肆攻擊。『一個人功績愈高者，他的過失愈益計數得出。』他雖把珍珠與磚石放在一處，而珍珠之價値終於無損。他的詩極美，尤其善於用美的文句來描寫婦人的美貌如：

她鬆下了她的三鬈黑髮，

如此的，在夜裏她立刻造成了四個夜，

但當她抬頭向天看月時，

她的臉，我看見了兩個月在一處。

他的想像常很新奇而善於比譬，如：

我不過是一根箭在空中，

當落下了時，找不到躲身之處。

他還喜在關於人生的題目上說着道德；他乃是一個東方人所喜的習語哲學的大作者，如：

那些與世界熟悉了很久的人，

當他轉眼周圍一看時，

他乃看見：外表那樣美觀的，乃是如何的虛假呀。

聖者在他最快樂的幸福中，

他的心還使他悲苦着但可憐的愚人，

就在他們的窮苦中還可尋見快樂。

阿巴耶特朝在這時候衰落了，社會的敗壞，政治的擾亂，都足以使感覺銳敏的詩人起了悲觀；在麥亞里（Abu 'l-'Alá al-Ma'arri, 973-1057）的詩裏，這樣的悲觀傾向是很顯明的映着。麥亞里生於一個敘利亞的城中，童年時因出了天花，把雙眼盲了。他並不寫詩恭維以求得賞，僅只爲練習他的詩技而已。公元九九三年，他回到本鄉，自此住在那裏十五年，以教授他早年所得之學問，如阿剌伯詩，古物學等爲生。他的名譽漸漸的高了，後來，他到人才薈萃的報達去，立刻在一班學者及文人中得了一個地位。不到二年，他因母病，又回了家。這一次，却不再出來了，數十年的時間，都於靜修中經過。他母親死了，使他受了大刺激，他又盲着，又孤獨着。於是，他的默想是很深沈的。他不僅是一個詩人，還是一個哲學家。他堅信着一神教，但他之信上帝正如信一切東西都爲運命所統轄一樣。他不欲死者之復活，如：

我們笑着，但，我們是不該笑的，

我們要哭，要悲哀的哭着，

我們如玻璃似的碎了．從今後

不再鑄造！

死是人類的終點，他卻希望死之速到，以解脫人於生的痛苦中．他以爲生于是一種罪惡，所以他一生不娶．據說，他曾欲人將下面的一句詩刻在他的墳上：

這個錯誤我的父親已經爲我做了，

但我卻不再做了．

他既憎厭現在之生，倦於擔負其重責，於是除了回到無生之外，便不再別的更好的途徑了．然而，有的時候，他又是很理想的，很積極的，他有他的道德訓條，他說道：

把理性當做你的指導者，做她所贊成的事，

她乃是實際上的最好的諍議者．

在這裏，他的態度乃不是絕對的消極而爲積極的了．波斯的詩人古斯拉（Nasir-i Khusraw）曾旅遊過麥亞里住的地方；他在遊記中說起麥亞里乃是城中的領袖，很富裕，有二百以上之學生，從各地方來，聽他文學與詩歌的講演，與他在作品中自敍之孤寂情形是絕異的。他雖不參預政治，而自己說：『我乃是我時代之子；』在他的詩裏很活潑的表現出當時紛亂社會的情況。

在最後，於敍這五個代表詩人之外，至少還要提到一個敍事詩作家阿蒲杜拉 (Abu 'l-'Abbás-Abdulláh, 861–908 A. D.). 他乃是加利弗摩泰茲 (al-Mutazz) 之子，一個很著名的敍事詩作家。大家都以爲阿剌伯沒有如依利亞特及波斯的帝王史那末偉大的史詩，只有如歷史小說似的散文敍述。卽阿蒲杜拉的敍事詩亦未能彌補其缺點。他還寫了第一部重要的論詩的著作。他曾一度卽位爲加利弗，不到幾點鐘，卽被殺而死。

阿剌伯的神祕詩遠在波斯的作品之下，且作者亦不多，這裏不能敍及了。但阿剌伯卻有一種特有的文體，那就是有韻的散文 (Rhymed prose). 這種有韻的散文，在回教未發生前卽已用爲宗教的宣傳了，而其最有權威的用處，卽爲用在寫可蘭經上.在公元第九世紀的中葉,這種文體又成爲加利弗及大臣們出公告時之所用,後來更進一步而爲專門講演者及官文書記所用.使這種文體成爲普遍習用之第一功臣,爲哈馬達尼(al-Hamadhani, 1007 A. D. 歿).他的大作馬開麥(Maqumat),是一部敍事的著作,其英雄爲一個機警而浪遊的人,以表顯他的論理,詩歌及其他學問爲生的.在馬開麥裏所用之文體,繼其後者俱沒有改動.每一個『馬開麥』成爲一個獨立的部分,把全部合在一處便可成爲一部講述那個英雄之生平的小說了.赫里里(Hariri 1054–1122 A. D.)繼哈馬達尼之後,而其成就尤爲偉大.他的馬開麥是八世紀以來公認爲『可蘭經之外,阿剌伯語中之主要寶庫』.赫里里的馬開麥,其英雄爲阿皮薩依特(Abu Zayd).這裏有一段故事;赫里里有一天和一班僕人坐在巴奴赫蘭(Banu Haram)的淸眞寺裏.有一個旅行疲倦的老人進來了.他們問他是誰,從那裏來.他說自己是阿皮薩依特,從一個美索不達米亞的城中來.然後,他以滔滔不絕的動人的口語,描寫出他的本城爲希臘人所劫掠，他們把他女兒刦去了，把他趕到外邊去，因此，飄流在外。赫里甚受其感動，當夜卽開始寫他的巴奴赫蘭的馬開麥（Maqâma of the Banû Harâm）。其成功乃是一個絕大的成功。阿剌伯人都以爲這部作品乃是他們的文字，古物及文化的無比之紀念碑，『每一行都値得用金來寫的。』

此外哲學，宗教，地理及一切科學的著作，這裏都不能提及，雖然是有不少有名的大作品。

四

自公元一二一九年，成吉思汗率領了蒙古人侵入阿剌伯領土之後，其孫希拉格（Hûlâgû）便於公元一二五六年正月占領了阿巴西特朝的都城報達。在蒙古人的侵略之後，阿剌伯的文化，頗爲不振，直到中世紀之末，還無什麼很偉大的作家出現。當時最好的詩人乃是一個優秀的藝術家，把文辭雕琢得很精美，此外，便更無別的東西了。希里（Safyyu 'l-Din al-Hilli, 1278-1350）被稱爲『他那時代獨一的詩人』韻節很講究，而無偉大的氣魄．在當時，民歌是很發達，無論在東方阿剌伯國，或在西班牙——西班牙的阿剌伯文學這裏不能講了——都是如此．此此時也產生幾個歷史家及傳記家，都非本書之篇幅所能提及的．爲這時的唯一光榮者乃爲一千零一夜（Alf Layla wa-Layla）；這部絕大絕有趣味的故事書，在世界上的名望，比之可蘭經爲尤偉大，更不必說別的作品了．有許多的人，不曉得一點阿剌伯的別的東西的，卻都知道『天方夜譚』——一千零一夜之別名——，全個世界的小孩子，凡是有讀故事及童話的幸福的，無不知一千零一夜中之許多有趣的故事；這部書已成爲世界文化的一部分而非阿剌伯之所獨有的了．這部書在這個時代纔完成爲最後的形樣．講起牠的別名『天方夜譚』來，卻不完全近於事實．原來一千零一夜中故事的來源，不完全爲阿剌伯的．有一個學者，在公元九五六年時，卽舉出一部波斯的古書，名爲一千個故事（Hazàr Afsâna），這個故事集，『常被稱爲一千零一夜；這是國王與他的維齊的故事，以及維齊的女兒及她的奴女之故事』在別的地方，也有許多證明，可以指出現在的一千零一夜裏面，至少有許多故事是波斯的，這是很顯明的，波斯的一千個故事，乃是天方夜譚之核子，如漁父與魔鬼，幻馬諸類的有趣故事，其來源都是波斯，時間過去了，原來的故事庫中又增加了不少別的寶物進去；這些後來增加的寶物，有兩個大來源，都是賽米底的性質：其一是屬於報達的，包含大部分詼諧的故事及戀愛的傳奇，有名的加利弗阿爾拉齊(Haronn Alraschid)，常常被這些故事所提及；還有一個來源是以開羅爲中心的，其特質爲機械的超自然主義，如阿拉丁神燈記一個故事卽其一例，除了這三個來源——波斯，報達，與開羅——之外，天方夜譚還在許多世紀中，繼續的吸收了無數的東方民間故事，來源與風格都不相同，這部書有全譯的英譯本，共十七冊，乃葆爾頓(Burton)所譯，中譯本也有，卻只選精拔萃的譯了四小冊。

天方夜譚之外，安泰爾的傳奇(Romance of Antar)也是一部大故事書，相傳以爲是一個大語言學家阿史馬依(Asmai)所作的.這大約是東方咖啡肆中,專門說故事者之所編的,他們天天坐在肆裏,說些故事以娛悅聽者.有幾個學者研究,謂此書之現在形式,乃定於公元一一五〇年左右者.書中之英雄,爲本章上面所言之七個長詩作家之一安泰拉(Antara b. Shaldad),他是一個詩人,又是一個著名的武士.這故事的組織之紛亂與敘述之冗長,雖有普通民間傳說之通病,然寫當時的生活卻殊活潑而真切.這部傳奇,全書凡三十二册,因爲太長了,所以世界上全譯本幾乎沒有.

參考書目

一、印度文學史(A Literary History of India),法拉曹(R. W. Fraser)著,T. Fisher Unwin 公司出版.

二、桑士克里底文學(Sanskrit Literature),麥克杜尼爾(A. MacDonell)著,D. Appleton 公司出版.

三、阿剌伯文學史(A Literary History of the Arabs)，尼柯爾孫(R. A. Nicholson)著，T. Fisher Unwin 公司出版.

四、阿剌伯文學(Arabic Literature)，赫爾特(Clement Huart)著，D. Appleton 公司出版.

五、一千零一夜的英譯全本共十七冊，Burton 譯；此外不同的英譯節本至少有數十種.

六、天方夜譚，乃一千零一夜之中文節譯本，奚若譯，凡四冊，說部叢書之一，商務印書館出版.

第十七章　中國戲曲的第一期

第十七章　中國戲曲的第一期

一

希臘的戲曲開始得極早；在公元前第五世紀時，即已有極弘大的公共劇場，即已有極偉大的悲劇作家與喜劇作家，即已有永久不朽的使今人讀之猶爲之愉悅的偉大劇本。中國的戲曲的開始卻較希臘的遲得多。當中國的詩歌已改變了好幾種的形式，當中國的散文已經歷了好幾次的新潮，且當中國的小說已發生了之後，她的戲曲纔第一次出現於文壇；她的偉大的戲曲作家，她的不朽的劇本纔有得產生出來。這時約在公元後第十二三世紀，即金、元等外族相繼侵入中國內部之時。離開希臘戲曲的開始，已有一千八百餘年了；離開中國第一詩歌總集詩經的產生時代已有二千餘年了.

中國戲曲的發展爲什麼如此的遲緩呢?當春秋之時,卽有關於優伶的紀載.如楚有優孟,憐賢相孫叔敖後裔之窮困,因在楚王之前,爲孫叔敖衣冠,王大感動,卽欲以他爲相,他不欲,說了好些諷諭的話.楚王因此大悟,便給孫叔敖子以贈賜.後來類此的紀載甚多.大約所謂『優伶』都爲娛樂帝王貴族之人,以愉快的滑稽的行動,鋒利機警的言談,引帝王們的發笑(有時則使他們自省其非)爲目的.雖往往裝扮古人的形狀,但其目的似不專在於搬演故事,而在於假此以使人發笑,乃是所謂『弄人』之流,而非所謂正式的演劇家.北齊時,有蘭陵王長恭,才武而面美,常著假面以對敵.嘗擊周師金墉城下,勇冠三軍.齊人壯之,爲『大面』(亦稱代面)舞以效其指揮擊刺之容,謂之『蘭陵王入陣曲』.(見舊唐書音樂志)此爲戴假面的歌舞劇的開始,其後類此者尚有所謂『撥頭,』『踏搖娘,』『參軍戲』等.撥頭者,樂府雜錄言,『昔有人父爲虎所傷,遂上山尋父屍.山有八折,故曲八疊.

戲者被髮素衣，面作啼，蓋遭喪之狀也。』踏搖娘的啓源，據舊唐書音樂志，謂，『河內有人，貌惡而嗜酒，常自號郎中。醉歸必毆其妻。其妻美色善歌，爲悲苦之辭。河朔演其聲而被之弦管。因寫其夫之容。妻悲訴，每搖頓其身，故號踏搖娘。』郎中之狀，乃『著緋帶帽面正赤，蓋狀其醉也。』（據樂府雜錄，其題爲蘇中郎，蓋郎踏搖娘）參軍戲則似爲不帶假面之戲。趙璘因話錄言：『肅宗（唐）宴於宮中，女優有弄假官戲，其綠衣秉簡者，謂之參軍樁。』像這一類的零碎紀載甚多，俱可爲中國戲曲在十三世紀之前已發生之證。但在十三世紀之前，我們卻不能找到一本流傳於今的劇本，不能找到一個著名的戲曲作家。宋史樂志言，『真宗不喜鄭聲，而或爲雜劇詞，未嘗宣布於外。』蘇軾的詩有言：『搬演故人事，出入鬼門道。』則當北宋時已有劇本與具有演者出入之門——鬼門——的劇場了。周密的武林舊事載宋官本雜劇段數，多至二百八十本，陶九成的輟耕錄載金人所作院本六百九十種，大約那時的戲曲必甚發達，劇本作者也必已很多了。但這九百餘種的雜劇院本無一傳於今者，故不知其體裁之何若。其作者的姓名也都無可考。至今可考知的戲曲作者，且至今尚得讀其劇本者，乃始於金末元初之時，卽公元十三世紀的前半之時。大約中國戲曲的發展所以如此的遲緩，其最大的原因乃在於(一)文人以戲曲爲下等的藝術，爲以娛樂他人爲業的『弄人』們的專業，不屑去顧問他，(二)詩賦策論爲歷來文士得官的階梯，故他們注全力於此，自無暇注意到與科舉功名全無關係之戲曲了。到了金元之時，科舉久停，文士無所用心，適值當時民間演戲之風甚盛，於是許多文學者便移他們的注意於科舉功名之心而注意於民衆的藝術上，而戲曲的偉大作家因此便產生了許多出來了。臧晉叔謂元朝以劇本取士，所以元劇作者特盛，且俱爲當時才智之士。實則他的話是沒有什麼確據的。『以雜劇取士』的話，在歷史上並無紀載，在別的書上也並無紀載，且大作家關漢卿，王實甫等俱爲由金入元者，早已以作劇著名，更與元之『舉科』無關。晉叔的話想必是他的對於元劇特盛之因由的『想當然』之解釋。

二

中國戲曲的組成，由於下面的三個部分：一爲『科』，卽指示演者在舞臺上的動作的；一爲『白』，卽演者的說話；一爲『曲』，卽演者所唱的辭句。三者之中，以曲爲最重要。近來影刋的元劇三十種係依據於元時的坊間刋本，其中『科』『白』俱極簡略，有時僅在『曲』前註明『孤夫人上云了，打喚了旦扮引梅香上了，見孤科，』並不寫出他們的對話；有時則竟在全劇中連一點『科』『白』也不寫出，全部都是『曲』，如『關張雙赴西蜀夢』卽爲一例。這可見當時戲曲所注重的全在於唱，至於舉作與對話則並不重視，可以由伶人自己去增飾表演。（元曲選中科白俱全，有的人說這是明人所加的，有的人則說是作者原來所有的。以後說爲較可靠。大約作者當初原都有很完全的科白，坊間刋印劇本時，圖省事，每都將他們刪去）但到了後來，則所刋印的劇本大概都把所有的科白刋上了。

宋時伶人所唱者都爲當時盛行的新體的『詞』。後來金人占據了中國北部，『舊詞之格，往往於嘈雜緩急之間，不能盡按，乃別創一調以媚之．』(見王世貞藝苑卮言）這就是『北曲』的啓源．公元十二世紀十三世紀中的劇本都是用這種新體的詩寫的．到了公元十四世紀的前半，卽元末明初之時，南曲又漸漸的發達．南曲爲南方的人改變詞調所創造的，在宋時已有之．當北曲極盛時，南方也被收入了牠的勢力範圍之內．寖至南方的詩人亦俱善於作北曲．在公元十三世紀的後半，善作北曲的詩人大都爲南方的人，或北人而流寓於南方者．然北曲究竟不大諧適於南人的耳官．所以不久南曲便發達起來，漸漸有佔奪了北曲的地位之傾向．當公元十六世紀之時，卽爲南曲最發達之時，那時北曲雖然未全消滅，然其勢力已甚微弱了．但這是後話，本章所述，止於中世紀，卽公元十五世紀之末，僅能述至南曲初起之時．

最初的一個最偉大的北曲作家是董解元．董解元的名字是什麽，我們已無法知道，大約因爲他在金時中過解元，所以人便稱之爲董解元．他的生年約在十二世紀的後半．著名的西廂搊彈詞便是他的大著．論者每以此書爲中國的第一部劇本，鍾嗣成的錄鬼簿著錄戲曲家也以他爲第一人．實則此書並非劇本，乃是一個人用琵琶搊彈的；他一面念唱曲調，一面彈奏琵琶，頗類現在流行各地的說書或夏夜在婦女叢中一面敲鼓，一面念唱的彈詞．不過其中有『白』有『曲』，除了爲一人搊唱而非多人表演，爲敘事式的一人代言的說唱之書而非直接由伶人扮演說唱的劇本之外，其他各點，對於後來劇本的結構上都很有影響，尤其在『曲』的一方面．這部書的題材是完全根據於元稹的會真記的，但加了不少的人物及穿插等等．王實甫之著名的西廂記劇本，其事實及情節卽完全依照於牠而寫的，牠實可算是一部極偉大的史詩；像這種的體裁的著作，在中國只有這一部，離開牠的別種重要之點不說，卽以牠的本身的文藝價值而論，也可以使牠在文學史占一不朽的地位．牠寫人物的個性，翩翩如活，詩句也有許多是極好的．如『要酒後廚前自汲新泉，要樂當筵自理冰絃，要絹有壁畫兩三幅，要詩後卻奉得百來篇，只不得道著錢』，（卷三，三十八頁，暖紅室本）及『莫道男兒心如鐵，君不見滿川紅葉，盡是離人眼中血。』（卷四，一頁）等是其例子。

繼西廂搊彈詞之後的，便爲結構很完備的劇本了。十三世紀時的劇本，都是用北曲寫的，前面已經說過，他們的結構都是很相同的；全部分成四折，所謂『折』便是現在的所謂『幕』，便是南劇裏所謂『齣』的意思。有的時候於四折之外，又加上了一個『楔子』，大約在四折不够敘演盡某種故事時，才添加上這

西廂記裏的女主人翁崔鶯鶯

種楔子.這種的例子在元曲選裏極多;如馬致遠的漢宮秋,無名氏的衣錦還鄉,合同文字等俱是有楔子的.北劇(現在名他們這種劇本爲北劇,或謂之雜劇)所用的角色不少,但卻只有兩個主要角色可以唱曲,卽正末與正旦,其餘的角色都僅可說『白』以幫助主角;而這兩個主角在同一劇中又不能並唱,如此戲爲正末主唱的,則須由他一人從楔子或第一折直唱到第四折之最後,旦角不能唱一句;如果是正旦主唱的,則須由他一人從楔子或第一折直唱到底,正末——如果劇中有這個角色——也不能唱一句.如元曲選中的漢宮秋等卽爲正末主唱之一例——此例最多——而同書中的風光好(戴善夫作,)則爲正旦主

『漢宮秋』 (原圖見元曲選)

唱之一例．但在同一劇中，主角如正末等，又可以一個角色裝扮好幾種人物；如在第一折中他扮書生，在第二折中他又可以改扮神道．因此，唱的雖只有他一個人，而在劇場上，卻可以在不同折裏有不同的人物在唱着．譬如元無名氏的硃砂擔，在楔子裏，在第一折及第二折裏，正末俱扮王文用，後來王文用被白正所殺，正末便在第三折裏改扮東嶽太尉（神）而出唱．到了第四折，正末又扮了王文用的鬼魂而出場歌唱，而東嶽太尉在這一折裏則不唱，另由一人扮之．舉此一例，可以概知其他．

這種結構，那時的戲曲作家都守之極堅，無一人肯出此範圍之外者．雖然王實甫的西廂，嘗破全劇由末或旦一人獨唱之例，但他對每劇必以四折爲限之成例仍始終不敢打破，寧可使很長的西廂故事分成爲四個劇本，卻不願使牠連爲一氣而爲一部具有二十折的長劇．而除實甫此劇外，他人也無有破例者．

但像這種結構簡單的劇本，後來究竟漸漸的不足以使人滿意了．因爲每種劇本只限四折，在劇情簡短的時候原可以適用，而一到了采取長的故事爲題材時便不够應用；且在短的故事裏也不能將人物性格，事實背景描寫得詳盡，雖然可以加上了一個楔子，但究竟還是不够．且全劇僅由一個角色唱，未免太單調了，聽者也覺得乏味．於是後起的南劇（或謂之傳奇）便把這些北劇的成例全推翻了．在南劇裏，無論那一個角色都可以唱，就是最不重要的角色也可以唱幾句．因此，在戲曲上有許多大進步第一，聽衆見了許多不同的人在唱，有時一人獨唱，有時數人合唱，自然較之始終僅見同一的人在唱者爲更覺得有興趣．第二，當僅以正末或正旦一人主唱之時，唱者自易疲倦，萬不能繼續演唱長部的劇本，元劇之以一部四折爲定例者，其原因未始不原於此．現在，一切角色都可以唱了，正末及正旦的唱的擔負便輕得好．大家輪流唱着，劇本自可拉得很長了．所以南劇的齣數，大都有三十至五十之數，如琵琶記有四十二齣，幽閨記有四十齣，荆釵記有四十八齣，白兔記有三十三齣．如此，劇情便可以描寫得盡致，不至因限於篇幅之過短而有强行截去作者之情思之患了．南劇之與北劇不同者尙有一點，卽在南劇之開始，（第一齣）總有一段敍述全劇大意與情節的引子，由一個『副末』在劇場上報告出來這個引子，名稱很不相同，有時稱之爲『家門始終』有時稱之爲『家門大意，』有時稱之爲『家門，』有時稱之爲『開宗，』有時稱之爲『副末開場，』有時稱之爲『先聲，』有時則稱之爲『楔子．』但這種楔子與北劇所謂楔子的內容完全不同；北劇的楔子則全劇情節的一部分，而此之所謂楔子或家門大意則爲全劇中的一個小引，爲將全劇的大綱先括述出來的一種『提要』之類的東西．又南劇的楔子必須最先，北劇則或在最先，或在各『折』之中間，俱不一定．

自南劇打破了北劇的成規之後，北劇的作家也便不復再堅守以前的死規例了．明人作雜劇者，如朱有燉，如汪道昆，如徐渭他們，都已把北劇的四折的制度推翻，而成爲一種『獨幕劇』的體裁，同時，正末正旦主唱的舊規例也完全被破壞了．這在北劇本身一方面實是一種大進步．

但當戲曲的結構進步到很完美的時候，戲曲的文辭，卻又由『本色』的，新鮮的，活潑的，而漸漸的被文人們粉裝珠飾而成了非民衆的，只供文人貴族賞玩的失真趣的文藝作品，與五七言詩，詞，古駢文同一類的陳腐東西了。這是後期的話，在第一期中，這種雕飾豔辭腐語的傾向，尚未見很顯著。

三

元代的戲曲作家甚多，見於鍾嗣成的錄鬼簿者，凡一百十七人。鍾嗣成是一個元末的人，此書初作於公元一千三百三十年，（至順元年，）（據他的自序）大約此後他尙時時加以修改，所以書中所叙的時代卻遲至公元一千三百四十五年（至正五年，喬吉甫的死年，）離開初作書時已有十五年之久了。因此，此書所叙的作家與作品頗爲完全。他在此書裏，將元曲的作家分爲三個時期來說，(一)前輩已死名公才人有所編傳奇行於世者；(二)方今已亡名公才人他所相知的及已死才人他所不相知的。(三)方今才人相知的及方今才人聞名而不相知的。

王國維在他的宋元戲曲史上，以鍾氏的第一期爲蒙古時代，自太宗窩闊台取中原至世祖忽必烈統一南北爲止（公元一二三四——一二七九）；第二期爲統一時代，自此後至至順、後至元間，（卽公元一三四〇以前）爲止；第三期爲至正時代（公元一三四一——一三六七）卽元末之時代。茲將鍾氏所舉作者的時代及生地列表於下：

時＼地	大都
第一期	關漢卿（五十八） 王實甫（十四） 庾天錫（十五） 馬致遠（十三） 王仲文（十） 楊顯之（八） 紀天祥（六） 費君祥（一） 費庚臣（三） 張國賓（三） 梁進之（二） 孫仲章（二） 趙明道（二） 李子中（二） 石子章（二） 李寬甫（一） 李時中（二） 紅字李二（三）京兆
第二期	曾瑞（一）
第三期	

王伯成(二)涿州

中書省所屬

李好古(三)保定
彭伯威(一)保定
白　朴(十五)眞定
李文蔚(十二)眞定
尚仲賢(十)眞定
戴尚輔(五)眞定
侯正卿(一)眞定
史九山人(一)眞定
江澤民(一)眞定
鄭廷玉(二十三)彰德
趙文殷(三)彰德
李進取(三)大名
陳寧甫(一)大名
王廷秀(四)益都
武漢臣(十)濟南
岳伯川(二)濟南
康進之(二)棣州
高文秀(三十二)東平
張時起(四)東平
顧仲淸(二)東平
張壽卿(一)東平
吳昌齡(十九)西京大同
李壽卿(十)太原
劉唐卿(二)太原
石君寶(十)平陽
于伯開(六)平陽
趙公輔(二)平陽
狄君厚(一)平陽
孔文卿(一)平陽(?)
李行甫(一)絳州
李直夫(十一)女直

宮天挺(六)大名
趙良弼(一)東平
陳無妄　東平
喬吉甫(十一)太原
鄭光祖(十七)平陽
李顯卿　東平

高君瑞　眞定

河南江北等處行中書省所屬

趙天錫㊁汴梁　陸顯之㊀汴梁
姚守中㊂洛陽　孟漢卿㊀亳州

睢景臣㊂揚州

孫子羽㊀揚州
張鳴善㊁揚州

江浙等處行中

廖毅　建康
金仁傑㊆杭州
范康㊁杭州
沈和㊄杭州
鮑天祐㊇杭州
陳以仁㊁杭州
范居中　杭州
施惠　杭州
黃天澤　杭州

秦簡夫㊄杭州
蕭德祥㊄杭州
陸登善㊁杭州
王曄㊂杭州
王仲元㊂杭州
徐再思　嘉興
吳朴　平江
黃公望　姑蘇
錢霖　松江

書省所屬	未詳
	趙子祥(三) 李郎(二)
沈拱 杭州 吳本世 杭州 周文質(四) 胡正臣 杭州 俞仁夫 杭州 張以仁 湖州 顧廷玉 松江 李用之 松江	屈彥英 王思順 蘇彥文 李齊賢 劉宣子
顧德潤 松江 張可久 慶元 汪勉之 慶元 趙善慶(五) 饒州	吳仁卿(四)　高可道 屈子敬(五)　李邦傑 朱凱(二)　曹明善 高敬臣　高安道 王守中

▲註一、表中各作者姓名下所註之數字，乃表示他們作曲之數。

▲註二、此表完全依據點鬼簿，故所載作曲之數與現在所知者略有不同，如關漢卿，今知他的劇本共有六十三種，但錄鬼簿僅載五十八種。現在仍依錄鬼簿所載。

▲註三、作者姓名下未註數字者，乃錄鬼簿不載他們的作曲之數者。

▲註四、表中作者的姓名用粗黑字印者乃表示他們的劇本尚有傳於今者，孔文卿姓名下所以註一「疑問號（？）」者，乃表示他的所僅存於今的一個劇本與別一作者所著的劇本同名，未知是否即他所著。

▲註五、元曲作者有劇本存於今者，尚有二人，一爲羅本，一爲楊梓，爲錄鬼簿所未載，故此表亦未列入，特附註於此。

在這表裏，我們可以看出元曲的變遷的大勢。第一期裏的作者共有五十六人，其生地大都爲北方，江浙等處未有一人；僅有馬致遠，尚仲賢，張壽卿諸人作吏於南方，他們當係傳播北曲於南方的最有力量者。這時的作者的中心集合地大約係大都。大都即今之北京。然在第二期第三期裏，我們便可看出一個大變動的時局了；第二期的作者僅三十六人，而南方的人已占了十七，尤以杭州爲最多；北方的作者則僅有六七人，且尚係與南方都有若干關係的，如曾瑞則後半生居於杭州，鄭光祖及趙良弼俱爲杭州的官吏，喬吉甫與李顯卿也住於杭州，（只有宮天挺一人未到南方來。）到了第三期，則北方的戲曲家僅有高君瑞一人爲南方所聞知，其餘的許多作者都是南方的人。由此可見，在這兩個時期，南方的杭州竟已代大都而爲戲曲作家的中心集合地了。但在戲曲的本身講來，則第一期的作者最多，且其作品流傳於現在者也最多，到了第二三期則作者似都已疲乏，無復有第一期一人而作三十劇五十劇的魄力了，他們的作品傳於今的也較第一期少得許多。

在這一百十餘的作家中，最有名者，爲第一期的關漢卿，馬致遠，白朴，王實甫，及第二期的鄭光祖，喬吉甫；世稱之爲六大家。現在將較重要而有劇本留傳於今的作家依次敘述一下。

關漢卿爲最先出的一個戲曲作家，他是大都人，號已齋叟，曾做過太醫院尹。他的生年大約在公元一千二百三十四年（金亡之年）以前。他的戲曲作品，據錄鬼簿所載僅有五十八種，而據今所知的則有六十三種；大多數俱已散佚，僅有玉鏡臺，謝天香，金線池，竇娥寃，魯齋郎，救風塵，蝴蝶夢，望江亭（以上俱見元曲選），西蜀夢，拜月亭，單刀

關漢卿的玉鏡臺的一幕

會，調風月（以上俱見元刊雜劇三十種）及續西廂（附於王實甫的西廂記後）等十三種尚存於今，尤以竇娥冤及續西廂爲最著名。竇娥冤連楔子共五折。楔子裏敍楚州蔡婆生了一個男孩子，家裏頗有些錢；有一個竇秀才名天章的，向她借銀數十兩，不能償還，便把他的女兒名端雲的給了她爲媳婦，改名竇娥，這竇娥便是此劇中的女主人翁。蔡婆收下了媳婦，便送了些盤纏給天章上京應舉去了。第一折的開端敍一件意外的遭遇。賽盧醫借了蔡婆的錢，不能還，便把她誘至郊外，欲用繩絞死她，恰值張驢兒與他的父上場救了她，盧醫逃去了。全劇的波瀾便由此掀起。張驢兒與他的父依仗着救死的恩惠，隨蔡婆回家，欲父娶了蔡

『竇娥冤』（原圖見元曲選）

婆，而他自己娶了竇娥，（那時蔡婆的兒子已死去了）．竇娥執意不肯嫁他．第二折敘張驢兒遇見賽盧醫强迫他給些毒藥，欲毒死蔡婆而將竇娥做妻；不料被他的父誤吃了而死．驢兒强指係竇娥下藥毒死的，告了官，將她定了死罪．第三折敘竇娥被殺的情景，這一折是世界上最悽苦的文字之一．什麽人讀了都要戰慄起來，是全劇的最高點．竇娥臨死時，說如她是寃枉的，頸血便都將飛濺在丈二白練上，那時雖是六月，也將下雪，且那個地方也將亢旱三年．果然，一切都應了她的預言．第四折敘竇天章做了廉訪使，到了楚州，調閱案卷，竇娥的鬼魂向他訴寃，便捉了張驢兒，賽盧醫，各給他們以相當的罪名，報了竇娥的怨寃．雖然如此結束，然而我們爲竇娥的屈死而引起的悲憤心還不能寧謐下去；這個題材原太悲苦了，而漢卿的叙寫又緊張之極，迫切之極，自然使人讀後更難於忘記了．中國的悲劇本來極少，這一劇可算是所有悲劇中之最偉大的．

續西廂是續王實甫的西廂四劇的．王氏的西廂止於草橋夢鶯鶯，關氏所續則爲『張君瑞慶團圓』之一幕劇情。董解元的西廂搊彈詞原有這一段事實；西廂是全依據於牠而寫的，故漢卿也要作了第五本的西廂記以補足王氏的未完的四本。西廂記與續西廂的作者爲誰，從前曾爭論了許久，或以爲關著而王續，或以爲王著而關續，或以爲全部是王著，或以爲全部是關著，到了現在，則『王著而關續』的話，差不多成了定論了。關的續本，金喟曾極力施以攻擊，以爲『狗尾續貂』，這是他未見董西廂，不知原本本是如此的之故。且續本裏的好詞句也未必少於前四本，如：『我這裏開時和淚開。他那裏修時和淚修。多管閣著筆尖兒未寫，早淚先流。寄來的書淚點兒兀自有。我將這新痕把舊痕湮透，正是一重愁翻做兩重愁』。(暖紅室刊西廂十則第三册第三——四頁)卽是一例。

王實甫也是大都人，他的生年也與關漢卿約略相同。他的著作的開始在金朝未亡之前；麗春堂一劇叙的是金代的事，而最後言『萬邦齊仰賀當今皇上』，可爲一證。所作劇本凡十四種，存於今者僅麗春堂(見元曲選)及西廂記二種，而西廂記尤爲流傳最廣之作品。如果他什麼都不作，僅作了西廂記一書，則此書已足使他不朽。西廂記係依據董解元的西廂搊彈詞而改作劇本的，共分四本，凡十六折；第一本爲『張君瑞鬧道場，』第二本爲『崔鶯鶯夜聽琴，』第三本爲『張君瑞害相思，』第四本爲『草橋店夢鶯鶯。』在第一本裏叙崔家寄寓於普救寺。張珙來遊，偶然見了鶯鶯，大驚羨，便也寄寓於寺之西廂，想覓一個機會與她通殷勤。借着做道場，又與鶯鶯相見了一回。第二本叙孫飛虎率軍圍寺，欲刦了鶯鶯去。大家驚惶無措。崔夫人說，『但有退得賊兵的，將小姐與他爲妻。』於是張珙草了一書遞與鎭守蒲關的大將杜確，統軍來解了圍。不料夫人又反悔了，說，『鶯鶯幼昔許與鄭恆爲婚，』只以兄妹之禮使鶯鶯與張生相見。張生大失望，鶯鶯也很悽楚。第三本則叙他們二人的互相戀慕的感情；爲他們的傳遞消息的人爲一個婢子名紅娘的，在這一本裏，這紅娘是一個最重要的角色。靠了她，鶯鶯與張生終於私自成了婚。第四本便叙他們的戀愛成功的情形。後來，這事被老夫人發覺了；她無可如何，只得又許了張生的婚姻，着他到京應舉。熱戀的二人的分別是全劇的故事中最悽楚的一節。他的所寫卽止於此。後來的張生與鶯鶯的團圓的事，在關漢卿的續本裏寫出。在這個劇本裏，人物的個性分得十分清楚；老夫人是有老夫人的個性，張生是有張生的個性，鶯鶯是有鶯鶯的個性，紅娘是有紅娘的個性，其他幾個

西廂記之一幕　　唐寅作

和尙與孫飛虎等也各活潑潑的現在紙上.在這一點上,王實甫的描寫能力似較董解元爲更進步.中國的戲曲小說,寫到兩性的戀史,往往是二人一見面便相愛,便誓訂終身,從不細寫他們的戀愛的經過與他們的在戀時的心理.西廂的大成功便在牠的全部都是婉曲的細膩的在寫張生與鶯鶯的戀愛心境的.似這等曲折的戀愛故事,除西廂外,中國無第二部.董解元的搊彈詞也是着力從這一點上寫的;但沒有王實甫寫的膩婉.全劇中又充滿了詩意的描寫,在各支『曲』子裏,我們又可以找到不少的極好的抒情詩,如:『我和他乍相逢,記不真嬌模樣,我到索手抵着牙兒,慢慢的想,』『四圍山色中,一鞭殘照裏,遍人間煩惱塡胸臆,量這些大小車兒如何載得起!』『想人生最苦離別.可憐見千里關山,獨自跋涉.似這般割肚牽腸,到不如義斷恩絕!』等便是其例子.實甫的麗春堂一劇,其重要便遠不如西廂;麗春堂的題材很簡單,係叙金朝右丞相完顏,在賜宴時與李圭相爭,被皇帝貶於濟南,後因盜賊蠭起,復召他回朝.百官們在他家的麗春堂設宴賀他,李圭也來

會眞圖

謝罪.以如此的簡短的故事衍爲四折,卻並不見其拖牽繁累,且還具有戲曲的趣味,這也可見作者的藝術的高超.

馬致遠號東籬,也是大都人,曾任江浙省行省務官.他的生年略後於關、王二人.錄鬼簿載其戲曲共十二種,今知共有十四種,其中的一半(七種)尚傳於今,即漢宮秋,薦福碑,岳陽樓,黃粱夢,青衫淚,陳摶高臥,及三度任風子,俱見於元曲選中.他的戲曲喜敘神仙的奇蹟,如岳陽樓,黃粱夢,三度任風子等俱是,這是他與關王二人不同的一點.他的作品的風格,俱甚瀟洒自然;不像關之凝重,也不像王之婉曲.漢宮秋可謂他的諸劇的代表.漢宮秋係敘漢時的美姬王昭君遠嫁的故事的.這個

「青衫淚」馬致遠的青衫淚爲後來一切敘講白居易與裴興奴故事之祖。(原圖見元曲選)

故事曾感動了不少的詩人；然致遠此劇的描寫中心乃不在昭君而在漢元帝，這是牠與別的以此同一故事爲題材的作品大殊異的一點。故事的起點爲匈奴求婚於漢室。先此，毛延壽曾爲漢元帝的使者，往各處搜求美女，以實後宮，並圖其形以備臨幸。有名王嬙字昭君的一個美女，因不肯賄賂延壽，被他在圖上點破，因此久不得臨幸。後元帝偶然見了她，大驚其美，便十分的寵愛她，問知延壽的舞弊，即欲斬他，延壽逃到匈奴，說單于指名要王嬙爲閼氏。漢庭官吏怕動刀兵，便極力勸元帝割舍了王嬙，送給匈奴和親。元帝不得已而許之。昭君與元帝的相別，是全劇的極高點，寫得極悽涼。番使護着昭君漸漸的去遠了，元帝還立在那里凝望着；這里的一段曲，是寫他那時的心境的：『呀，俺向着這迴野悲涼！草已添黃色，早迎霜。犬褪得毛蒼，人搠起纓鎗，馬負着行裝，車運着餱糧，打獵起圍場。她，她，她，傷心辭漢主；我，我，我，攜手上河梁。她部從入窮荒，我鑾輿返咸陽。返咸陽，過宮牆；過宮牆，遶迴廊；遶迴廊，近椒房；近椒房，月昏黃；月昏黃，夜生涼；夜生涼，泣寒螿；泣寒螿，綠紗窗；綠紗窗，不思量！』後半段的音節是如何的迫切！自昭君去後，元帝抑抑無歡，一夜在夢中見了昭君，醒來時正聽見孤雁在叫。這個情境真足使任人都爲之感動。後來，昭君走到了黑龍江，投水死了，匈奴便拿了毛延壽送回漢庭治罪。全劇便如此的結束了。

白朴字仁甫，後改字太素，眞定人，生於公元一千二百二十六年（卽金正大三年），號蘭谷先生，贈嘉議大夫掌禮儀院太卿。他也是後於關、王的作劇家。所作劇本共十五種，存於今者僅二種，卽梧桐雨與牆頭馬上，俱見元曲選。梧桐雨是敍唐明皇與楊貴妃的戀史的，牆頭馬上是敍裴少俊與李千金的戀史的。牆頭馬上是一篇有趣的喜劇，描寫得很大膽，裏面有許多好的抒情詩，如『楡散青錢亂，梅攢翠豆肥，輕輕風趁蝴蝶隊，霏霏雨過蜻蜓戲，融融沙煖鴛鴦睡。落紅踏踐馬蹅塵，殘花醞釀蜂兒蜜』之類。梧桐雨是一篇極高超的悲劇；無數的中國悲劇，其結果總是止於團圓或報仇，卽關漢卿的竇娥冤，馬致遠的漢宮秋也是大團滿，快人意的結束；無數的叙唐明皇楊貴妃的故事的文字，其結果也都是止於幻造的大團圓之境地，如陳鴻的長恨歌傳乃有葉法善的傳語，洪昇的長生殿，乃以天上的重圓，結束全劇，全失了悲劇的意境；獨仁甫此劇，則爲最完美的悲劇，其全劇乃在唐明皇於楊貴妃死後的悲嘆聲中而收局。他寫明皇的悲懷，甚爲着力，使人讀完了此劇，也爲之感傷無已。試舉其一段。

正末（扮明皇　做睡科，唱，〔倘秀才〕『悶打頦和衣臥倒，軟兀剌方纔睡着。』（旦上云）『妾身貴妃是也。今日殿中設宴，宮娥，請主上赴席咱。』（正末唱）『忽見青衣走來報道，太眞妃將寡人邀宴樂。』（正末見旦科，云）『妃子，你在那裏來？』（旦云）『今日長生殿排宴，請主上赴席。』（正末云）『吩咐梨園子弟齊備着。』（旦下）（正末做驚醒科，云）『呀，元來是一夢。分明夢見妃子，却又不見了。』（唱）〔雙鴛鴦〕『斜軃翠鸞翹，渾一似出浴的舊風標，映着雲屏一半兒嬌。好夢將成還驚覺，半襟清淚溼鮫綃。』〔蠻姑兒〕懊惱，窨約，驚我來的又不是樓頭過雁，砌下寒蛩，簷前玉馬，架上金雞；是兀那窗兒外梧桐上雨瀟瀟。一聲聲灑殘葉，一點點滴寒梢，會把愁人定虐。』

這一場夢境這一陣滴落於梧桐上的雨點，使全劇增添了不少的活氣。

高文秀，東平人，府學生。他雖然死得很早，但他的戲曲作品卻不少，據錄鬼簿所載有三十二種，據今所知有三十四種，存於今者僅須賈誶范睢，黑旋風雙獻頭，（以上二種見元曲選）及好酒趙元遇上皇（此一種見元刊雜劇三十種）三種。誶范睢（「睢」元曲選作「叔」）係叙戰國時范睢爲魏齊及須賈所辱，僞死，得脫奔秦，做了秦的丞相，因得報復了他的舊怨。此劇元曲選作無名氏撰，茲據錄鬼簿，知爲文秀所作。黑旋風雙獻頭（「頭」元曲選作「功」）係他所作的『水滸』劇本之一。他善於寫水滸故事，尤喜寫黑旋風李逵；此類劇本所作不下八種，存於今者僅此一種。此劇叙宋江的舊友孫孔目欲偕妻郭念兒赴泰安神州廟燒香。他到梁山泊請一個「護臂」（卽今所謂保鏢的人。）李逵自己出來要擔任這個差事。他們同到了泰安。有一個白衙內原與郭念兒相戀着，這時便乘機在飯店裏拐了郭念兒回去。孫孔目到大衙門去告他，不料這衙門的官正是白衙內，便把孫孔目下在死牢。

李逵進監牢用蒙汗藥把禁子迷倒了，救了孔目出來，夜間又去殺了白郭二人，把雙頭帶上山去獻功。此劇裏的李逵，雖然形狀生得黑怪，性格生得烈憨，然尚知道用計，心思也很精細，且殺人後會題詩在牆上，與水滸傳的一部小說上所描寫的完全憨直愚魯的李逵不同。好酒趙元遇上皇係叙一酒徒，因飲酒常醉而爲家庭所棄，卻也因飲酒而遇到了微行的上皇，認做兄弟，反得了好結果。

鄭廷玉彰德人，所作劇本共二十三種，（據錄鬼簿）存於今者有楚昭公，後庭花，忍字記，看錢奴買冤家債主等俱見於元曲選，又有崔府君斷冤家債主一種，錄鬼簿未著錄，也是園書目以爲係鄭廷玉作，今亦見於元曲選。楚昭

『梁山泊』（原圖見明刊本元曲選）

公係叙戰國時，吴子胥伐楚，楚昭公戰敗，賴申包胥向秦國求得了救兵，又恢復了楚國的事。其中還雜着些神怪的故事：(一)這次戰事的開始，此劇說係因吴國的一柄寶劍名湛盧的飛到楚國去，吴向楚王索取不得之故。(二)當楚昭公兵敗時，逃難過江，船小人多。梢公說須疎者下船，以救此船的傾覆，於是昭公的妻與子都跳入水中去了。但龍神把他們都救上了岸。楚國恢復時，他們又得團圓了。後庭花係以『包公故事』之一爲題材，忍字記係叙貪狼星被貶下凡，後復回原位的故事。看錢奴元曲選作無名氏撰，錄鬼簿及也是園書目俱以爲廷玉作，係叙周秀才因窮賣子，後復得復聚的事，其中也

『楚昭公』伍子胥入郢，申包胥復楚，是最有名的故事之一。(原圖見元曲選)

雜有神靈的奇蹟，崔府君斷冤家債主也是敍幽明果報的故事．就廷玉現存的幾篇戲曲看來，差不多沒有一篇不有神道在內的，大約他很喜歡以神靈的奇跡來緣飾他的故事，也許他自己竟是一個迷信果報，相信神靈的奇跡的人．

尙仲賢，眞定人，爲江浙行省務官．他所作的戲曲，錄鬼簿載有十種，今知共有十一種，存於今者有單鞭奪槊，柳毅傳書及氣英布三種，俱在元曲選中．單鞭奪槊有二種不同的本子，俱係敍尉遲敬德的事，而事實不同；在元曲選中的一種，係敍尉遲敬德初投唐，單鞭打了單雄信，救了李世民的事；在雜劇三十種中的一種，係敍唐初諸國都削平了之時，李建成及元吉欲奪太

『單鞭奪槊』
這是隋唐故事中最有名的一個
（原圖見元曲選）

子之位，因世民有猛將尉遲敬德不敢下手，便在高祖面前說敬德的壞話，高祖便將敬德拿下，後又得赦免的事。這兩種不同的劇本也許是尙仲賢一人所做，將尉遲恭的前後二事分開二本寫的，也許一種是尙仲賢做的，而其他一種是別的人做的。在這兩個假定中，似以前說爲較可信，柳毅傳書係叙龍女被她夫家棄在涇河岸邊牧羊，請柳毅爲她傳書於母家；她叔叔錢塘君大怒，便去與她丈夫爭鬥，將他吞入腹中，而以龍女許了柳毅爲妻的事。氣英布，元曲選作無名氏撰，錄鬼簿所載尙仲賢所作劇目，有此一種，黃文暘曲目也以爲此劇係仲賢所作，係叙楚漢相爭之際，隨何說降了楚將英布；漢高祖初於濯足時接見他以折挫他的銳氣，後又十分的籠絡他的事。

武漢臣，濟南府人，所作戲曲共十一種，（錄鬼簿僅載十種）存於今者有老生兒，玉壺春，生春閣三種。老生兒係叙六十歲的劉從善家甚富有而無子，後散了家財，便得了一子的事。生春閣也是以『包公故事』之一爲題材的，包公在那時，已是一位中國古來最有名的審判官了，所以許多『故事』都附着於他的名下；卽在元曲中，敍述他的故事的也不在少數．玉壺春係敍妓女李素蘭誓志欲嫁李玉壺，二人終於團圓了的事．

吳昌齡，西京人，所作戲曲凡十一種，存於今者有風花雪月及東坡夢二種，俱在元曲選中．風花雪月係敍八月十五月明之夜陳世英與桂花仙子相戀着．一宵過去，仙子別去了，世英戀念着她而病了的事．東坡夢係敍蘇軾攜妓白牡丹去見佛印禪師，欲誘他娶了白牡丹而還俗，終於不成的事．

楊顯之，大都人，是關漢卿的一個最好的朋友，所作戲曲凡八種，今存二種，卽酷寒亭與瀟湘雨，俱見於元曲選．酷寒亭敍鄭孔目救了宋彬，二人結爲兄弟．後孔目娶一妓爲妻．她又與李成相戀．孔目知道這事，乘夜殺了妻，李成逃去了．孔目因殺妻事被刺配於沙門島，李成恰是解差，欲害他，到了酷寒亭，被宋彬救去，並殺了李成報仇．瀟湘雨敍張商英被貶到江州去，在淮河中船沉了，與他女兒翠鸞失散．

翠鸞爲漁父崔老所救．後來與他的姪子崔甸士結婚了．甸士中了舉，又與考官的女兒結了婚．翠鸞去尋他卻被他當做逃婢，押配遠地．她在臨江驛遇見了父親，這時商英已做了廉訪使，便去捉了崔甸士來欲殺他．因崔老的懇求，而赦了前罪，他與翠鸞復成了夫妻．這劇裏的甸士，直不似一個有心腸的人，事實較之高明的琵琶記略略的有些相同，然琵琶記中的蔡邕較似崔甸士好得多．在描寫人物的心理與性格方面，琵琶記也較這部瀟湘雨進步得千百倍．

李壽卿，太原人，將仕郎，曾除縣丞．他的劇本共有十一種，（錄鬼簿僅載十種，）存於今者有二種，卽伍員吹簫與度柳翠，皆在元曲選中．伍員吹簫卽敘費無忌害了

「伍員吹簫」伍員的故事，乃是中國古來最動人的故事之一。（原圖見元曲選）

伍員全家，伍員逃出楚國，沿途受了許多苦，後做吳國的相國，攻楚，拿住費無忌報仇的事。鄭廷玉也有一劇敍此故事，但他係從楚昭王方面寫，此則從伍員方面寫。度翠柳元曲選作無名氏撰，但也是園書目則題李壽卿作，錄鬼簿載他的所著劇名，也有此劇在內。此劇係敍月明和尚因妓翠柳本是如來法身，便去引度她成了正果的事。

石君寶，平陽人，所作戲曲凡十本，存於今者有秋胡戲妻及曲江池二種，俱見元曲選。又有風月紫雲亭一種，見於元刋雜劇三十種。錄鬼簿載君寶及戴尙甫的戲曲名目俱有此一種，不知現存的這一部究爲何人所作。秋胡戲妻敍魯大夫秋胡初

『秋胡戲妻』　(原圖見元曲選)

時家甚窮苦，與羅梅英結婚才三日，便被迫去從軍。梅英爲他守貞，不肯別嫁。十年之後，秋胡官至中大夫，請假回家，他走到近家的地方，見一女子在采桑，便以黃金挑引她，這女子不肯。他回家了，他的妻子隨後也歸來，原來她就是那採桑的女子。她大罵了他一頓，欲與他離婚，結果因秋胡的母的勸慰，便復和好了。曲江池敘少年鄭元和因戀着妓女李亞仙，墮落爲『與人家送殯唱挽歌』的人。他父親鄭府尹知道了這事，便把他打得死去。他蘇醒後又淪落爲乞丐。幸

鄭元和風雪卑田院

徽陳仲美筆

少年鄭元和因戀妓女李亞仙而致流落於外。以與人送殯唱挽歌爲生活。

得李亞仙救了他，勸他讀書，後成爲知縣。這兩件故事都是民間流傳得最廣最久的，至今尙有無數的人在重述着，尙有無數的伶人在演唱着；大約這些故事的所以傳播的範圍如此之大者，石君寶的劇本是與有很大的力量的。有許多古代的故事，爲民間所盛傳者，大半都是因元明小說劇本取了他們爲題材之故。

戴尙甫，眞定人，曾爲江浙行省務官，所作戲曲共五本，今存者，除紫雲亭一種不知是否卽他所著的外，尙有一種風光好，見元曲錄。風光好叙宋高祖時陶穀奉使南唐，被宋齊丘等以妓秦弱蘭誘惑他，因此不能畢其使命，只得逃依故人杭州錢俶王處。不久，宋兵滅了南唐，秦弱蘭避難來杭，因與陶穀結婚了。

張國賓一名酷貧，大都人，爲喜時營教坊勾管，卽當時人所稱爲倡夫的；他所作的戲曲凡四種，（錄鬼簿作三種）存於今者有三種，卽合汗衫，羅李郎及薛仁貴，皆見元曲選。當時與他同道的人以戲曲家著稱的，還有趙文敬，紅字李二及花李郎；他們的劇本都皆不傳。國賓諸人雖爲士大夫所看不起，然他們的作品在當時卻流傳得極廣；戲曲的藝術價值也不見得比所謂士大夫的壞．

以上諸人皆爲第一期戲曲家中作品留傳於今稍多的，至於僅餘一種作品的戲曲家，則尚有王仲文，紀天祥，孫仲章等十餘人．

王文仲，大都人，作曲十種，僅救孝子一劇傳於今．（見元曲選．）紀天祥，也是大都人，與李壽卿，鄭廷玉同時，作曲六種，今傳趙氏兒孤一種，見元曲選．孫仲章，也是大都人，或以爲他是姓李，作曲三種，（錄鬼簿作二種，）有勘頭巾一種傳於今，見元曲選．石子章也是他們的同鄉，作曲二種，今存竹塢聽琴一種於元曲選中．王伯成，涿州人，作曲二種，今存李太白貶夜郎一種，見雜劇三十種中．李

此爲薛家將故事之一『仁貴比射』

（原圖見元曲選）

好古，保定人，或云西平人，作曲三種，今傳張生煮海一種，見元曲選。李文蔚，真定人，曾爲江州路瑞昌縣尹，作曲十二種，今僅存燕青博魚一種，見元曲選。岳伯川，濟南人，或云鎮江人，作曲二種，今傳鐵拐李一種，見元曲選。唐進之，棣州人，或以他爲姓陳，作曲二種，皆敍黑旋風、李逵事，今存其一，名李逵負荊，見元曲選。張壽卿，東平人，浙江省掾吏，作曲一種，名紅梨花，今存於元曲選中。狄君厚，平陽人，有晉文公火燒介子推一劇，見於雜劇三十種中。孔文卿是狄君厚的同鄉，有東窗事犯一劇，亦見於雜劇三十種中。在第二期戲曲家金仁傑的戲曲目中亦有與此劇同名的一種。不知此劇究竟是誰作的？李行甫（一作行道）絳州人，有灰闌記

『燕青博魚』原圖見明刊本元曲選

一劇，見元曲選中。李直夫，女直人，住於德興府，作曲凡十二種（錄鬼簿作十一種），存於今者僅虎頭牌一種，見於元曲選。孟漢卿，亳州人，作曲一種，名魔合羅，亦見元曲選中。

第二期的作家，有作品之存於今者，較之第一期少得許多；在三十個作家中，僅有曾瑞，宮天挺，喬吉甫，鄭光祖，金仁傑及范康等六人，我們現在尚能讀到他們的劇本，至於其餘的人，則所作都已散佚無存了。

曾瑞字瑞卿，大都人（亦作大興人），從北方遷於南方，定居在杭州，不願仕，自號褐夫。他死的時候，弔者有千餘人。他所作曲僅有一種，卽見於元曲選的留鞋記。

宮天挺字大用，大名開州人，爲釣臺書院山長，死於常州。他所作劇凡六種，存於今者二種：范張雞黍見於元曲選，係敍范巨卿張元伯的生死不渝的友情的；嚴子陵垂釣七里灘見於雜劇三十種，係敍嚴子陵，劉文叔（卽漢光武）的不以富貴易操的友情的。

喬吉甫字夢符，太原人，號笙鶴翁，又號惺惺道人，旅居杭州，卒於至正五年二月。他所作曲有十一種，今傳其三種，金錢記，揚州夢，及玉簫女，俱見於元曲選。吉甫爲元六大劇作家之一，與同時的鄭光祖及第一期的關，王，馬，白齊名。金錢記係敍韓翃的戀愛故事；揚州夢係敍杜牧的戀愛故事；玉簫女係敍韋皋與韓玉簫的戀愛故事。

鄭光祖字德輝，平陽襄陵人，以儒補杭州路吏。他與喬吉甫同爲第二期最負盛名的作家。鍾嗣成謂他『名聞天下，聲振閨閣；伶倫輩稱鄭老先生，皆知其爲德輝也』。所作劇本凡十九種（錄鬼簿載十七種），傳於今的凡四種；王粲登樓，倩女離魂，㑳梅香三種見元曲選；輔成王周公攝政一種見雜劇三十種。王粲登樓敍王粲辭母出遊，所至不遇，後到荊州，登高樓而思鄉，最後則做了大官，與蔡邕女結婚，復與母重聚的事。倩女離魂敍倩女與王文舉相戀，文舉赴京應舉，倩女的魂離了軀體偕他同去的事。㑇梅香敍白敏中幼與裴度之女小蠻定婚，後裴夫人不提起婚事，而敏中卻與小蠻熱烈的相戀，由一個梅香樊素在中傳信；全劇的結搆極似西廂記，西廂裏的紅娘便是這劇裏的樊素。周公攝政敍周公輔政，管、蔡流言，但後來周公與成王，終於諒解的事。

金仁傑字志甫，杭州人，曾爲建康崇寧務官，天曆二年卒。所作凡七種，今存蕭何追韓信一種，見雜劇三十種中。尚有東窗事犯一種，亦見雜劇三十種中；但孔文卿亦有與此同名的一劇，不知究爲何人所作。蕭何追韓信係敍楚漢之際的大英雄韓信，流落不遇，後終爲蕭何所力舉，得成滅楚的大功業的事。

『倩女離魂』 (原圖見元曲選)

范康字子安，杭州人，作曲二種，今傳竹葉舟一種。鍾嗣成謂他『編杜子美遊曲江，一下筆卽新奇』，惜此劇今不傳。竹葉舟係敍呂洞賓點化陳季卿成仙的事。

在第二期的初時，尚有楊梓及羅本。楊梓曾作豫讓吞炭，霍光鬼諫，敬德不伏老諸劇，但錄鬼簿並未敍到他。他是海鹽人。至元三十年（公元一千二百九十三年）時，元師征爪哇，他以招諭爪哇等處宣慰司官，以五百餘人船十艘，先往招諭之。元兵繼進，爪哇降，後爲安撫大使，官至嘉議大夫，杭州路總管。元曲作家都爲末官小吏，爲大官者，僅梓一人而已。他的劇本，存於今者有霍光鬼諫一種，見於雜劇三十種中，又有豫讓吞炭一種，見於元明雜劇二十七種中。羅本字貫中，武林人，作小說甚多；近來尚流行之三國志演義，隋唐志傳，殘唐五代，俱相傳爲他所著。所作劇本，有宋太祖龍虎風雲會，存於今，見於元明雜劇二十七種中。

第三期作家的作品，存於今者尤少；在二十五人中，僅有秦簡夫，蕭德祥，王曄，朱凱四人各有作品一二種流傳下來而已。

秦簡夫作劇五種，存於今者有東堂老，趙禮讓肥二種，俱見於元曲選。東堂老敍趙國器因子不肖，將死時，託孤於李實，實有君子風，人稱爲東堂老，果然不負所託，使敗子終於回頭了。趙禮讓肥敍趙孝、趙禮兄弟孝於母，在虎頭寨被馬武所捉，欲殺之，兄弟爭死，馬武因釋放了他們。後馬武助劉秀打平了天下，又舉薦趙氏兄弟二人爲官。

蕭德祥，杭州人，以醫爲業，號復齋，善於作南曲。所作劇本共五種，今僅存殺狗勸夫一種，見元曲選。(原作無名氏作)此劇爲後來南劇中有名的殺狗記所本，敍孫榮與弟孫蟲

「殺狗勸夫」蕭德祥之「殺狗勸夫」爲後來著名傳奇殺狗記之先鋒。(原圖見明刊本元曲選)

兒不和，反去親近鄉里小人。他的妻楊氏欲勸諫他，便將一狗殺了，去了頭尾，穿上人衣。孫榮見了，以爲殺死了人，便大驚起來，欲請朋友幫助拿去埋了，他們都不肯去，只有他兄弟孫蟲兒肯。後來，他們反到官去告孫榮殺人。開了土看，卻原來是一隻狗。孫榮無事回家。自此他便與兄弟和睦起來。

王曄字日華，也是杭州人，作劇三種，今有桃花女一種，存於元曲選中。（原作無名氏撰）此劇敍洛城算卦的周公因知桃花女有妙道高法，甚妒嫉她，因此託詞娶她爲媳婦，欲陷害她。不料桃花女道法更高，周公只得屈伏，以兒子得到一個高明的妻自慰。

朱凱字士凱，他是什麼地方人，我們不知道。他作小曲極多，劇本有二種，今傳昊天塔孟良盜骨一種，見元曲選中（原作無名氏撰）。孟良盜骨係敍宋初『楊家將』故事之一則。『楊家將』的故事至今尚盛傳於中國民間，楊令公，楊六郎及孟良之名差不多連婦孺都十分的熱悉。

錄鬼簿所不載的戲曲作家，尚有李致遠，楊景賢二人，其作品俱見錄於元曲選中；他們的真確時代，我們不能知道，大約是第三期左右的人。李致遠所作爲還牢末一劇，敘的是『水滸』故事之一。李逵奉令下山邀劉唐，史進入伙，因打死人入獄，賴李孔目救之，得以免死。李孔目的第二個妻，與趙令史相戀，便去告他私通梁山泊，以李逵給李孔目的金環爲證。他被捕下獄，幸得李逵又下山救了他，並捉了趙令史及孔目的第二個妻回山殺死。楊景賢所作爲劉行首一劇，係敘仙人馬裕奉師命度脫一個女子名劉行首的故事。

『孟良盜骨』這是楊家將故事中最動人的一段，在舞臺上，亦曾使無數的人下淚。（原圖見元曲選）

在這三個時期中，還有許多無名作家的劇本流傳於今；在雜劇三十種裏的，有諸葛亮博望燒屯，張千替殺妻，及小張屠焚兒救母三種；在元明雜劇二十七種裏的，有漢鍾離度脫藍采和，龍濟山野猿聽經，蘇子瞻醉寫赤壁賦三種；在元曲選裏的，有馮玉蘭，碧桃花，貨郎旦，連環計，抱妝盒，百花亭，盆兒鬼，梧桐葉，漁樵記，馬陵道，神奴兒，小尉遲，謝金吾，凍蘇秦，硃砂擔，來生債，鴛鴦被，風魔蒯通，陳州糶米，合同文字，隔江鬬智，舉案齊眉，及三虎下山等二十三種；其中有好幾篇是不下於關、馬、等六大家的作品的。他們的題材，一部分是『水滸』的故事，一部分是『包公』的故事，也有取『三國』『戰國』及其他流傳的故事的；

『連環計』
此乃有名的三國故事之一
（原圖見元曲選）

而以取『包公』故事爲題材的爲最多，如合同文字，神奴兒，盆兒鬼，陳州糶米等都是．

三

當元的末季，雜劇的作者稍倦，於是『傳奇』的作者便起於南方．鍾嗣成的錄鬼簿雖專載雜劇——北劇——的作家，然於敍蕭德祥的一段文字裏，卻言他『凡古文俱櫽括爲南曲，街市盛行．又有南曲戲文等』可見那時南曲已甚流行．到了公元一千三百六十九年（卽明，洪武二年，）朱元璋的部下，征定了中原，攻陷了北京，把蒙古民族逐回他們的北方去；久陷於異族統治之下的中原，這時始復爲漢族所恢復．在這時的先後，產生了好幾部偉大的長篇劇本，卽所謂傳奇的．在劇曲的技

『馬前潑水』
朱買臣與其妻的故事是每個人都知道的
（原圖見元曲選）

術上，傳奇較雜劇進步了許多；因此，這些傳奇甚爲當時人所歡迎，幾有壓倒雜劇之勢。

這時，最盛行的傳奇爲『荊，劉，拜，殺』及琵琶記等五種；『荊』即荊釵記，爲明太祖之子朱權作；『劉』即劉知遠，一名白兔記，爲無名氏作；『拜』即拜月亭，一名幽閨記，相傳爲元施惠作；『殺』即殺狗記，爲明初徐晒作；琵琶記則爲明初高明作。

施惠字君美，一云姓沈，杭州人。錄鬼簿列之於元曲的第二期作家中。錄鬼簿僅敍他『居吳山城隍廟前，以坐賈爲業……每承接款，多有高論。詩酒之暇，惟以塡詞和曲爲事，有古今砌話，亦成一集，其好事也如此，』並不言及他曾作拜月亭一劇。也許此劇竟不是他所作的。王國維君跋此劇，謂『此本第四折中，有「雙手劈開生死路」一句，此乃用明太祖微行時爲閹豕者題春聯語，』因此斷定牠爲明初所作。王氏說頗可信。在元曲的第二期，似尚不能產生如此完美的南劇。此劇共四十齣。較之僅有四折的雜劇，自是一部大著作。王實甫曾作才子佳人拜月亭

蔣世隆遇亂與妹相失，乃遇瑞蘭，遂爲夫妻同行。

途中邂逅（原圖見暖紅室刊本拜月亭）

一劇，今不傳；關漢卿也有閨怨佳人拜月亭一劇，至今尚傳。論者或以此劇爲王實甫所作；這完全是一段很可笑的誤會的話，無論在實甫的時候，決不會有如『傳奇』的一種在技術有大進步的劇本產生，卽想到實甫是一位向未到過南方的北部的人的一層，也便會決定他之萬不至於作此劇了。大約此劇乃是根據漢卿及實甫的那兩本同名的雜劇而寫的。傳奇的題材，常常取材於雜劇，如殺狗記之取材於蕭德祥的殺狗勸夫雜劇，便是一個最顯著的例子。拜月亭的故事是如此：蔣世隆與妹瑞蓮，在家守分讀書。當時蒙古族侵略金人，金庭大臣陀滿海牙主張不遷都，且舉他的兒子興福率師禦敵，大臣聶賈則主張遷都以避元軍的銳鋒。金主聽了聶賈的讒言，把陀滿海牙殺死。陀滿興福因此避難在外。某日因逃胥隸的追捕，躍入蔣氏園中。蔣世隆知他的來歷，便與他結拜爲兄弟而別離了。興福別世隆後，經過一山，被一羣强盜戴爲首領，暫在那裏落草。同時，兵部尚書王鎭，奉命辭家往邊庭緝探軍情；他家中有一女，名瑞蘭，卽此劇中的女主人翁。不久，元軍南下，

拜月亭為最古的四大傳奇之一。王瑞蘭與他的夫蔣世隆相別。不能見面。向月拜禱以求重圓。

金人遷都，各處大亂，蔣世隆與瑞蓮及王瑞蘭與她的母親俱避難而飄流於外。在人羣中，世隆與他的妹子失散了，瑞蘭也與她的母親失散了。世隆匆急的把『瑞蓮！瑞蓮！』這樣的叫着，王瑞蘭聽見了，以爲是她母親叫她，便答應了，走了過去。原來二人都是誤會。他們便假作夫妻同路走着。同時，瑞蓮也遇到瑞蘭的母親，也結伴同行。世隆與瑞蘭經過一山，被强盜捉上山去；不料寨主乃是他的兄弟福興，反贈金與他而別。二人到了旅舍，由店主人的主婚而成了真的夫婦。世隆在此生了病，恰遇王鎭公畢歸去，經過此處，見了瑞蘭。她告訴他們結婚的事，但王鎭大怒，不肯允認，强迫着瑞蘭與他同歸，而把世隆單獨留下。作者把這個別離，寫得很悽慘。王鎭到了官驛，恰遇到他的妻及蔣瑞蓮，王氏一家是很歡悅的團圓了。但悲戚的還有二人，瑞蓮在想念她的哥哥，瑞蘭則在想念她的丈夫。這時，世隆獨自臥病在旅舍，悽涼萬狀，且更悲念他的妻子。幸遇興福上京應舉，（元軍已退，金庭赦免諸罪，復舉行貢舉，）見到了他。待他病愈，二人便同赴京城應考，各中了文武狀元。王鎮奉旨，將他的兩個女兒招文武狀元爲壻。那知只有興福及瑞蓮二人從命，至於瑞蘭呢，她想念着世隆，世隆也戀念着她，因此，俱不肯從命。後來，王鎮請世隆到府中宴會，認了久散的妹妹，才說明了一切，知道他所要與爲婚的原來就是那在旅舍相依戀的妻瑞蘭。至此，一部拜月亭便在兩對新人的結婚禮中閉幕了。

拜月亭的文章，明人何元朗，臧晉叔，沈德符等俱以爲高出琵琶記，但也有持反對的論調的。近人王國維以爲拜月的佳處，都出於關漢卿的閨怨佳人拜月亭。平心論之，拜月裏好的文句究竟不少。如第二十六齣萍跡偶合裏的幾段：

〔銷金帳〕黄昏悄悄，助冷風兒起。想今朝，思向日，曾對這般時節，這般天氣，羊羔美酒，銷金帳裏；兵亂人荒，遠遠離鄉里，如今怎生，怎生街頭上睡！

〔前腔〕初更鼓打，哽咽寒角吹，滿懷愁分付與誰？遭逢這般磨折，這般離別，鐵心腸打開，打開鸞孤鳳隻！我這裏恓惶，他那裏難存濟。翻覆，怎生，怎生，獨自個睡！

〔前腔〕鼕鼕二鼓，敗葉敲窗紙，響撲簌聒悶耳。誰楚這般蕭索，這般岑寂，骨肉到此，伊東我西去。又無門住，又無依倚。傷心，怎生，怎生街頭上睡！

及第三十二齣幽懷密訴裏的幾段：

（齊天樂）（旦上）懨懨捱過殘春也，猶是困人時節，景色供愁，天氣倦人，針黹何曾拈刺。（小旦上）閒庭靜悄，瑣窗瀟灑，小池澄徹。（合）疊青錢泛水，圓小嫩荷葉……

（小旦）姐姐，當此良辰媚景，正好快樂，你反眉頭不展，面帶愁容，爲什麼來？

（青衲襖）（旦）我幾時得煩惱絕，幾時得離恨徹！本待散悶閒行到臺榭，傷情對景腸寸結。

（小旦）姐姐，撇下些罷。

（旦）悶懷些兒，待撇下怎生撇！待割捨難割捨！倚遍闌干，萬感情切，都分付長嘆嗟。

下面描寫姐妹二人拜月訴懷，也是寫得非常的動人。

白兔記不知作者的姓名，大約也是與拜月同時的產品。全劇共三十三齣，是敍劉知遠與他的妻昀的離合的故事的。劉知遠被繼父所逐，飄遊於外，有李文奎生有二子洪一，洪信，及一女三娘。他在廟中遇見知遠飢寒交迫，便把他帶回家。一日，他見知遠晝臥，火光透天，更有蛇穿竅出入，知道他必會大貴，便把女三娘嫁給他爲妻。後文奎死了，洪一逐知遠出去，並逼他寫休書，又叫他看守瓜園，園裏有鐵面瓜精，會殺害人。知遠殺了瓜精，牠化了一道火光，鑽入地中，掘開一看，原來是石匣裝着頭盔衣甲，及兵書寶劍。於是他別了妻，出去建立事業。這裏，三娘留在家中，兄嫂要他改嫁，她不肯，便受了他們的許多磨折，日間挑水，夜間挨磨。不久，生了一個孩子，因係自己咬斷臍帶，便名之爲咬臍郎。兄嫂欲害此子，她便託竇老抱去，帶給知遠。這時，知遠又娶了岳家小姐，便將孩子留在那裏養育。後知遠討賊有功，陞爲九州安撫使。咬臍郎已長大，一日，出去打獵，因追趕白兔，到了沙陀村，遇見受了千萬痛苦的母親三娘。他不知道她就是他的母，回家後，訴與父親知道。知遠告訴他一切的事。他們便迎接了三娘回來同住，又捉了兄嫂來，把兄赦了，把嫂殺死報仇。正與羅馬帝尼祿以基督教徒爲夜燭一樣，知遠也取香油五十斤，痲布一百丈，將他妻的嫂做了照天蠟燭，全劇便在此告了終止。

白兔記的文辭樸質明顯，連『曲』文也都是非常明白，婦孺都能懂得的，遠比不止琵琶與拜月的典雅；因此，我覺得白兔大約是當時民間流傳的一篇劇本，或

劉知遠一名白兔記為最古的四大傳奇之一。知遠之子咬臍郎因獵追白兔而遇見了他的困窮萬狀的母親。

由優伶編纂而成的，決不像拜月，琵琶之出於文人的手筆。如〔北一枝花〕『昔日做朝內官，今做個山中寇。俺只爲朝中奸詐多，有功的恨殺爲仇，殺功的卽便封侯，因此上撇了名鎖利勾』（第二十五齣）及〔江兒水〕『那日因遊獵，見村中一婦人，滿懷心事從頭訴。裙布釵荆添凄楚，蓬頭跣足身落薄，卻元來親娘生母。爹爹，你負義辜恩，全不念糟糠之婦』（第三十一齣）等數曲便是一例。所以典雅派的文人對牠都不滿意；（實在的，牠裏面所最缺乏的是富於詩趣的敍寫）然亦因此，牠的流傳卻能夠廣而久。

殺狗記也是以文辭樸質爲論者所不滿的。牠的作者是徐晤。晤字仲由，淳安人，明洪武初（公元一千三百六十八年）徵秀才，至潘省辭歸，有巢松閣集。他自己嘗說：『吾詩文未足品藻，惟傳奇詞曲，不多讓故人』此劇係依據於蕭德祥的殺狗勸夫而寫的。其劇共三十六齣，至少較德祥的同名的一劇增大至四倍以上，因此，劇中人物增加了不少，情節也複雜得許多。他將孫蟲兒改爲孫榮；殺狗勸夫

裏本說孫華與孫榮不和的原因，此劇則言孫榮勸諫他哥哥不要與小人交往，因

孫大與他的小弟不和。其妻設計殺狗以勸之。孫大才覺悟而與他的弟弟復和。

此二人不和.孫榮被逐,忍不住飢寒,投水自殺,被人所救,暫住於破窰的一段事,也是殺狗勸夫雜劇中所無的.又孫華在『雜劇』中只有一妻,這裏卻增了一妾,又增了一個雇僕吳忠.其他兩劇相異之點,不能在此一一舉出.徐畛此劇,因欲使讀者及觀劇者更表同情於孫榮,所以對於他的在外困苦的情形,着力描寫着,且時時將他哥哥的豪華舉出與他的窮寒相較;又寫兩個惡友的性格與舉動也較『雜劇』所寫更爲刻毒些.這使牠更易感動一般讀者及觀劇者.在描寫人物的一方面,也較蕭德祥的『雜劇』爲有進步.牠的文辭與白兔記同其樸訥,如(宜春令)『心間事難推索,我官人作事全不知錯.存心不善,結交非義謀凶惡.更不思手足之親,把骨肉埋在溝壑.嚇得人戰戰兢兢,撲簌簌淚珠偷落.』(第二十五齣)自然比不得拜月,琵琶等作那樣的爲文人所歡迎了.近人吳梅因此不相信此劇是徐畛所作的,他說:『余嘗讀其小令曲滿庭芳……語語俊雅,雖東籬,小山,亦未多遜.不知所作傳奇,何以醜劣乃爾.或者殺狗久已失傳,後人僞託仲由之作,羼入歌舞場中耳』（顧曲麈談卷下，八十三頁） 這個意見，似不甚妥確。徐㽉作此劇或係應當時劇場或伶人的需要，自然不能如其作抒情詩之可任意用淵雅的文辭；也許他自己反以此劇文辭之能爲一般民衆所領悟而自喜呢！即假定此劇非徐㽉所作，也斷不是徐㽉以後人所能僞作；因此種文辭樸訥明顯的劇本，在明初以後便決不會有人去作了。那時的劇作家正是羣趨於雕飾豔詞雅語之時，似此種『本色』的明白的劇本，怎麼會產生出來呢？所以我們只可以說此劇也許如白兔記一樣，乃元明之間的民間流傳的劇本之一，而非徐㽉所作；卻不能說牠是後人僞托㽉名之作。

荆釵記爲明初寧獻王、朱權所作，權爲朱元璋的第十七子，自號臞仙，涵虛子，丹丘先生。洪武二十四年（即公元一千三百九十一年）就封大寧，永樂元年改封南昌，以正統十三年（即公元一千四百四十八年）卒。他深於音律，曾著太和正音譜，於荆釵記外，又作雜劇許多種。明代戲曲之發達，他的提倡是與有力量的。荆釵記共四十八齣，劇中的故事是如此：王十朋與錢流行的女兒玉蓮定婚，以荆釵爲聘禮。富人孫汝權見玉蓮的美麗，也欲娶她。她的繼母與姑娘都欲逼她嫁了汝權，但她不從，於是她與十朋很簡陋的結了婚。十朋上京赴試，他的母親與玉蓮寄住於岳家。他中了狀元，万俟丞相欲妻以女，他堅執不從。孫汝權這時也在都，私將十朋家信改寫了，說已娶万俟丞相的女兒，欲將前妻玉蓮休了。玉蓮的繼母等因此又逼她改嫁孫汝權。玉蓮不從，投江自殺，被錢安撫所救，拜他爲父，同赴福建任上。十朋知道了她自殺的消息，十分的悲痛。万俟丞相因他不肯爲婚，將他改調至廣東潮陽爲僉判，而將他的饒州本缺換了王士宏。後來，玉蓮要求錢安撫派人到饒州去打聽王十朋的消息，回報說王僉判全家死亡。玉蓮也誤會了，以爲十朋是真的死了。後來，十朋升任吉安，錢安撫欲將玉蓮嫁他，他不知是玉蓮，執意不肯。又經了幾番波折，他與玉蓮才得重圓。這個故事，並不是朱權所創造的，在很久的時候，卽已流傳於民間了。歐江佚志謂此故事係宋時史浩門客造作以誣王十朋及孫

汝權的，因十朋爲御史，首彈丞相史浩，其事實汝權慫恿之，所以他們用此故事以

荆釵記之一幕

錢玉蓮聞她丈夫棄了她而別娶。同時繼她母又迫她別嫁。她便投水自殺。幸遇見錢安撫救了她。

蠛十朋及他但此說亦不大可信．汝權在此故事中固被寫成一個很壞的小人，然十朋卻仍是被寫成一個很貞堅的好人．造作故事以蠛人的，似不會反把他寫得很好的．大約民間流傳的故事，都是喜以歷史上著名的人，強附着於他們的故事之上的，正如人之喜以美觀的衣服附着於自己的身上．至於這種故事之與真實的歷史相符合與否，他們是不管的．所以造作荆釵記的故事以誣蠛王十朋孫汝權之說，可以說是全無根據．像這類的錯誤的解釋，在中國文學上是無時不遇到的．我們應該徹底的掃淸了他們．荆釵記的文辭較白兔殺狗爲文雅，然仍帶有一種『樸訥質白』之特質，所以王元美評他『近俗而時動人』．第三十五齣時祀的一曲，我認牠是全劇中最感人的一段：『〔沽美酒〕紙錢飄，蝴蝶飛，紙錢飄，蝴蝶飛，血淚染杜鵑啼，覩物傷情越慘悽．靈魂恁自知，靈魂恁自知．俺不是負心的，負心的隨着燈滅．花謝有芳菲時節，月缺有團圓之夜；我呵，徒然閒早起晚寐，想伊念伊．妻，要相逢，除非是夢兒裏，再成姻契！〔尾聲〕昏昏默默歸何處？哽哽咽咽思念你．直上姮娥宮殿裏』

琵琶記明、高明作，敍漢蔡邕事；其題材非高明所創造，也是依據於一個以古代的大人物强附着於其上的民間故事。這個故事，在宋時已流傳於民間了，南宋人詩云：『斜陽古道柳家莊，負鼓盲翁正作場。死後是非誰管得，滿村聽說蔡中郎。』或以爲高明作此記，係諷王四的。王四與他爲友，登第後，棄其妻而贅於太師不花家，故他借此記以諷。名琵琶者取其四王字爲王四，元人呼牛爲不花，故謂之牛太師。實則這些話都是穿鑿附會的，絕不足信。高明此劇原是依據於自宋時卽流傳於民間的蔡中郎故事的，與什麼王四，及不花太師，都是毫無關係的。高明字則誠，永嘉人，至正五年（公元一千三百四十五年）中進士，授處州錄事，辟丞相掾。方谷真起事，他避地於鄞之櫟社。他的文名盛稱於世，琵琶記尤爲當時人所讚許。朱元璋也甚喜此劇，卽位時，便欲召他到金陵，他以老病辭。不久，病卒；著有柔克齋集。琵琶記共四十二齣，牠的内容是如此：蔡邕與趙五娘結婚才二月，他父親便要他到

京應舉。他不得已只好辭了高年的父母與熱戀的妻而上道。到京後，以高才碩學，

五娘別墓

蔡伯喈別家赴京，音問不通。父母相繼而死，妻五娘乃告別於翁姑之墓，出去尋夫。（原圖見元刊本琵琶記）

得中狀元。牛太師欲以女嫁他，他再三不肯，又上表求歸。牛太師請天子主婚，又不准他回去。他只好勉强的留在京中與牛小姐結婚。這時，他家中因他出去，顯得窮困萬狀，只有趙五娘一人侍奉老人，營求衣食；後來老人只有幾口淡飯吃，五娘自己則什麽也沒有得吃，只好强咽糠粃充飢。婆婆死了，公公又死了。她將頭髮剪下，想去賣了辦理葬事。又用麻裙包土來築墳。然後背着公婆的真容，拿着一個琵琶，到京去尋他丈夫蔡邕。她至牛府，與牛小姐相見，被留居府中，說明了一切，乃知他丈夫並非貪名逐利不肯回家，卻是被人逼留在此。他回府時，牛小姐與他說知，他才知父母俱已亡故，便大哭着與五娘相見。他們同回祭墓。後來他與五娘及牛小姐同過着很安樂的生活。全劇便於此告終。高明此劇的文章很典雅，與拜月是同類，而與白兔，殺狗則雅俗殊異，所以許多人都極願的稱許他。第二十一齣敘趙五娘强咽糠粃事尤爲評者所稱。『糠和米本是相依倚，被簸颺作兩處飛。一賤與一貴，好似奴家與夫壻，終無相見期。丈夫，你便是米呵，米在他方沒尋處。奴家恰便似

糠呵，怎的把糠來救得人饑餒；好似兒夫出去，怎的教奴供膳得公婆甘旨』！一曲，

趙五娘與牛小姐

五娘到了京都，進入牛臣相府，見了牛小姐。虧得牛氏賢明，她與伯喈始得重圓。（原圖見元刊本琵琶記）

實爲全戲的最警策處.相傳則誠居櫟社沈氏樓,夜案燒雙燭,塡至喫糠一齣,句云「糠和米本一處飛,」雙燭光交爲一,因名其樓曰瑞光.這雖是一段神話,然這一個好曲原足以當此種神話的誇飾而無愧.

四

在傳奇盛行之時。雜劇作者仍有不少,作荊釵記的朱權也作有雜劇十二種.與他約同時的,有王子敬,劉東山,谷子敬,湯式,楊景言,賈仲名,楊文奎及朱有燉,俱爲明初有名的雜劇作家.

王子敬作劇四種,今存誤入天台一種,見元曲選.劉東山作嬌紅記等二種,俱無傳本.谷子敬作劇三種,有城南柳一種,亦存於元曲選中.湯式字舜氏,號菊莊,寧波人,作劇二種,俱無傳本.楊景言作劇二種,也俱無傳本.賈仲名(一作仲明)作劇四種,今存蕭淑蘭,對玉梳,金安壽三種,於元曲選中.楊文奎作劇四種,今存兒女團圓一種,也在元曲選中.

朱有燉（周憲王）在他們當中是最偉大的.他爲朱元璋子周定王的長子,甚負文名,作雜劇凡二十七種,散曲尤多.李夢陽汴中元宵絕句云:『中山孺子倚新妝,趙女燕姬總擅場.齊唱憲王新樂府,金梁橋外月如霜,』可見他的歌曲流傳之盛,他死於正統四年（卽公元一千四百三十九年）.自他死後,雜劇的作者直至公元第十五世紀之末葉才再有出來.他的雜劇存於今的有洛陽風月牡丹仙及劉盼春守志香囊怨二種見於盛明雜劇;淸河縣繼母大賢趙貞姬身後團圓夢等八種見於雜劇十段錦,近又見十餘種,不久將由商務印書館印行.

五

繼琵琶及荆、劉、拜、殺之後至公元第十五世紀之末的傳奇作者,有沈受先,姚茂良,蘇復之,王雨舟,邱濬,沈采,邵深數人.除邱濬之外,他們的確實時代,我們都不能知,大約都是公元十五世紀的後半的前後的人罷.

沈受先字壽卿,里居未詳,作傳奇三元,銀瓶,龍泉,嬌紅等記凡四種,三元記今見六十種曲中，係敘馮商好行善生子，連掇三元事．姚茂良字靜山，武康人，作精忠記，金丸記，雙忠記三傳奇．精忠記見六十種曲，敘宋名將岳飛被秦檜所誣殺事．曲品謂：『詞簡淨，演此令人眥裂．』然作者在最後因欲慰悅悲憤的觀衆，竟以秦檜諸人受地獄的裁判結果，大失偉大的悲劇的性質．雙忠記係敘張巡，許遠事．蘇復之的里居未詳，嘗作金印記一劇，敘蘇秦事，曲品謂其『近俚處具見古態．』王雨舟的里居也不詳，所作有連環記一種，係敘三國時呂布，貂蟬的事．邱濬字仲深，瓊州人，爲當時的一個大儒，生於公元一千四百十八年，卒於一千四百九十五年．所作有五倫投筆，舉鼎，羅囊四記．五倫記在戲曲中傳達道德的訓條，論者多目之爲腐．沈采字練川，吳縣人，所作有千金記，還帶記，四節記等三種．千金記今傳於六十種曲中，係敘漢名將韓信事．因他於成功時曾以千金贈給漂母，故名『千金記．』邵深字勵安，常州人，官給諫，曾作香囊記，敘張九成事，今存於六十種曲中．曲品謂他此記『詞工白整．』自此以後，劇作家都益趨於典雅淵深的路上走去，詞益斷飾，白兪工整，一般民衆漸漸的不易領悟他們了．

六

這個時代的詩與散文都沒有什麽很偉大的作家．元人侵入中國後，宋之舊作家仍在這時黑暗時代維持他的勢力者有趙孟頫諸人．孟頫字子昂，爲宋之宗室，（一二五四——一三二二）以善書名．其後則有虞集，許衡，劉因，吳澄，金履祥，戴表元，袁桷，姚燧，馬祖常，元明善，歐陽玄，吳萊，柳貫，黄溍，蘇天爵，揭奚斯，鮮于樞諸人，皆爲古文家重揚韓、柳古文運動之餘波．重要的詩人則有虞集，楊載，范梈，揭奚斯，並稱爲四大家，稍後則有薩天錫，倪瓚，顧

趙孟頫

瑛，張雨，楊維楨。

虞集字伯生，嘗從吳澄遊，仕至翰林直學士，兼國子祭酒。自號邵庵。（一二七二——一三四八）有道園學古錄五十卷。相傳集初不能詩，及在京師，遇楊載，授以詩法，遂超悟其理，成了一個名家。

楊載字仲弘，浦城人，其詩在當時很有影響。范椁字亨夫，清江人。（一二七二——一三三〇）揭奚斯字曼碩，富州人。（一二七四——一三四四）虞集嘗評他們的詩，以爲楊載如百戰健兒，范椁如唐人臨晉帖，揭奚斯如美女簪花。並自稱，如漢廷老吏。

虞集

許衡字仲平，河內人；吳澄字幼淸，撫州崇仁人（一二四九——一三三三）二人同爲元代古文的雙柱．姚燧出衡之門下，虞集則受澄之影響．其流風至於明初未絕．

薩都剌字天錫，號雁門，虞集稱其最長於情，流麗淸婉．張雨字伯雨，錢塘人，爲道士，早年與虞集諸人唱和，晚年則與楊維楨倪瓚諸人爲友，有句曲外史詩集．

倪瓚字元鎭，號雲林，無錫人，（一三〇一——一三七四）工畫，詩亦淸俊．顧瑛（一三一〇——一三六九）一名阿瑛，崑山人，與瓚齊名．

吳澄

楊維楨（一二九六——一三七〇）是元代後半最負盛名之作家。維楨字鐵崖，號鐵笛道人，山陰人，詩文古拙而雄於才氣，從橫排奡，自闢町畦。然譽之者固多，毀之者亦不少。明初有王彝者，至作文妖一篇以詆諆之。吳萊字立夫，（一二九二——一三四〇）與黃溍，柳貫，並稱爲古文三家，其詩則與維楨齊名，有淵穎集，王士禎論詩絕句道：『鐵崖樂府氣淋漓，淵穎歌行格儘奇。』而他後來乃尤重萊，所選七言古詩，惟錄萊而不及維楨焉。

入明，傳古文之諸派者，有宋濂，劉基，王褘。宋濂字景濂，金華潛溪人，（一三一〇——一三八一），從朱元

宋濂

璋於軍中。元璋即皇帝位後，以濂爲翰林學士知制誥，並修元史。後因孫獲罪，元璋欲殺之，幸免死，貶茂州，中途而卒。有潛溪集。濂初從吳萊學，後又學於柳貫與黃溍，故其文力崇所謂『古文派』之正宗，淸順而乏氣骨。劉基字伯溫，靑田人，（一三一一——一三七五）參朱元璋軍事，多出奇計。洪武初爲御史中丞，封誠意伯。其爲文亦淸瑩，而較濂爲有才氣。其詩尤有名，素樸眞摯，氣韻高雅。有覆瓿集等。王褘字子充，義烏人，與宋濂曾同學於黃溍，又曾同修元史。（一三二二——一三七二）所作有華川集。朱元璋嘗謂：才思之雄，褘不如濂，學問之博，濂不如褘。

明初詩人，以高啟，楊基，張羽，

劉基

徐賁爲四傑，而袁凱亦有盛名。啟字季迪，長洲人，自號靑邱子。洪武初，預修元史，授翰林院國史編修，後爲朱元璋所腰斬，年僅三十九。（一三三六——一三七四。）王褘評其詩：『雋而淸麗，如秋空飛隼，盤旋百折召之不肯下，又如碧水芙渠，不假雕飾，翛然塵外。』楊基，張羽，徐賁三人之詩，俱不及啓之高。基字孟載，號眉菴，官山西按察使。賁字幼文，官河南布政使；二人俱以曾爲張士誠客下獄死。羽字來儀，又字附鳳，官太常司丞，後獲罪投龍江死。文字之獄，大約沒有一個時代比明初史殘酷的了！袁凱字景文，自號深叟，華亭人，官監察御史，有

王褘

在野集。嘗在楊維楨座，客出所作白燕詩，凱微笑，別作一篇以獻。維楨大驚賞。人遂呼之爲袁白燕。

這時代最後的古文家爲方孝孺。孝孺字希直，一字希古，寧海候城人，從宋濂學，亦爲正統派之作家，有遜志齋集。明成祖起兵入京，孝孺以不屈被殺。（一三五七——一四〇二），相傳成祖並滅其十族，爲歷史上最殘酷的文字獄之一。論者以爲『天下讀書種子絕矣。』

方孝孺

參考書目

一、元曲選 明臧晉叔編刊，上海、商務印書館有影印本，共錄雜劇一百種。元人雜劇多賴此書以傳；

存於今的元曲只有一百十六種（西廂五劇算作五種），而在此書中的已有九十四種。（其他六種是明初人作）

二、元刊雜劇三十種　此書日本有影印本，最近上海、樸社也把牠影印了出來。此書中所載之雜劇有十三種與元曲選同，有十七種爲元曲選所無。

三、元明雜刊二十七種　此書未有翻印本，今藏江南圖書館。

四、西廂五劇　元、王實甫作四劇，關漢卿續作一劇。此書坊刻本俱將五劇合併爲一，分爲二十折，全失了原文的體裁，暖紅室刊的西廂十則裏的一部，是完全依照原本分成五劇的。

五、錄鬼簿　元、鍾嗣成撰，有暖紅室刊本。此書爲最初的一部敍論元曲作家的書，給我們以不少的戲曲史的原料。

六、曲錄　王國維著，在沈氏刊的晨風閣叢書中；在曲苑中的一本是不全的。王氏爲現代研究中國戲曲最努力的人，所得的成績已不少。又有戲曲考原，亦爲他所著，也在晨風閣叢書中。

七、宋元戲曲史　王國維著，商務印書館出版。

八、六十種曲　明、闕世道人編，汲古閣刊。此書為『傳奇』的一部最大的彙刊。除西廂外，都是明人的作品。惜現在所有的這部書，都為爛版甚多的，全書字跡完全而清晰的極不易得。

九、琵琶記　明、高明撰，六十種曲中有之，暖紅室亦有刊本。

十、拜月亭，白兎記，殺狗記及荊釵記四種，六十種曲中俱有之，暖紅室也都有刊本。

十一、雜劇十段錦有武進董氏的影印本。

十二、盛明雜劇也有武進董氏的影刊本，極精美，但僅出初集三十種，第二集尚未見。

十三、金印合縱記　明、蘇復之撰，有暖紅室刊本。

十四、千金記，三元記，精忠記及香囊記四種，俱見於六十種曲中。

十五、曲品，新傳奇品，明、鬱藍生撰，高奕續，有暖紅室刊本，曲苑中亦有之。此書也給我們以許多關於明代戲曲的原料。

十六、曲苑　上海石印本，此書收集關於戲曲的書十四種，甚有用，大多數由是武進董氏刊的讀曲叢刊（八種）影印而來的。有了此書，讀曲叢刊便可以不必備。近陳氏又印重訂曲苑，材料更多。

第十八章　中國小說的第一期

第十八章　中國小說的第一期

一

中國的小說，其開始較戲曲早得多，但其完成之時卻較戲曲爲後；如在莊子、列子一類的書中，已有好些很有趣的小說似的敘寫了，而其偉大的小說，如三國演義，水滸傳，西遊記之類，卻在元代雜劇已發達至頂點，長劇的『傳奇』也已出現了之後，纔出現於人間。

在三國，水滸，西遊之前，中國也未嘗無小說的一種東西，不過他們的重大與成功，卻決不能與三國，水滸等幾部偉大作品相比匹。漢書藝文志的諸子略裏，載有小說一家，所錄自伊尹說以下至虞初周說凡十五家，千三百八十篇。現在這些東西已片言隻字無存，所以我們不知道他們的內容究竟如何．尙存於今的小說，最古的是燕丹子，係叙燕太子丹欲報秦仇，遣荊軻入秦刺始皇的事．略後則有託名於東方朔所作的神異經與海內十洲記，託名於班固著的漢武故事與漢武內傳，又有題爲郭憲撰的別國洞冥記，題爲伶玄撰的飛燕外傳，無名氏撰的雜事祕辛，及趙曄的吳越春秋，袁康的越絕書等，以上俱傳爲漢時的人所作．其中除雜事祕辛爲明、楊愼所僞撰外，以吳越春秋及越絕書爲最可信，是後漢人所作，其他神異經，漢武故事，飛燕外傳及別國洞冥記等，其作者俱未必爲漢時人，大約都是晉以後的人所依託的．六朝之時，這一類的著作，異常的發達；在他們明標出爲六朝人所著的這些作品中可大別之爲二類；一類是敍述超自然的神怪的故事的，如搜神記，續齊諧記等，一類是叙述人間的名雋可傳的言行及一切瑣雜之事的，如西京雜記，世說新語等．第一類的著作極多，影響於後來的作者也極大，直到公元十七八世紀以及今時，還有他們的嫡派的模倣者，如閱微草堂筆記之類．最初出

飛燕外傳雖名爲漢時伶玄所作，實乃後人所僞託。在古代許多簡樸的故事中，這卻是一篇結構很完美的作品。飛燕之在漢，有如楊玉環之在唐，其故事皆盛爲後人所稱道。此傳尚有仇英撫李龍眠畫本，極細緻可愛，惜原圖太模糊不能製版插入這裏。

趙飛燕

現的這一類的作品爲列仙傳，隋書題爲曹丕撰，新舊唐書則以爲張華作，今此書已佚，尙有遺文爲他書所錄。又有博物志也相傳以爲張華作，雜記各地奇物異聞。干寶的搜神記，凡二十卷，爲此類書中的最著者。寶字令升，爲東晉初期人（公元第四世紀中）初爲著作郎領國史，後爲始安太守，遷散騎常侍。續他此書的有搜神後記十卷，題爲陶潛撰，實則爲依託者。此後，此類的著作極多，如靈鬼志（荀氏作）甄異傳（戴祚作）述異記（祖冲之作，今有述異記二卷，題梁任昉撰，實爲唐、宋間人依託）拾遺記（王嘉作）異苑（劉敬叔作）續齊諧記（梁、吳均作）等。當此時，佛教在中國已甚流行，於是此種志怪之書又印上了無數的釋家因果報應及經佛救人之事；如宋劉義慶宣驗記，齊王琰冥祥記，隋、顏之推集靈記，寃魂志，侯白旌異記俱是專敍經像顯效，因果報應的。今惟寃魂記流傳於世，其他各種的遺文也有存於法苑珠林，太平廣記諸書內。今錄搜神記，冥祥記各一則，以見此一類書的一斑：

阮瞻字千里，素執無鬼論，物莫能難。每自謂此理足以辨正幽明。忽有客通名詣瞻，寒溫畢，聊談名理。客甚有才辯，瞻與之言良久，及鬼神之事，反復甚苦。客遂屈，乃作色曰：『鬼神古今聖賢所共傳，君何得獨言無！即僕便是鬼！』於是變爲異形，須臾消滅。瞻默然，意色大惡，歲餘而卒。（搜神記）

宋王淮之字元曾，瑯琊人也。世尚儒業，不信佛法，常謂身神俱滅，寧有三世耶？元嘉中爲丹陽令。十年，得病絕氣，少時還復暫蘇。時建康令賀道力省疾，適會下牀。淮之語道力曰，『始知釋教不虛，人死神存，信有徵矣。』道力曰，『明府生平置論不爾，今何見而乃異之耶？』淮之斂眉答云『神實不盡，佛教不得不信，』語訖而終。（冥祥記）

第二類記述人間瑣事雋言的書，實始於魏晉之時。那時淸談之風甚盛，士大夫每以一二名雋之言相誇讚。晉隆和中（公元三百六十二年）處士河東裴啓，便撰錄漢、魏以來至當時的言語應對之可稱者，謂之語林，盛行於世。今此書已佚，遺文尚有存者。宋臨川王、劉義慶的世語新說則爲繼語林的後塵的，凡分三十六篇，每篇各以德行，言語，政事，文學以及雅量，簡傲，仇隙等標名。梁劉孝標爲之作注。

這一類的書的後繼者亦甚盛；梁、沈約作俗說，殷芸撰小說，其後唐、宋以至近時，亦時時有人踵其遺規而作書現在舉世說新語一二則以爲例：

庾公造周伯仁．伯仁曰，『君何所欣說而忽肥？』庾曰，『君復何所憂慘而忽瘦？』伯仁曰：『吾無所憂，直是淸虛日來，滓穢日去耳．』（言語篇）

世目李元禮謖謖如松下勁風．（賞譽篇）

二

像以上所舉的小說，都是瑣雜的記載，不是整段的敍寫，也絕少有文學的趣味，所以不足躋列於眞正的小說之域．到了唐時，纔有組織完美的短篇小說，即所謂『傳奇』者出現．這些『傳奇』所敍事實的瑰奇，爲前代所未見，所用的濃摯有趣的敍寫法，也爲前代所未見，於是便盛行於當時，且爲後人所極端讚頌．後來的詩人，戲曲家也都取他們所寫的事實爲其作品的題材；所以唐人傳奇在中國文學上便成了文壇的最初資料之一種，便有了與荷馬史詩，亞述王故事以及尼拔龍琪故事在歐洲文學上的同樣位置了。在這些傳奇中，最可使讀者感動的，有霍小玉傳，李娃傳，南柯記，會真記，離魂記，枕中記，柳毅傳，長恨歌傳，虬髯客傳，劉無雙傳等。大約可分之爲三類。一類爲戀愛故事，一類爲豪俠故事，又一類則爲神怪故事。第一類敍戀愛的故事，以霍小玉傳，會真記等爲代表。霍小玉傳爲蔣防作，是一篇慘惻動人的戀史。名妓霍小玉與進士李益相愛，約爲婚姻。二年後，益因授鄭縣主簿，別去。他到了家，知他母親已爲他訂婚於盧氏。他不敢拒，遂與小玉絕音問。這裏小玉卻因思念益而病了，家產也少了，連最心愛的紫玉釵都賣去了。李益卻還避她不見。一天，他在崇敬寺看牡丹，忽被一黃衫豪士强邀到霍氏家。小玉力疾見之，舉杯酒酬地道，『我爲女子，薄命如斯；君是丈夫，負心若此！韶顏稚齒，飲恨而終，慈母在堂，不能供養，綺羅絃管，從此永休！徵痛黃泉，皆君所致。李君！李君！今當永訣！我死之後，必爲厲鬼，使君妻妾，終日不安！』於是引左手握他的臂，擲杯於地，長慟號哭數聲而死。在這文裏，使我們也與當時的人一樣，無不怒益的薄行與反覆的！後

鄭元和流落爲丐，李娃收留了他，叫他奮志讀書。（原圖見明刊本陳眉公批評繡襦記。）

面以益與他的妻妾果然終日不安作結，卻使這故事的感人力減削不少會真記爲元稹撰；稹字微之，爲公元第八世紀至第九世紀中的大詩人之一，與白居易齊名，時號『元、白』此記亦名鶯鶯傳，係敘崔鶯鶯與張君瑞相戀的故事，這故事卽爲後來諸戲曲家所作的各種西廂記所取材的本源，所以最爲人所熟知．這故事的結果是以悲劇終，但後來的戲曲家卻都使崔、張二人終於團圓了．此外，如李娃傳，章臺柳傳，長恨歌傳，非烟傳，離魂記等，也都是屬於此類的．李娃傳係白行簡作；行簡字知退，係大詩人白居易的季弟．李娃爲長安名妓，常州刺史滎陽公之子因溺戀她而致墮落．後李娃終於救了他，使他勉力求上進．至今尙盛傳的鄭元和、李亞仙的故事卽本於此．行簡又作三夢記一篇，見說郛．章臺柳傳係許堯佐作，敘韓翃的戀人柳氏爲蕃將沙吒利所取，他無計把她取回．俠士許虞侯聞之，使自告奮勇，把柳氏劫了來還翃．此爲實事，孟棨本事詩亦敘及之．『章臺柳，章臺柳，昔日青青今在否？』的相酬答的詩，至今尙流誦於讀者之口，可見此故事的盛傳．長恨歌傳爲陳鴻作.鴻爲白居易的友人,居易作長恨歌,鴻因爲之記其本事,以作此傳.明皇與太真的故事本是很感人的題材,所以他的文字甚纏綿悽楚.他又作東城老父傳,也是記開元天寶的盛衰之情況的.非烟傳爲皇甫枚作,敍步非烟與少年趙象相戀,被其丈夫所知而笞死的事.離魂記爲陳元祐作,敍張倩娘與王宙相愛甚深,其父欲將倩娘嫁別人.她不欲,宙亦悲且恨,訣別上船.夜半他忽見倩娘追蹤而至.相處五年,生兩子,然後二人同到倩娘父家.父大驚奇,因倩娘原臥病在家,並未出去.病的倩娘聞歸來的倩娘至,便起牀相迎,二女合而爲一身.乃知隨宙去的是倩娘的魂.此事後來戲曲家也把牠取爲題材.此外,人與鬼神的戀愛,

『柳毅傳書』 (原圖見元曲選)

也爲這些傳奇作家的好題材，如柳毅傳，湘中怨及秦夢記等．柳毅傳爲李朝威作，敍柳毅與龍女的戀愛．湘中怨與秦夢記俱爲沈亞之作；亞之字下賢，爲南康尉，有『吳興才人』之號．湘中怨敍鄭生遇孤女，相處數年，女乃言她是『蛟宮之娣，』今謫限滿，當別去，秦夢記則亞之自敍經長安，夢爲秦官，與秦穆公女弄玉結婚事．

第二類是敍豪俠的故事的．這些故事顯然是受有司馬遷的刺客列傳與遊俠列傳的影響．而所以會發生這些故事的直接原因，則爲天下的擾亂，藩鎭的專橫，人人心理上都希望着有這樣的一種劍俠出來，以懲罰那些兇惡的軍閥．這二派的後繼者也極多，他的嫡系子孫至今尚未絕迹呢．紅線傳，劉無雙傳及虬髯客傳是他們的代表作．又有劍俠傳，託名爲段成式作，實則明人所僞託，乃雜采成式的酉陽雜俎中之文數篇及其他作者之文而成者．紅線傳傳爲楊巨源作的，實乃託名；此文原出於甘澤謠中，太平廣記曾錄之．（廣記卷一百九十五）紅線是潞州節度使薛嵩的靑衣．魏博節度使田承嗣想吞併潞州．嵩憂懼，紅線乃請爲探其虛實．一更去，隔了不久，嵩忽聞『曉角吟風，一葉墮露，』驚而起問，卽紅線回，取牀頭金合爲信．嵩乃遣使者還金合於承嗣．承嗣驚懼，遂修好於嵩．此事後，紅線請別．嵩乃夜張宴，大集賓客爲紅線餞別．客有作歌者，曰『還似洛妃乘霧去，碧天無際水空流．』歌竟，嵩不勝其悲．紅線拜且泣，因僞醉離席，遂亡所在．無雙傳爲薛調作，敍劉無雙許配於王仙客．後兵亂相失．仙客問舊僕塞鴻，始知無雙已召入後宮．悲痛欲絕．因訪俠士古押衙訴說其事．古生別去，半年無消息．一日，喧傳守園陵的一宮女死，仙客赴視之，乃無雙，於是號哭不已．夜半，古生忽抱無雙的屍身至，灌以藥，得復生．於是二人逃去．古生殺塞鴻，並自殺以滅口．

紅線　任渭長作

崑崙奴引崔生於十五夜入第三院，見紅綃妓。

（原圖見明刊徐文長改本崑崙奴雜劇）

虬髯客傳爲杜光庭作；光庭爲唐末的蜀道士，事王衍，所著甚多，以此作爲最盛傳；係敍李靖謁楊素，素身旁一執紅拂妓夜亡奔靖，二人途中逢虬髯客，意氣相得。虬髯客見李世民，謂中原有主，便推資產與靖，自到海外去。後至扶餘國，殺其主，自立爲王。在僞託的劍俠傳中，除酉陽雜俎之文數篇如京西店老人，蘭陵老人，盧生等外，其最著的數篇乃爲從裴鉶的傳奇裏鈔下的崑崙奴與聶隱娘。崑崙奴敍崔生奉父命往視『蓋天之勳臣一品』病，一品乃命一妓（穿紅綃的）以一甌緋桃，沃甘酪以進。生臉紅不吃。一品命妓以匙進之。及生辭去，紅綃妓送出院，臨別出三指，反掌三度，然後指胸前一鏡爲記。生歸，苦念妓，又不解其意。家中有崑崙奴名磨勒的，見他憂苦狀，問其故，生告之。磨勒道，『立三指是示她住於第三院，三度反掌是示十五之數，胸前鏡子是指明月，卽要你十五夜月明前來之意。』於是磨勒負生入一品家，逾十重垣，與紅綃妓相見，又負他們二人同出。後來一品知其事，命捕磨勒，他從重圍中飛出，不復見。隔十餘年，崔氏家人卻在洛陽見磨勒在市賣藥，容貌如舊聶隱娘敍魏博大將聶鋒有女隱娘，十歲時爲尼誘入山中受劍術，術成，送她回家。後她嫁了一個磨鏡的少年。魏帥田氏與陳許節度使劉昌裔不和。魏帥使隱娘去取昌裔的頭。隱娘與少年共騎黑白衛（驢）到許。劉有神算，豫知其來，於中途厚禮迎之，隱娘遂留許爲昌裔用。後月餘，魏帥又使精精兒去殺隱娘及許帥，卻反被隱娘所殺。接着又使妙手空空兒來，又被隱娘設計，使他一擊不中，翩然遠去。劉昌裔死，隱娘便隱去。

第三類敍神怪故事的作品，以瑣雜的短篇集爲最多；如當時著名的大人物牛僧孺曾作玄怪錄，李復言繼之而作續玄怪錄；又有薛漁思作河東記，張讀作宣室志，皆爲此一類的作品，然都無甚佳美雋永的意味，僅有

聶隱娘　任渭長作

沈旣濟的枕中記及李公佐的南柯太守傳是極有美趣的著作．沈旣濟爲蘇州吳人，生於大歷中．以楊炎薦召拜左拾遺史館修撰，後爲禮部員外郎．枕中記敍道士呂翁行邯鄲道中，在逆旅遇盧生，見他窮困歎息，便給他一枕道：『子枕此，當榮適如意．』盧生枕之，便夢娶美妻，登顯宦，不數年便爲宰相，後壽至八十，子孫滿前而死．至此，盧生欠伸而醒，身仍在旅舍，主人蒸黃粱尙未熟．呂翁顧他笑道，『人世之事也不過如此而已．』生憮然，良久，拜謝而去．南柯太守傳的結構與意境，較枕中記爲尤雋妙．作者李公佐，字顓蒙，隴西人，舉進士，元和中爲江淮從事．所作於南柯太守傳外尙有謝小娥傳，盧江馮媼及李湯三篇，俱見於太平廣記中，然俱無南柯太守傳之動人．此傳敍淳于棼所居宅南，有大槐樹一株，淸蔭數畝．某日，他醉寢，夢見到槐安國去，做了國王的女壻，統治南柯郡．守郡三十年．後將兵與檀蘿國戰，敗績，公主又死，因此罷郡，後遂被國王送之離國而回故鄉．至此他便醒了．『見家之僮僕擁篲於庭，二客濯足於榻，斜日未隱於西垣，餘樽尙湛於東牖．夢中倏忽，若度一世矣。』他感念嗟歎，呼二客而語之，驚駭，因同出外，尋槐下穴。他指道：『此卽夢中所經入處！』遂命僕發窟。『有大穴洞然明朗，可容一榻。根上有積土壤，以爲城郭台殿之狀。有蟻數斛，隱聚其中。中有小臺，其色若丹。二大蟻處之，素翼朱首，長可三寸，左右大蟻數十輔之，諸蟻不敢近，此其王矣。卽槐安國都也。又窮一穴，直上南枝，可四丈，宛轉方平，亦有土郭小樓，羣蟻亦處其中，卽生所領南柯郡也。……又窮一穴，東去丈餘，古根盤屈，若龍虺狀，中有小土壤高尺餘，卽生所葬妻龍岡之墓也。追想前事，感歎於懷，披穴窮跡，皆符所夢。不欲二客壞之，遂令掩塞如舊。是夕風雨暴發，視其蟻遂不見，莫知所去。故先言因有大恐，都邑遷徙，此其驗矣。』

此外，可屬這三類中的作品尙有不少，不能一一在此舉出。不能屬於某一類的雜瑣的筆記集，尙有蘇鶚的杜陽雜編，參寥子、高彥休的唐闕史，康駢的劇談錄，段成式的酉陽雜俎，范攄的雲溪友議等。

到了宋初，傳奇及志怪的書，筆記的書的作者尙有不少。李昉所監修的太平

綠珠

江采蘋

采蘋卽所謂梅妃，與楊玉環爭寵者。在史上並無其人，乃宋人想像的創造。

廣記，凡五百卷，又目錄十卷，自漢晉至宋初的小說筆記，大概都被揀選搜集進去，可算是一部巨大的書。宋人所自著者，有徐鉉的稽神錄，張君房的乘異記，張師正的括異志，聶田的祖異志等，俱爲祖述前代神怪故事的筆記集的體裁的。吳淑作江淮異人錄，則多敍民間豪俠奇能之士。樂史所作之綠珠傳，楊太真外傳，無名氏所作之大業拾遺記，開河記，迷樓記，海山記及梅妃傳等，亦皆爲此時的出品，而後人多誤以爲唐人所作。又有秦醇作趙飛燕別傳，驪山記，溫泉記，譚意歌傳等四篇，見於劉斧所編的靑瑣高議前集及別集中。至北宋之末，又有郭彖作睽車志五卷，洪邁作夷堅志四百二十卷。但這些宋人所作的，意境旣不高雋，題材也不動人，而敍寫又無唐人的深刻，所以我們不必去注意他們。宋人的小說成績足以使我們注意的，乃是他們偶然遺留下的幾部『話本』。

三

中國文藝作品大都爲古奧淵雅的，專供所謂『士』的一階級所閱讀的。如唐

目蓮救母是最流行的佛教故事之一，目蓮之母劉氏本吃齋奉佛，後爲她的弟弟劉賈所勸，乃開殺戒。她死後，被打入地獄。目蓮聞知其母在地獄中受苦，卽追去救牠，經過了地獄的各處。在這裏，我們是如讀但丁之神曲一樣，跟隨了他在遍歷地獄了。終于，因了目蓮之願力，其母乃得釋放，一同升天。

目蓮救母

（原圖見明富春堂刊本目蓮救母戲文）

秋胡戲妻　仇英作（原圖見知不足齋刊汪氏輯列女傳）

這是一個無人不知的故事。秋胡婚後即出外，許多時候之後，他回家了，見一婦人在採桑，即以金獻之，婦人却之不受。到了回家，不料這婦人即是他的妻。

人傳奇的一類小說，其高深的文辭，也非一般民衆所能享受．然民間也並非沒有什麼文藝作品他們也自有他們的小說，也自有他們的相傳的故事．這些文字幾乎全部泯滅，爲我們所不能見到．直至於最近的數十年來，纔陸續的發現了好些用白話寫的流傳民間的小說．最古的是清光緒中，燉煌石室裏發見的唐五代人的鈔本小說數種；其中如目連入地獄故事等現藏於京師圖書館，如唐太宗入冥記，秋胡小說等現藏於倫敦博物館．其後有梁公九諫，敍狄仁傑諫武后事，爲宋人所作，見於士禮居叢書中，又有大宋宣和遺事亦在於同書中．近來又有京本通俗小說，新編五代史平話，大唐三藏法師取經詩話等三種陸續刊出．最古的白話小說，現在所能得到的已盡於此了．

宋代盛時，民間游樂之事甚多，其中有『說話，』業此的人名之爲『說話人，』大約如今之說書．南渡以後，『說話』之業仍不衰．吳自牧在夢粱錄上(卷二十)說：

說話者謂之舌辨，雖有四家數，各有門庭．

且『小說』者，名『銀字兒』如烟粉靈怪傳奇公案撲刀扞棒發跡變態之事……談論古今，如水之流。

『談經』者，謂演說佛書『說參講』者，謂賓主參禪悟道等事……又有『說渾經』者……

『講史書』者，謂講說通鑑漢唐歷代書史之傳興廢戰爭之事。

『合生』與起今隨今相似，各占一事也。

此種說話，也有底本，謂之『話本』今所傳的五代史平話即『講史書』的話本，京本通俗小說即『小說』的話本。此二類對於後來的影響都極大，如三國演義隋唐演義等都是繼五代史平話之後的，如今所知的明人的『醒世恆言』『醉醒石』『今古奇觀』等都是繼京本通俗小說之後的。

五代史平話凡梁史二卷唐史二卷，晉史二卷，漢史二卷周史二卷，共十卷。今所傳者已有殘缺。梁史僅餘上卷，晉史上卷缺首葉，漢史亦缺下卷。其體裁，每卷各以一詩起，後入正文，再以一詩結。梁史之首，先敍荒古以來興亡之事，然後纔入正

文後來的『講史』(『演義』)也都是模倣這種體裁的:

詩曰: 龍爭虎戰幾春秋　五代梁唐晉漢周
興廢風燈明滅裏　易君變國若傳郵

粵自鴻荒既判,風氣始開,伏羲畫八卦而文籍生,黃帝垂衣裳而天下治,作十三卦以前民用,便有個弦木為弧,剡木為矢,做着那弓箭威服乖爭.那時諸侯皆已順從,獨蚩尤共着炎帝侵暴諸侯,不服王化.黃帝乃帥諸侯,興兵動衆,驅着那貙貅貔熊虎猛獸做先鋒,與炎帝戰於阪泉之野,與蚩尤戰於涿鹿之地.鬭經三合,不見輸贏,有那老的名做風后,乃握機制勝,做着陣圖來獻黃帝.黃帝乃依陣布軍,遂殺死炎帝,活捉蚩尤,萬國平定.這黃帝做着個厮殺的頭腦,教天下後世習用干戈.此後虞舜征伐三苗,在兩階田地裏舞着干羽,過了七十個日頭,有苗歸服.如湯伐桀,武王伐紂,皆是以臣弒君,篡奪了夏殷的天下.湯武不合做了這個樣子……

下面歷敘自周至唐的興亡,然後纔敘到唐末大亂,黃巢,朱溫的歷史而入了正文.

這部五代史平話的敘述,於歷史上大事,固然都有敘及,而於個人的生平以及逸

看　瓜　（原圖見暖紅室刊本白兔記）

劉知遠的故事，爲五代史平話的故事中流行最廣者。劉知遠贅於李家。李氏兄弟很看不起他。太公死後，他們屢欲逐之。他們瓜園中喧傳有怪。他們遂請知遠去看瓜，意欲借此陷害他。不料，知遠打倒了那怪，原來却是一身盔甲及一副武器。第二天，李氏三娘哭泣的到園中覓尋知遠屍體，却見他全身武裝着。自此，他便出去從軍。

聞傳說敍得尤爲詳盡，且對於瑣事多着力煊染，這是牠遠於正式的史書而成了『歷史小說』的大原因。且舉其中敍劉知遠微時事一則爲例：

一日是二月八日慶佛生辰時分，劉知遠出去將錢雇倩針筆匠文身：左手刺個仙女，右手刺一條搶寶青龍，背脊上刺一個笑天夜叉。歸家去激惱義父慕容三郎，將劉知遠趕出門去。在後阿蘇思憶孩兒，終日悽惶，淚不曾乾，眞是：

玉容寂寞淚闌干　梨花一枝春帶雨

慕容三郎見他渾家終日價悽惶無奈，未免使人去尋得知遠回歸。那時知遠年登十五了。義父一日將錢三十貫，令知遠將去汾州城裏納糧……擔取這錢奔前去，纔經半日，又撞見有六個秀才在那灌口二郎廟下賭博。劉知遠又挨身去廝共博錢。不多時間，被那六個秀才一齊贏了。劉知遠輸了三十貫錢，身畔赤條條地，正似烏鴉中彈，遊魚失波，思量納稅無錢，歸家不得，無計奈何，

以後便敍他被李長者所收留，妻以其女三娘。後來李長者死，知遠爲兩舅所不容，出去投軍。三娘生一子，哥哥又想害他，她便將孩子送與知遠。這孩子長大，聞知母

親在孟石村河頭擔水辛苦，便請知遠去救她。上一章所敘的劉知遠（白兔記）一劇的內容，大約卽是依據於此的，祇是添了一隻白兔出來。

京本通俗小說不知原有多少卷。今本也是殘缺的，只存卷十至卷十六的七卷；每卷各有小說一篇，其名爲碾玉觀音，菩薩蠻，西山一窟鬼，志誠張主管，拗相公，錯斬崔寧及馮玉梅團圓。牠們的體裁與今古奇觀大概相同，每篇之首，往往先說些閒話，或敘一二段可與正文相映照的故事，（或相類的，或相反的。）然後纔入正文。碾玉觀音一篇欲敘秀秀養娘入咸安郡王府，便先敘咸安郡王的遊春，欲敘咸安郡王的遊春，便先舉春詞至十餘首之多，這是後來的摹

劉知遠
五代史平話及白兔記中的英雄

擬作品所不常有的．現在舉馮玉梅團圓的前數段，以爲這種作品的一個例子．

馮玉梅團圓

簾捲水西樓，一曲新腔唱打油．宿雨眠雲年少夢，休謳，且盡生前酒一甌．明日又登舟，卻指今宵是舊遊．同是他鄉淪落客，休愁，月子彎彎照幾州．

這首詞末句，乃是借用吳歌成語．吳歌云：

月子彎彎照幾州，幾家歡樂幾家愁．幾家夫婦同羅帳，幾家飄散在他州．

此歌出自我宋建炎年間，述民間離亂之苦．只爲宣和失政，奸佞專權；延至靖康，金虜凌城，擄了徽欽二帝北去；康王泥馬渡江，棄了汴京，偏安一隅，改元建炎．其時東京一路百姓，懼怕韃虜，都跟隨車駕南渡，又被虜騎追趕，兵火之際，東逃西躲，不知折散了幾多骨肉！往往父子夫妻，終身不復相見．其中又有幾個散而復合的，民間把作新聞傳說．正是

劍氣分還合，荷珠碎復圓．萬般皆是命，半點盡由天．

話說陳州有一人，姓徐，名信，自小學得一身好武藝．娶妻崔氏，頗有容色，家道豐裕，夫妻二人正好過活．卻

被金兵入寇，二帝北遷，徐信共崔氏商議，此地安身不牢，收拾細軟家財，打做兩個包裹，夫妻各背了一個，隨着衆百姓曉夜奔走。行至虞城，只聽得背後喊聲震天，只道韃虜追來，卻原來是南朝殺敗的潰兵。只因武備久弛，軍無紀律，教他殺賊，一個個膽寒心駭，不戰自走；及至遇着平民，搶虜財帛子女，一般會耀武揚威。徐信雖然有三分本事，那潰兵如山而至，寡不敵衆，捨命奔走，但聞四野號哭之聲，回頭不見了崔氏。亂軍中無處尋覓，只得前行。行了數日，嘆了口氣，沒奈何只索罷了。……誰知今日一雙兩對，恰恰相逢，眞個天緣湊巧！彼此各認舊日夫妻，相抱而哭。當下徐信遂與劉俊卿八拜爲交，置酒相待。至晚將妻子兌轉，各還其舊。從此通家往來不絕。有詩爲證：

夫換妻來妻換夫，　這場交易好糊塗。　相逢總是天公巧，　一笑燈前認故我。

此段話題做「交互姻緣」，乃建炎三年建康城中故事。同時又有一事，叫做「雙鏡重圓」，說來雖沒有十分奇巧，論起夫義婦節，有關風化，到還勝似幾倍。正是：

話須通俗方傳遠，　語必關風始動人。

話說高宗建炎四年，關西一位官長，姓馮，名忠翊，職授福州鹽稅。此時七閩之地，尙然全盛。忠翊帶領家眷赴任，——一來憑山負海，東南都會富庶之邦；二來中原多事，可以避難。——於本年起程，到次年春間打從建州經過。輿地志說建州碧水丹山，爲東閩之勝地。今日合着了古語兩句：

洛陽三月花如錦，偏我來時不遇春。

自古「兵荒」二字相連，金虜渡河，兩浙都被殘破；閩地不遭兵火，也就見個荒年。此乃天數。話中單說建州饑荒，斗米千錢，民不聊生。卻爲國家正值用兵之際，糧餉要緊，官府只顧催征上供，顧不得民窮財盡。常言巧媳婦煮不得沒米粥，百姓既沒有錢糧交納，又被官府鞭笞偪勒，禁受不過，三三兩兩逃入山間，相聚爲盜。蛇無頭而不行，就有個草頭天子出來。此人姓范名汝爲，仗義執言，救民水火。羣盜從之如流，嘯聚至十餘萬，無非是：

風高放火，月黑殺人。無糧同餓，得肉均分。……

又不同，大唐三藏取經詩話，及大宋宣和遺事二書，其體裁與『講史』『小說』的話本又不同，『近講史而非口談，似小說而無捏合，』且取經詩話全書分十七章，更與『小說』之體例不合。魯迅君作中國小說史略因別名之爲『擬話本』，以牠們爲受話本的影響的作品。

三藏取經詩話亦名大唐三藏法師取經記，舊本在日本，後爲羅振玉君借來影印。其所以稱爲『詩話』者，以其每章必有『詩』。原本缺第一章，自第二章遇『猴行者』以後俱全。後來的『西遊』故事，大約是本於此而加以許多增飾改造的；現在舉此書中最可注意的數章如下，我們取來與吳承恩的西遊記對讀一過，便可覺得『西遊』故事蛻化的痕跡，且可使我們生出許多的趣味來：

行程遇猴行者處第二

僧行六人，當日起行。法師語曰：『今往西天，程途百萬，各人謹愼。』小師應諾。行經一國以來，偶於一日午時，見一白衣秀才從正東而來，便揖和尚：『萬福萬福！和尚今往何處？莫不是再往西天取經否？』法師合掌曰：『貧僧奉勅，爲東土衆生未有佛教，是取經也。』秀才曰：『和尚生前兩迴去取經，中路遭難；此迴若去，千死萬死。』法師云：『你如何得知？』秀才曰：『我不是別人，我是花果山紫雲洞八萬四千銅頭鐵額獼猴王。我今來助和尚取經。此去百萬程途，經過三十六國，多有禍難之處。』法師應曰：『果得如此，三世有緣東土衆生，獲大利益。』當便改呼爲猴行者。僧行七人，次日同行，左右伏事。猴行者乃留詩曰：

百萬程途向那邊，今來佐助大師前。一心祝願逢眞教，同往西天鷄足山。

三藏法師答詩曰：

此日前生有宿緣，今朝果遇大明賢。前途若到妖魔處，望顯神通鎭佛前。

入大梵天王宮第三

法師行程湯水之次，問猴行者曰：『汝年幾歲？』行者答曰：『九度見黃河淸。』法師不覺失笑，大生怪疑。遂曰：『汝年尙少，何得妄語？』行者曰：『我年紀小，歷過世代萬千，知得法師前生兩迴去西天取經，途中遇害。法師曾知兩迴死處無？』師曰：『不知。』行者曰：『和尙蓋緣當日佛法未全，道緣未滿，致見如此。』法師曰：『汝若是九度見黃河淸，曾知天上地府事否？』行者答曰：『有何不知。』法師問曰：『天上今日有甚事？』行者曰：『今日北方毗沙門大梵天王水晶宮設齋。』法師曰：『借汝威光，同往赴齋否？』行者教令僧行閉目。行者作法，良久之間，纔始開眼，僧行七人，都在北方大梵天王宮了。且見香花千座，齋果萬種，鼓樂嘹亮，木魚高掛；五百羅漢，眉垂口伴，都會宮中，諸佛演法。偶然一陣凡人氣，大梵天王問曰：

『今日因何有凡人俗氣?』尊者答曰;『今日下界大唐國內有僧玄奘僧行七人赴水晶齋,是故有俗人氣.』當時天王與羅漢曰.『此人三生出世佛教俱全.』便請下界法師玄奘升座講經.請上水晶座,法師上之不得.羅漢曰:『凡俗肉身,上之不得.請上沉香座.』一上使得.羅漢問曰:『今日謝師入宮.師善講經否?』玄奘曰;『是經講得,無經不講.』羅漢曰:『會講法華經?』玄奘:『此是小事.』當時五百尊者,大梵王,一千餘人咸集聽經.玄奘一氣講說,如缾注水,大開玄妙.衆皆稱讚不可思議.齋罷辭行,羅漢曰:『師曾兩迴往西天取經,爲佛法未全,常被深沙神作孽,損害性命.今日幸赴此宮,可近前告知天王,乞示佛法前去……得多難.』法師與猴行者,近前咨告請法.天王賜得『隱形帽』一事,『金鐶錫杖』一條,『鉢盂』一隻,三件齊全.領訖,法師告謝已了;回頭問猴行者曰:『如何下得人間?』行者曰:『未言下地,法師且更咨問天王,前程有魔難處,如何救用?』法師再近前告問.天王曰:『有難之處,遙指天宮大叫一聲,當有救用.』法師領指,遂乃拜辭.猴行者與師同辭五百羅漢,合會眞人.是時尊者一時送出,咸願法師取經早迴.尊者合掌頌曰:

水晶齋罷早迴還,展臂從風去不難.要識弟兄生五百,昔曾行脚到人間.

法師詩曰：

東土衆生少佛因，　一心迎請不逡巡。　天宮授賜三般法，　前路摧魔作善珍。

過長坑大蛇嶺處第六

行次至火類坳白虎精前去遇一大坑，四門陡黑，雷聲喊喊，進步不得。法師當把『金鐶杖』遙指天宮，大叫：『天王救難！』忽然杖上起五里毫光，射破長坑，須臾便過。次入大蛇嶺，目見大蛇如龍，亦無傷人之性。又火類坳坳下下望，見坳上有一具枯骨長四十餘里。法師問猴行者曰：『山頭白色枯骨一具如雪？』猴行者曰：『此是明皇太子換骨之處。』法師聞語，合掌頂禮而行。又忽遇一道野火，達天大生煙焰，行去不得。遂將『鉢盂』一照，叫天王一聲，當下火滅，七人便過此坳。欲……一半，猴行者曰：『我師曾知此嶺有白虎精否？常作妖魅妖怪，以至喫人。』師曰：『不知。』良久，只見嶺後愁雲慘霧，細雨交霏；雲霧之中，有一白衣婦人，身掛白羅衣，腰繫白裙，手把白牡丹一朶，面似白蓮，十指如玉。覩此妖姿，遂生疑悟。猴行者曰：『我師不用前去，定是妖精。待我向前問他姓字。』猴行者一見，高聲便喝：『汝是何方妖怪？甚相精靈？久爲妖魅，何不速歸洞府？若是妖精，急使隱藏形跡；若是人間閨閣，立便通信道名。更若躊躇不言，杵滅微塵粉碎！』白衣婦人見行者語言正惡，徐步向前，微微含笑，問師僧一行，往之何處？猴行者曰：『不要問我行途。只爲東土衆生。想汝是火類坳頭白虎精，必定是也！』婦人聞言，張口大叫一聲，忽然面皮裂皺，露爪張牙，擺尾搖頭，身長丈五。定醒之中，滿山都是白虎……。猴行者將『金鐶杖』變作一個夜叉，頭點天，脚踏地，手把降魔杵，身如藍靛，靑髮似硃砂，口吐百丈火光。當時白虎精哮吼近前相敵，被猴行者戰退。半時，遂問虎精甘伏未伏？虎精曰：『未伏！』猴行者曰：『汝若未伏，看你肚中有一個老獼猴！』虎精聞說，當下未伏。一叫獼猴，獼猴在白虎精肚內應。遂教虎開口，吐出一個獼猴，頓在面前，身長丈二，兩眼火光。白虎精又云：『我未伏！』猴行者曰：『汝肚內更有一個！』再行開口，又吐出一個，頓在面前。白虎精又曰：『未伏！』猴行者曰：『你肚中無千無萬個老獼猴，今日吐至來日，今月吐至來月，今年吐至來年，今生吐至來生，也不盡。』白虎精聞語，心生忿怒。被猴行者化一團大石，在肚內漸漸會大，教虎精吐出，開口吐之不得；只見肚皮裂破，七孔流血。喝起夜叉，渾門大殺，虎精大小，粉骨塵碎，絕滅除蹤。僧行收法，歇息一時，欲進前程，乃留詩曰：

火類坳頭白虎精，　渾羣除滅永安寧。　此時行者神通顯，　保全僧行過大坑。

經過女人國處第十

僧行前去，沐浴慇勤店舍稀疏，荒郊止宿，雖有虎狼禽獸，見人全不傷殘。次入一國，都無一人，只見荒屋漏落，園離破碎。前行漸有數人耕田布種五穀。法師曰：『此中似有州縣，又少人民，且得見三五農夫之面。』耕夫一見，個個眉開。法師乃成詩曰：

荒州荒縣無人住，　僧行朝朝宿野盤。
今日農夫逢見面，　師僧方得少開顏。

猴行者詩曰：

休言荒國無人住，　荒縣荒州誰去耕。
人力種田師不識，　此君住處是西城。
早來此地權耕作，　夜宿天宮歇洞庭。
舉步登途休眷戀，　免煩東土望回程。

舉步如飛，前遇一溪，洪水茫茫。法師煩惱。猴行者曰：『但請前行，自有方便』行者大叫天王一聲，溪水斷流，洪浪乾絕，師行過了，合掌擎拳。此是宿緣，天宮助力。次行又過一荒州，行數十里，憩歇一村。法師曰：『前者都無人烟，不知是何處所？』行者曰：『前去借問，休勞嘆息。』又行百里之外，見有一國，人烟齊楚，買賣駢闐。入到國內，見門上一牌云：『女人之國。』僧行遂謁見女皇。女王問曰：『和尚因何到此國？』法師答言：『奉唐帝勅命，爲東土衆生往西天取經作大福田』。女王合掌，遂設齋供僧行赴齋，都喫不得。女王曰：『何不喫齋？』僧行起身唱喏曰：『蒙王賜齋，蓋爲砂多，不通喫食。』女王曰：『啓和尚知悉：此國之中，全無五穀，只是東土佛寺人家及國內設齋之時出生，盡於地上等處收得，所以砂多。和尚回歸東土之日，望垂方便！』法師起身，乃留詩曰：

女王專意設清齋，蓋爲砂多不納懷。竺國取經歸到日，敎令東土置生臺。

女王見詩，遂詔法師一行入內宮看賞。僧行入內，見香花滿座，七寶層層，兩行盡是女人，年方二八，美貌輕盈，星眼柳眉，朱唇榴齒，桃臉蟬髮，衣服光鮮，語話柔和，世間無此。一見僧行入來，滿面含笑，低眉促黛，近前相揖：『起咨和尚，此是女人之國，都

唐三藏到了女兒國，幾爲國王所留，不得西行，虧得他們設計離開了她。

無丈夫今日得覩僧行一來，奉爲此中起造寺院，請師七人就此住持。且緣合國女人早起晚來，入寺燒香，聞經聽法，種植善根；又且得見丈夫，夙世因緣，不知和尚意旨如何？』法師曰：『我爲東土衆生，又怎得此中住院？』女王曰：『和尚師兄豈不聞古人說「人過一生，不過兩世」。』便只住此中，爲我作個國王，也甚好一段風流事。』和尚再三不肯，遂乃辭行。兩伴女人，淚珠流臉，眉黛愁生，乃相謂言：『此去何時再覩丈夫之面？』女王遂取夜明珠五顆，白馬一疋，贈與和尚前去使用。僧行合掌稱謝，乃留詩曰：

願王存善好修持，　幻化浮生得幾時？　一念凡心如不悟，　千生萬劫落阿鼻。
休喏綠鬢桃紅臉，　莫戀輕盈與翠眉。　大限到來無處避，　髑髏何處問因衣？

女王與女衆香花送師行出城，詩曰：

此中別是一家仙，　送汝前程往竺天。　要識女王姓名字，　便是文殊及普賢。

大宋宣和遺事分四集，叙宋徽宗、欽宗及高宗三代，卽宋南渡前後的事。全書有的是文言，有的是白話，有時又發議論，顯係雜合好幾部書而成此一書的。卷首以詩起，接着叙歷代的興亡，然後纔入正文，與『講史』的體裁正同。『水滸』故事也最初見於此書的元集及亨集。先叙朱勔運花石綱時，分差楊志，李進義，林冲，王雄，花榮，柴進，張青，徐寧，李應，穆横，關勝，孫立十二人爲指使，前往太湖等處押人夫搬運花石。那十二人結義爲兄弟，誓有災厄，各相救援。後來十人俱回，獨有楊志在潁州等候孫立不來，因值雪天，旅途貧困，將一口寶刀出市貨賣，遇惡少後生相爭，被楊志手起刀落殺死了，因此押配衛州軍城。孫立在中途遇見了，便連夜進京報與李進義等知道。兄弟十一人因殺了防守軍人，救得楊志，同去落草爲寇。接着便叙晁蓋，吳加亮，劉唐，秦明，阮進，阮通，阮小七，燕青等八人刼梁師寶送蔡京的禮物，因宋江私通消息，得不被捕而逃去；便邀約了楊志等十二人，共二十人結爲兄弟，前往太行山梁山泊去爲寇。一日，他們思念宋江相救恩義，差劉唐將帶金釵一對去酬謝宋江。宋江將這金釵把與娼妓閻婆惜收了，不幸被她知得來歷。一日，宋江回家省父病，途中遇着杜千，張岑，索超，董平四人要去落草，他便寫信送這四人到梁山泊去投奔晁蓋。當宋江的父親病好，他便回縣城，閻婆惜卻已與吳偉打暖，更不

宋江殺惜

(裕厚作)

宋江殺閻婆媳是民間無人不知的故事之一。因了這個殺人罪，宋江乃入梁山泊爲綠林魁首。

睬理宋江。他大怒，便殺了閻婆惜，吳偉二人，然壁上寫了四句詩而逃去。縣官得知此事，率兵追趕，宋江走到九天玄女廟裏躲藏。等到官兵已退，他出來拜謝玄女娘娘，卻見香案上一聲響喨，打一看時，有一卷文書在上。宋江纔展開看了，認得是個天書，又寫着三十六個姓名，末後一行字寫道：『天書付天罡院三十六員猛將，使呼保義宋江爲帥，廣行忠義，殄滅奸邪。』他因此又帥了朱同，雷橫并李逵，戴宗，李海等九人直奔梁山泊。那時晁蓋已死，大家便推宋江爲首領。（連晁蓋共三十三人）各人統率强人，略州刼縣，放火殺人，攻奪淮陽京西河北三路二十四州八十餘縣。政府遣呼延綽及已降海賊李橫出師收捕宋江，屢戰屢敗，二人反投入宋江夥內了。那時又有僧人魯智深來投，三十六人恰好數足。後來張叔夜出來招降宋江等三十六人，各受武功大夫告勑，分注諸路巡檢使去了。後遣宋江收方臘有功，封節度使。一部偉大的水滸傳的骨幹，便樹立於此。我們拿牠與水滸傳來細細比較，見出一般事實的蛻化與增大的痕跡，覺得很有趣味。在這書裏敍徽宗，欽宗二

魯達拳打鎭關西

（裕厚作）

魯達是水滸傳作者最用力敍寫的人物之一。第一幕卽見他因不平而打死了鎭關西。後乃避罪他方，削髮爲僧。

帝被金人所擄後，在北方所過的困阨的生活，也寫得異常動人.

四

自宋亡之後，『講史』一類的著述仍未衰滅.雖然我們不知道那時『說話』的游藝還有存在否，然此類著作，卻自元至明，作者繼出.最著名而約在公元十五世紀之前出現的，有水滸傳，三國志，隋唐志傳及三遂平妖傳等.

水滸傳卽敍宋江等人的故事.宣和遺事只敍三十六人，這書則增多至一百單八人;三十六人的姓名也與遺事有異同，如遺事中的李進義，吳加亮卽此書的盧俊義與吳亮.在小說的描寫技術上看來，此書較之『唐人傳奇』『宋人話本』都有極大的進步.一百單八人中，寫得個個人都有個性，個個人都如活的，會從紙上跳出來一樣;且將每個人的環境，每個人的出身都細細的寫，而一無重複的地方.性格同樣剛强的人如林冲，如武松，如魯智深，如李逵，卻被寫得各個人的神采行動絕不相同.這真是非有絕大的藝術手腕者不辦!中國的小說，自此書出現，纔到達了成功的地域。但此書傳於今的有許多不同的本子，且經過好些人的刪改，原本絕不可見。明、崇禎末與三國志合刻爲英雄譜的一本，文辭最簡拙，可信爲最近於原本的一種。此本共一百五十回，自洪太尉誤走妖魔敍起，直至破遼、平田虎、王慶、方臘之後，宋江服毒自殺，兄弟們次第死亡，諸人的神靈復聚於梁山泊爲止。今所盛行之本爲金人瑞所批改的七十回本，其書止於盧俊義夢一百單八人被張叔夜所擒殺，以敍招安以後事的爲續本，且痛斥其非。

此書的作者，傳說不一，有的說是元、錢塘人施耐庵作的。胡應麟的莊嶽委談說：『元人

『火燒草料場』林冲的故事，是水滸傳中最有精彩的。火燒草料場則爲林冲故事中最動人的最後的一段。

施某所編水滸傳特爲盛行世率以其鑿空無據要不盡然也余偶閱一小說序稱：「施某嘗入市肆，細閱故書於敝楮中，得宋張叔夜擒賊招語一通，備悉其一百八人所由起，因潤飾成此編。」』有的說是錢塘人羅貫中作的。郎瑛的七修類稿及王圻的續文獻通考俱如此說。貫中，名本，（王圻說他名貫，字本中）大約是元明之間的人，是當時的一個大小說家，今所傳的三國志演義、隋唐志傳等都相傳是他作的。又中有龍虎

宋江與戴宗　杜堇作

風雲會雜劇一種，見於元人雜劇選及元明雜劇二十七種中．有的說是施耐庵集纂，羅貫中編修的，有幾個水滸傳的傳本便如此的題着．因此，有人便以羅貫中爲施耐庵的門人．胡應麟說：『其門人羅某亦效之爲三國志絕淺鄙可嗤也．』他便以水滸傳爲絕對非羅貫中作的．但無論說是施耐庵作的，或說是羅貫中作的，或說是二人合作的，俱無確切的證據可見．我們或可以說，這書在元時原有一種草創的本子，或爲施耐庵作，或爲其他人作，其後曾經羅貫中或其他人的潤飾．至於現在流傳的通行本，則又曾經明人的大大潤飾了．若金人瑞以七十回爲施耐庵作，而其後爲羅貫中所續之一說，原是他自己編造出來的謊話，絕不

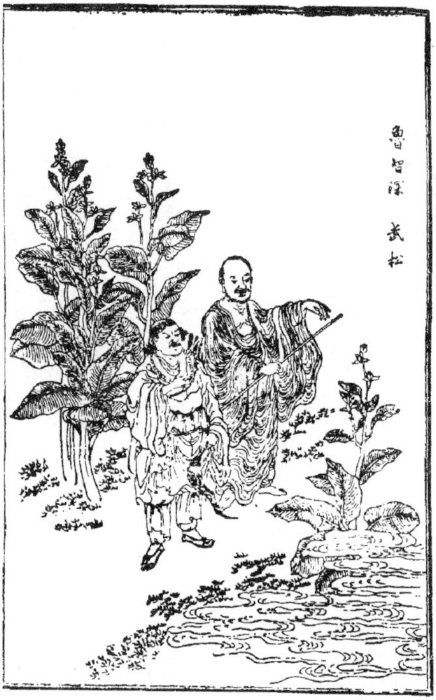

魯智深與武松　杜堇作

足信.

水滸傳敍寫婦人處卻是大失敗,他寫閻婆惜,寫潘金蓮,寫楊雄妻恰都似一模子裏鑄出的人毫無顯著的個性.也許作者對於婦人性格是完全不曾留心觀察的.

羅貫中也許是一個『箭垜式』的人物,也許是一個極偉大著作極多的大小說家.明代所傳羅貫中作的小說不下數十種;傳於今而有名者,除上面水滸傳的一種,有施耐庵與之爭名外,尙有三國志演義,隋唐志傳,北宋三遂平妖傳三種,皆相傳爲他所著,以三國志演義爲最著名.

『三國』的故事本爲宋說話人所專講的故事之一.東京夢華錄敍說話之事,以『說三分』與『講五代史』並列爲說話的一個專科.蘇軾志林說:『塗巷中小兒薄劣,其家所厭苦,輒與錢令聚坐聽說古話.至說三國事,聞劉玄德敗,頻蹙眉,有出涕者.聞曹操敗,卽喜唱快.』金、元雜劇中也常有以三國故事爲題材的.可見三國

鳳儀亭

(原圖見清初刊本三國志)

呂布與董卓之姬貂蟬，會談於鳳儀亭，爲卓所見。後布不自安，乃殺卓。這故事是三國志演義最名之一節。

故事之盛流傳於民間．羅貫中作此書，或者便是依據於傳下的話本的也說不定．此書文辭，文言白話雜用，與水滸傳大不相同，故或以爲此二書決非羅貫中一人所作．但如果羅貫中只是一個編纂者，潤飾者，則因二書之原本不同，而潤飾或二種不同的定本，原是在情理中之事．三國志演義所依據的多半是陳壽的三國志及裴松之注，故明、嘉靖時本題作『晉平陽侯陳壽史傳，明、羅貫中編次．』但其中也有一部分是採用民間的傳說的．此書因須處處顧及歷史上的史實，所以對於各個人物都不敢放膽寫，所以其結果遠不及水滸傳之偉大．此書原本，今也不可得見．現在所流傳的乃是清、康熙時毛宗崗的刪改評定本．他的見解與改定的方法，全是師金人瑞之對於水滸傳的方法的．今舉一例於下，以見此傳文辭的一斑：

玄德同關張幷從人等來隆中，遙望山畔數人，荷鋤耕於田間而歌曰：

『蒼天如圓蓋，陸地如棋局，世人黑白分，往來爭榮辱．榮者自安安，辱者定碌碌．南陽有隱居，高眠臥不足．』玄德聞歌，勒馬喚農夫，問曰：『此歌何人所作？』答曰，『乃臥龍先生所作也．』玄德曰：『臥龍先生住何處？』農夫曰：『自此山之南，一帶高岡，乃臥龍岡也。岡前疎林內草廬中，卽諸葛先生高臥之地。』玄德謝之，策馬前行。不數里，遙望臥龍岡，果然淸景異常。後人有古風一篇，單道臥龍居處，詩曰：

『襄陽城西二十里，一帶高岡枕流水，高岡屈曲壓雲根，流水潺潺飛石髓。勢若困龍石上蟠，形如草鳳松蔭裏。柴門半掩閉茅廬，中有高人臥不起。修竹交加列翠屏，四時籬落野花馨。牀頭堆積皆黃卷，座上往來無白丁。叩戶蒼猿時獻策，守門老鶴夜聽經。囊裏名琴藏石錦，壁間寶劍印松文。廬中先生獨幽雅，閒來親自勤耕稼。專待春雷驚夢回，一聲長嘯安天下。』

玄德來到莊前，下馬親叩柴門，一童出問，玄德曰，『漢左將軍宜城亭侯領豫州牧皇叔劉備特來拜見先生。』童子曰，『我記不得許多名字。』玄德曰，『你只說劉備來訪。』童子曰，『先生今早少出。』玄德曰，『何處去了？』童子曰，『蹤跡不定，不知何處去了。』玄德曰，『幾時歸？』童子曰，『歸期亦不定，或三五日，或十數日。』玄德惆悵不已。張飛曰：『既不見，自歸去罷了。』玄德曰，『且待片時。』雲長曰，『不如且歸，再使人來探聽。』玄德從其言，囑付童子，如先生回，可言劉備拜訪。遂上馬，行數里，勒馬回觀隆中景物，果然山不高而秀雅，水不深而澄淸，地不廣而平坦，林不大而茂盛。猿鶴相親，松篁交翠，觀之不已。忽見一人，容貌軒昂，丰姿俊爽，頭戴逍遙巾，身穿皂布袍，杖藜從山僻小路而來。玄德曰：『此必臥龍先生也。』急下馬向前施禮問曰：『先生非臥龍否？』其人曰：『將軍是誰？』玄德曰：『劉備也。』其人曰：『吾非孔明，乃孔明之友，博陵崔州平也。』玄德曰：『久聞大名，幸得相遇。乞即席地權坐，請教一言。』二人對坐於林間石上，關張侍立於側。州平曰：『將軍何故欲見孔明？』玄德曰：『方今天下大亂，四方雲擾，欲見孔明，求安邦定國之策耳。』州平笑曰：『公以定亂爲主，雖是仁心，但自古以來，治亂無常。自高祖斬蛇起義，誅無道秦，是由亂而入治也。至哀平之世，二百年太平日久，王莽篡逆，又由治而入亂。光武中興，重整基業，復由亂而入治。至今二百年，民安已久，故干戈又復四起，此正由治而亂之時，未可猝定也。將軍欲使孔明斡旋天地，補綴乾坤，恐不易爲，徒費

諸葛亮
三國演義中的主要人物之一

關雲長夜走麥城

（原圖見清初刊本三國志）

關羽爲吳兵所敗，夜逃麥城，卒爲吳人所殺。這是『三國故事』中最淒慘者。讀者至此往往掩卷不忍卒讀。

心力耳豈不聞順天者逸逆天者勞數之所在理不得而奪之命之所定人不得而強之乎？』玄德曰，『先生所言，實爲高見但備身爲漢胄合當匡扶漢室何敢委之數與命。』州平曰，『山野之夫，不足與論天下事適承明問，故妄言之。』玄德曰，『蒙先生見教但不知孔明往何處去了？』州平曰，『我亦欲訪之，正不知其何往。』玄德曰，『請先生同至敝縣若何？』州平曰，『愚性頗樂閒散，無意功名久矣容他日再見。』言訖長揖而去玄德與關張上馬而行。

隋唐志傳的原本現在也不得見，流傳於民間的僅有淸、康熙間褚人穫的改訂本。他將原名改爲隋唐演義，其删改的程度，似較水滸、三國二書爲尤甚。他的序說：『隋唐志傳，剏自羅氏，纂輯於林氏，可謂善矣。然始於隋宮剪綵，則前多闕略，厥後補綴唐李一二事，又零星不聯屬，觀者猶有議焉。』可見其增潤之多。此書的敍寫也與三國演義有同病，卽人物太多，未能個個都寫得很活躍，又爲『歷史』的事實所牽束，不得盡情抒寫。但牠在民間所得到的權威與影響，卻與三國、水滸差不多。

尉遲恭　隋唐志傳中的英雄之一

徐茂公　隋唐志傳中的英雄之一

北宋三遂平妖傳原本二十回，今所傳本有四十回；據張無咎的序，說是猶子龍所補。此書係敘貝州王則以妖術變亂事。宋史卷二百九十二明鎬傳，言王則爲涿州人，因歲饑，流至恩州（卽唐的貝州），慶曆七年僭號東平郡王，改元得聖，六十六日而平。大約他的故事在民間傳說甚盛，所以羅貫中據之而作此傳。原本開首卽敍汴州胡浩得仙畫，其妻焚之，灰繞於身，因有孕，生一女，名永兒，有妖狐聖姑姑授以道法，遂能爲紙人豆馬。後永兒嫁給貝州軍排王則，術人彈子和尚，張鸞，卜吉，左黜，皆以則當王，先後來相聚會。値知州貪酷，他們遂以術運庫中錢米買軍倡亂。文彥博率官軍討伐他們，不能勝。彈子和尚，張鸞，卜吉

「秦瓊賣馬」賣馬的故事是現在民間最熟知的故事之一。（原圖見四雪草堂原刊本隋唐演義）

因則無道，卻又先後引去．彈子和尙更化身爲諸葛遂智，助官軍鎭伏邪法．馬遂詐降，擊則裂其唇使他不能念咒．李遂又率掘子軍作地道入城．因此終於擒了王則及胡永兒二人．出力滅則的三人皆名爲遂，故號三遂平妖傳．猶子龍的補本，在原本之首，加了十五回，敍彈子和尙及妖狐聖姑姑的受得道術的由來，又有五回，則補述諸妖民瑣事，散入原本各回中．

講史的繼作者，在羅貫中之後，出現了不少，自天地開闢至兩宋

『胡永兒傳法』　原圖見坊刊本平妖傳

都有成書。但其確實的年代雖不可知，而大概卻都可算是十五世紀以後的出品，故留在以後敍述。又摹擬『小說』的作品，在十五世紀以後，也出現了不少。

一、燕丹子，有平津館叢書本，有湖北書局的百子全書本。

二、神異經，海內十洲記，漢武內傳，別國洞冥記，飛燕外傳，雜事祕辛，吳越春秋，越絕書，俱在漢魏叢書內。

三、漢武故事有古今說海本。

四、博物志，搜神記，搜神後記，續齊諧記，寃魂記俱見於漢魏叢書。

五、世說新語，有湖北書局本，有商務印書館鉛印本。

六、唐代叢書（一名唐人說薈）包括「唐人傳奇」不少，然錯謬處極多，遠不及太平廣記及顧氏文房小說的可靠。

七、太平廣記有淸乾隆間黃氏刊的袖珍本。近又有石印本出現，然石印本錯誤太多，不足據。

八、杜陽雜編，酉陽雜俎，雲溪友議，俱見於稗海。

九、唐闕史有知不足齋叢書本.

十、江淮異人錄有知不足齋叢書本.

十一、靑瑣高議有武進、董氏刊本.

十二、睽車志有古今逸史本.

十三、夷堅志有十萬卷樓叢書本,有有正書局石印本.

十四、士禮居叢書有原刊本有石印本.

十五、大宋宣和遺事在士禮居叢書內,近有商務印書館刊本.

十六、京本通俗小說爲江東老蟫刊,在烟畫東堂小品中.

十七、新編五代史平話有武進、董氏刊印本.

十八、三藏取經詩話有羅振玉刻本.

十九、水滸傳有商務印書館鉛印本,係金人瑞的批本;有亞東圖書館鉛印本,係加新式標點,有胡適的考證.又有水滸後傳也是亞東鉛印的.

二十、三國志演義有亞東圖書館本，有商務印書館本。

二十一、隋唐演義有原刻本有石印本，有商務印書館鉛印本。

二十二、平妖傳有坊刻本，有石印本。

二十三、中國小說史略共二册，北京大學新潮社出版，魯迅著。敍中國小說的發達史的，此書爲第一本，論敍甚審愼可據，本章多所取資，應在此誌謝。

二十四、小說考證正續補編，商務印書館鉛印本。

二十五、小說叢考，商務印書館鉛印本。以上二書頗有些足供參考的資料，但其敍述太淩亂，且都雜了許多敍戲曲的材料在內。

第十九章　中世纪的日本

第十九章　中世紀的日本文學

一

日本古代有無文字，爲現今爭辯的問題。古今拾遺，假名字源等書，主本無文字。如神代口訣，古史徵，解題記，神字日文辯則謂古代早有文字。折衷之說，謂古人結繩代字，以爲視覺上的符號。後有神代文字傳世，疑爲後世人所假造。至王仁由百濟東渡，獻論語，千字文，（應神天皇在位之八十五年，當公元二八五年，我國晉武帝六年）始用漢字，作漢文。直到了中世紀才大受中國文學之影響，而產生了好幾部大作品。

當古代之時，除了祝詞與和歌之外，差不多沒有別的作品，文壇情況，實至爲簡陋。當公元第八世紀時，是爲奈良時代，而日本文學始有可稱。散文如古事記，詩歌如萬葉集，皆極重要之作品。而萬葉集在以後的日本文學上，尤有很大的影響。茲分述如下：

（一）詩歌　萬葉集

（二）散文　古事記　風土記　氏文　祝詞　宣命

（一）萬葉集（Manyoshiu）萬葉集產生的時代，未能確考，大約成於奈良朝的末葉。著者也不能確知，據僧契冲著萬葉集代匠記，稱爲大伴家持（？——公元七八五）所輯。家持自幼將見聞的歌筆記下來，成爲此集，又混入自己所作的歌。原集共二十卷，從公元第七世紀後半，至公元第八世紀前半，共一百三十年間的歌，都蒐羅在內。歌數約四千五百。作者包羅皇帝、皇后、農夫、漁夫、大臣、將軍、兵卒、衙役、藝技，各階級的人，足以代表當時民族的性情，是許多自然的、原始的、純樸的歌。歌的形式可分長歌、短歌、旋頭歌、雜歌、四季雜歌、四季相聞、相聞（卽廣義的戀歌，不僅咏男女的愛情，又咏父子、兄弟的離情等。）譬喻歌，輓歌、反歌（卽反覆歌咏之意，附在長歌的後面，將長歌之意再咏一遍，或因長歌之意有未盡，又歌咏之。）短歌在集中最多，與反歌合計約四千一百七十三首，短歌詩形爲三十一字。集中的歌人有六百三十一人，中有女子七十一人。

集中負盛名者，爲柿本人麿，下譯諸句，可窺一班。

（一）短歌

秋山的紅葉繁茂，欲覓迷途的妻，但不識山徑。

去年看過的秋夜的月，依舊照着同眺的妻，漸漸的遠了。

右二首喪妻後作

天邊的香具山，今日晚霞靉靆，春將來了。（春雜歌）

住家在梅花開着的岡邊，不斷的聽着鶯的歌聲。（好快活呀！）（詠鳥）

相思着過了今朝，有霞籠照的明日的春日，怎樣過呢！（春相聞，寄霞）

莫問立在那裏的是誰呀！是九月露沾濕了的待着君的我。（秋相聞）

這樣的深夜休要歸去呀！道旁的小竹上鋪着霜的夜。（冬相聞，寄霜）

秋風生涼了，不並騎到郊外去嗎？看荻的花。（秋雜歌，詠花）

今朝破曉時郭公鳥的鳴聲，你聽着了麼？或是在朝寢？

（二）柿本人麿妻死後作——（長歌）

輕（地名）是妻的鄉里，

到輕去的路途，時時可見，

若竟去了，要惹起人家的注意，

常常去呢，人家是會知道的。

我心這般思忖：

橫豎日後要相逢，

便坐在屋裏戀想着渡日，

不去又何妨呢!
水藻般附在我身旁的妻呀!
你如落山的夕陽,
你如浮雲蔽着的月兒,
——逝了,逝了。
使者來告時,
聽着他的聲音,
我無所措忐忑不寧。
我深深戀着的情能有幾分
　得着安慰?
我妻平時眺望的輕市,
我在那兒靜立着聽——

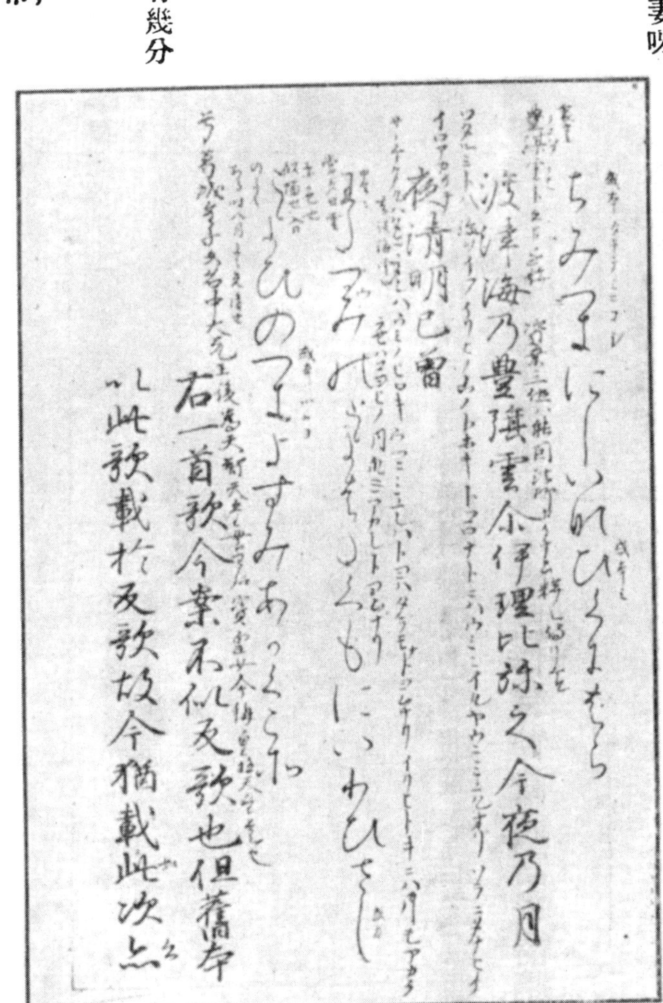
渡津海乃豊旗雲尓伊理比紗之今夜乃月夜清明己曽
右一首歌今案不似反歌也但舊本以此歌載於反歌故今猶載此次

元曆本萬葉集之一頁

畝火山的鳥聲不聞，
　何處能聽妻的聲音？
路上來往的行人，
更無一個似我妻，
吁嗟！萬事皆休，
喚着妻的名兒，
拂袖而歸．

人麿的短歌、長歌甚多，歌咏山川的風物與離別、戀愛之情，雄渾優雅．尤以長歌爲最優．文辭端麗，格調整律，在萬葉集中，無出其右者．所作哀悼諸詩，富於情感，最能動人．

與人麿齊名的，有山部赤人，併稱歌聖．赤人身世，亦不可考．惟知曾侍聖武天皇，官位甚低．侍駕遊紀伊、大和、伊豫諸地．他的歌多咏自然之美，聲調閑雅，亦富想像下列十首，可以窺他的情緒。

山部赤人歌十首

和歌浦中潮滿時，砂洲已看不見了，白鶴朝蘆邊鳴着飛去。（反歌）

夜漸深了，長着楸樹（註一）的清淨的河原，千鳥（註二）頻啼。

（註一）楸樹生在荒山溪流旁或野火燒過的土上。與雜草同，爲自生的落葉喬木，幹高五六尺，或達二丈。葉對生，形似桐葉。嫩葉與葉柄均帶美麗的紅色。

（註二）音 Chidori 水禽名。

三吉野的象山間的林梢，無數小鳥的啁啾。

江心的波，岸邊的波，都靜寂了。去打魚罷，藤江浦的漁船裏着呢！（反歌）

到春日的野外摘紫雲英的我，戀着野外，竟夜忘歸了。

想送給友人看的梅花，積了白雪，花也難於分辨了。

從明日起去摘嫩葉，預定的野外，昨天落了雪，今天也落雪。

在武津浦蕩著的小舟呀！背着粟島，可羨的小舟呀！

同籠罩飛鳥川上的霧一樣，慕念舊都之情沒有一個時候忘記。（登神岳）

到田兒浦去一看，粉白的雪降落在富士山的頂上。（反歌）

山上憶良亦萬葉集人中，爲精深漢學者，信仰佛教，歌裏所表現的，多爲敬神忠君的思想。曾著類聚歌林，今已不傳。令反感情歌，詠人世的羈絆，糾正遁世出家之念。又有貧窮問答的歌，同情於下級貧民的貧乏，滿懷悒鬱，若生於今日，亦不失爲一社會主義的歌人。

大伴家持爲大伴旅人的兒子。他的歌可以分做三個時期。第一期爲熱情時代，那時他是一位貴公子，欲得才媛閨女的歡心，以杜鵑鳥、夢等作題目，作戀愛歌。第二期是模倣時代，他倣柿本人磨，作歌哀悼自己的兄弟；倣山部赤人，詠二上山；倣山上憶良，悲人世無常，欲入山修道。至於咏鹿、雪、梅、荻等物，則多受他的父親的感化。第三期爲成熟時代，這時的作品，使他在萬葉歌壇成爲名家。

女流歌人有阪上郎女（旅人的妹，家持的叔母）額田女王，大伯皇女，石川郎女，譽謝女王．阪上郎女長於短歌，爲萬葉集中第一流的女詩人．

（二）古事記—國史　天武天皇在位十年時，有舍人名稗田阿禮，年少多才，得天皇寵倖．天皇以歷代皇位繼承及先代舊事口授於他．天武天皇崩，一時中止．元明天皇和銅五年（當我國唐睿宗時，公元七百十二年）太安麿得阿禮的

古事記的三個作家纂輯者

稗田阿禮　舍人親王　太安麿

口傳，奉旨編撰。其後八年，卽養老四年，舍人親王編日本書紀，他以古事記非純以漢語編成，引爲憾事，特用漢文作此。修史之體裁與記事的正確，當推日本書紀。若從文學方面看，則古事記的藝術的價値，極爲重大。因日本書紀爲歷史的，而古事記則爲文學的古籍。

我們應該注意的，便是古事記卽日本的神話。大凡一種民族，立國之初，必託於神話，亦卽國史的最初一頁。古事記中神代卷就是日本的開闢神話，也可看作日本的開國史。神代卷中，謂國土流動，未成形，日月亦未照臨斯土。混沌的世界中，有二神出現，（乃天神所命，一名伊邪那岐，一名伊邪那美。）從天上浮橋，窺探下界。以矛攪動海水，矛上滴下的海水，積累成爲一島，是爲自凝島。此地便是二神生殖的場所。

二神的交歡，不僅產生日本的國土，如海神風神及其他多數的神，都是這次交媾所生的。然有生必有死，女神因爲產火神，下身被火灼死。男神伏枕旁嚎啕大哭。女神至黃泉國，男神因欲帶回他的愛妻，亦跟隨到黃泉國，因爲犯了『不可窺視』的禁令後來二人以爭鬥了結。女神發誓咒每日死亡千人，男神誓每日產生一千五百人。

男神產天照大神，月讀之命，須佐之男三神。因有高天原神話，出雲神話，大國主的神話的產出。大國主的神話，以『稻羽的白兔』始爲後代流傳最廣的傳說。

『八十神欲求婚於八上比賣，以大穴牟遲神爲從者，使負袋同赴稻羽，旣抵氣多見一裸兔伏地。八十神曰：「汝何爲者？」曷浴海水，伏於高山頂上，臨風曬乾？」兔果如八十神所言，皮爲鹽水所浸，被烈風吹破肌膚，痛極而哭。大穴牟遲神方自從遠來，問故。兔曰：「我自隱岐來，欲渡海至此，但無渡者，因騙海中鱷魚，佯言我族數多於鱷，若不信，可招同類至此，併列海面。鱷魚信以爲眞，滿浮海面，遂從鱷背渡海。鱷被欺怒甚，將我衣剝去。因此流泫。八十神過此，令我浴海水中，因以傷身。大穴牟遲神聞言，命兔以淡水洗身，幷用蒲花敷患處，兔身遂得復原』。

(三)風土記　第八世紀之初，日本政府令諸國編纂風土記。記記載各處物產及地名之起原，地名之傳說等．這些風土記大抵散佚，存者以公元七百三十三年所成之出雲風土記爲最有名．

此外，當日散文之可注意者，僅續日本紀(漢文)中之宣命而已．宣命之文體酷肖祝詞．本居宣長曾別爲編印，並加註釋，卽所謂歷朝詔詞解一書是．

二

桓武天皇延曆十三年(公元七九四，卽唐德宗十年，)京城遷至京都(Kioto)，是爲平安朝．這時國內宴安，謳歌太平．宮殿的宏壯，邸宅的華麗，爲歷代所無．商賈興盛，人民樂業．一切文物，多倣我國唐代制度．惟習於逸樂，易流於淫惰．花陰月下，飲酒賦詩；公子情深，佳人薄命，此數語可以形容那時的人物．談虎變色，聞盜心驚，面色蒼白，肢體柔弱，舉止遲鈍，行爲因循，則爲貴族社會的寫真．當時的宮廷，充滿女官，有女御、更衣、內侍、典侍等．一旦得寵，更可册封皇后，家族借此顯達，得爲皇朝外戚．大家都知道這條路是終南捷徑．若自己生了女兒，便設法送入宮內，遂令天下父母心，不重生男重生女。皇宮裏面，儼如貴族女校，首習和歌，是今之國語；琴箏琵琶，今之音樂；碁、雙六，今之游戲。此外尙有主要科目，則『戀愛學』是也，如互通慇懃，眉目傳情，情書往來，件殘燈而相思，結果或悲或喜，則又爲『戀愛學講義』的節目也。無論男女，在當時均視爲『必修科目』，以爲人生眞義，盡在於此。描寫當時戀愛的種種相者，韻文有古今和歌集，散文有源氏物語。此時的文藝，總括一句說，乃是貴族的、女性的、戀愛的文學。

當時朝野均重文事，所以文學極其發達，在奈良朝末期，已有片假名的文字，到現在又創成平假名，工具已經完全，文字可用假名綴成，不必依賴難解的漢文了。『名作如林』，這時的文學，可以當之無愧。此期的韻文有：古今和歌集（亦稱古今集）後撰集，拾遺集，後拾遺集，金葉和歌集，詞花集，千載集，神樂歌，催馬樂，朗詠集，今樣；散文有：竹取物語，伊勢物語，源氏物語，大和物語，宇都保物語，落窪物語，狹衣物語，後者物語，堤中納言物語；（日記）土佐物語，蜻蛉日記，和泉式部日記，紫式部日記，讚岐典侍日記，更科日記；（隨筆）枕草紙；（歷史文學）榮華物語，大鏡，水鏡，今鏡，今昔物語，宇治拾遺物語，國史．今擇其要者略述於下：

（一）古今和歌集（古今集）醍醐天皇延喜五年（公元九〇五，即唐哀帝天祐二年）帝命紀貫之，紀友則，凡河內躬恆，壬生忠岑撰古今集，蒐集萬葉集所未載的和歌，并加入時人的著作，延喜五年四月十八日纂竣，共二十卷．是爲敕撰歌集的濫觴．此集之出，於其時代有密切的關係．（A）此集出世，以作詩集的先驅，供後人模範．（B）我國唐末離亂，文采蕩然．國民自覺他人文物終不可恃，遂起此種反動．（C）假名全備，抒情述懷，極其自由．（D）漢詩漢文，字句思想，過於艱深，不易了解，且乏興趣．和歌簡潔，隨口成章，詩趣活潑易解．在稠人廣座中，易於博人稱賞．（E）和歌在當世成爲一種流行的文學，女子亦能製作，非階級所專有．（F）醍醐帝風流儒雅，喜弄詞章，『上有好者下必有甚焉．』（G）有應付這時代的要求的幾位天才出現，如貫之、躬恆等．全集有歌千百餘首，分四季、賀、離別、羈旅、物名、戀、哀、傷、雜歌、雜體長歌、旋頭歌、俳諧歌、大歌所歌。作歌者約百二十四人。二十卷中，有四分之一是咏戀愛的。是當時宮廷生活的反映，也是表現上流階級的國民心理的。歌裏的思想，融合儒佛二教，見花而感聚散，窺月而嘆無常，多因果宿命的觀念。

月ヤアラヌ春ヤ昔ノ春ナラヌ我身ヒトツハモトノ身ニシテ

月非昔日的月，春非昔日的春，惟有我是昔日的我。

右歌爲在原業平所作，他是平城天皇的皇子，阿呆親王的第五子，母親是桓武天皇的公主。他有兄名叫行平。賜姓在原。官近衛權中將，那時國內當權的是藤原氏，他頗鬱鬱不得志，住洛北小野的山莊中，日耽吟咏。他的性情溫靜而幽雅，對於那時的浮華輕佻之習，異常憤恨。他的詩正合他的性情，富天真之趣，作時不費琢磨，將感觸着寫出，很能動人。

紀貫之幼承家學，作歌亦精。官御書所頭，後任土佐守。他的才氣宏煥，每作一歌，必深思推敲。所作穩健閑雅，與在原業平之自由奔放不同，他作歌的態度很是謹嚴．

アスシラヌ我身ト思ヘド暮レヌムノケフハ人コソカナシカリケレ

想起不知明日的我趁未暮的今日憂念我的人兒吧！

（二）後撰集村上天皇天歷五年（公元九六〇、卽中國後周廣順元年）命源順、大中臣能宣、淸原元輔紀時文、坂上望城等，蒐集古今集以後的歌詠，撰爲此集．後撰集就是撰於古今集後的意思．

源順稱爲村上時代的紀貫之，嘗著倭名顯聚抄，所作歌兼有優雅、雄勁、纖巧諸長．優美的句，如——

ミヅノ上ニ照ル月並ヲカソレフバ今宵ゾ秋中ナリケル

數那映在水上的月份，今宵呀是中秋！

纖巧的如——

一昨年モ去年モ今年モ一昨日モ昨日モ今日モ我ガ戀フ君

前年、去年、今年；前天、昨天、今天；戀着君的我呀！

均有新穎的趣味，後撰集據後人的批評，有幾點不及古今集：(一)撰者自作的歌不多。(二)偏於戀愛。(三)詞調不整齊。(四)雜採贈答之歌，忘歌集原卷，着力於消息之傳遞。都是此集的缺點。

(三)拾遺集　撰者爲藤原公任，成於一條天皇時。曾根好忠爲集中的新派歌人。以俗語、新語入歌，別創一調，爲當日的人不容；但不失爲一改革的先驅者，他有一首歌是：『薺　鼠麴草　接骨草　古蓬。』格調爲前人所無。

(四)後拾遺集，　載源經信、藤原範長、能因法師、良暹法師諸人的歌。(五)金葉集爲崇德天皇天治九年源俊賴所撰。(六)詞花集近衞天皇天養二年，藤原顯輔撰。這兩種所收的歌都是卑俗淺近的，有嘲謔的味道。(七)千載集爲後鳥羽天皇文治二年，藤原俊成撰。

(八)神樂歌　供祭神之用，始於奈良朝末期，有譜，屢經改訂。所詠多關神事，也咏風俗、戀愛、自然、父子之情，兼意諷刺。(九)催馬樂乃當時的俗謠，或謂係當時各地朝賀君主時，趕馱馬的馬夫口中所唱的，故有此名。(十)朗詠集是藤原公任的女兒出嫁後，在花晨夜夕所集的和漢古今的名集，故又名和漢朗詠集。(十一)今樣歌爲一種讚美歌，與基督教的讚美詩，佛教的梵讚類似，在當時極流行，可以合拍而舞，有如今之表情體操，爲歌劇之濫觴。

平安朝重要的散文爲物語類(Monogatari)，物語中最古者爲竹取物語，作者與年代不詳，爲神話以後的一種想像的著作，開小說之端。題材取自廣大寶樓閣經、善住秘密陀尼經序品、華陽國志、藤岡博士謂脫胎自我國漢武內傳西王母的故事。原著者融合讀書所得、已往的經歷、社會的見聞，作成此集。原書梗概如次：

從前有一個採竹的老翁，在一棵光澤的竹節裏得了一個女兒，長約寸許，他放在掌上帶回家中，不到三月，便長成一個美貌的女郎了。豔名噪遠近，來求婚的人很多，有自薦者五人。翁勸女兒速選定一人。五人都是貴冑，每日有的吹笛，有的唱歌，以博女郎的歡心，女郎不堪其擾，便提出了五個難堪的條件——

叫車持王子　取蓬萊山的玉枝，
叫石作王子　取天竺佛的石鉢，
叫右大臣阿部　取支那火鼠做成的皮裘
叫大納言　取龍首的五色石
叫石上中納言　取燕子的子安貝，

誰先取得來，便嫁給誰．五人雖知是難題目，但只好應喏．石作皇子外遊三年，取大和國某寺的不動尊前的石鉢回來，圖欺騙她，被她查破了．取玉枝的車持王子，則命人圍護他的秘密室，假造玉枝．果然瞞着了美女，美女看不出破綻，美女叫他敍經過的苦難，他便上天下地，胡言一陣．恰好此時有人走進室內，向他討祕密室的租錢於是功敗垂成．右大臣阿部家財富饒，命人到支那求火鼠的皮裘，據說此裘入火不燃．果然得了，不料當着美女的面前投入火內，仍然化爲灰燼，這一位又失敗了．大納言想得龍首上的玉，集羣臣會議，諸臣無不願效勞奔馳．於是他齋戒沐浴，祈禱天地，早得美婦。他率衆人出外尋覓，過了幾年，尙未得着，衆有怨言。正在此時，海中忽起波浪，水上有綠色的圓球兩粒，他以爲龍王來也，大喜過望。後來看見不是什麽玉之類的東西，乃是李子兩個。石上中納言要得燕子所生的子安貝，每天叫匠人到每家的屋簷上屋頂上尋找燕窠，始終沒有尋着子安貝。有人教他說，燕子產子安貝牠的尾必向上回轉七次。尋來尋去，只得着燕子的陳糞，懊喪幾乎死去。此事被皇帝知道，便叫老翁速將女兒送入宮內，媼以問女，女不允，幷言三五之夜，將離去人世。翁媼聞之，大驚且悲，言於帝。帝命甲士二千人，在月圓的晚上，嚴防美女昇天。那夜月色有異，空中降下密雲，美女就與來使同去了。去時還拿不死的藥賜給皇帝，帝將不死之藥焚於山頂，名其山曰不死山云。

源氏物語出於紫式部女史之手，她是碩學藤原爲時的女兒，生而聰慧，讀書很多。後嫁藤原宣孝，未幾宣孝歿，授官中宮上東門院（卽皇族家庭教師），博聞彊記，著源氏物語五十四帖。結構共分兩段，前部四十四帖，寫篇中主人光源氏的戀愛生活，後十帖寫他的兒子薰大將．構思的巧妙與行文的富麗，在日本文學中允稱獨步．心理描寫之纖細，爲近代小說之先河．原文有八種特色：（一）修辭巧妙；（二）描寫內心的活動；（三）描寫細密；（四）優雅；（五）照應巧妙；（六）引用古歌，催馬樂等，乃以歌心所作的散文；（七）短歌與文相聯絡；（八）寫情寫景融化爲一，自此籍出後，一切小說多模倣他的體裁，尊爲典型．惟式部文華雖優，亦不免微有缺點．如省略主格與固有名詞．文字亦晦澀難解，後人不易閱讀．

源氏物語五十四帖，其名如下．

（一）桐壺	（二）箒木	（三）空蟬
（四）夕顏	（五）若紫	（六）末摘花
（七）紅葉賀	（八）花宴	（九）葵
（十）榊	（十一）花散里	（十二）須磨
（十三）明石	（十四）澪漂	（十五）蓬生

（十六）關屋　（十七）繪合卷　（十八）松風
（十九）薄雲　（二十）槿　（廿一）乙少
（廿二）玉鬘　（廿三）初音　（廿四）胡蝶
（廿五）螢　（廿六）常夏　（廿七）篝火
（廿八）野分　（廿九）行幸　（三〇）藤袴
（卅一）直木柱　（卅二）梅枝　（卅三）藤裏葉
（卅四）若菜上　（卅五）若菜下　（卅六）柏木
（卅七）横笛　（卅八）鈴蟲　（卅九）夕霧
（四十）御法　（四一）幻、雲隱　（四二）匂宮
（四三）紅梅　（四四）行河　（以下宇治十帖）
（四五）橋姫　（四六）椎本　（四七）總角
（四八）早蕨　（四九）寄生　（五十）東屋

(五一)浮舟　　　　(五二)蜻蛉　　　　(五三)手習

(五四)夢浮橋

物語文學除源氏外，尚有大和物語。此書著者不詳。或謂花山院之作，有人說是在原滋春（業平之子）編的。是一部雜纂體的書。蒐集從來的詩話，貞信公的名歌。有許多首收在裏面。

宇都保物語敘藤原俊蔭的故事。落窪物語敘幼子被虐待的故事。狹衣物語，世稱紫式部之子賢子所作，可視爲源氏物語的續編，惟書中人物則注重狹衣大將。

日記亦爲平安朝文學的特色，可以分爲三種：一爲旅行日記，如土佐日記更科日記等。一爲記錄日常生話狀况的，如紫式部日記。一爲敘事的物語，如蜻蛉日記、和泉式部日記讃岐典侍日記。

紀貫之爲土佐守時，失愛兒愛子，後來返京，便將途程的經曆記出，便是土佐日記。更科日記一卷，爲管原孝標之女所作，叙隨父赴上總介任，與橘俊通結婚，生子仲俊，喪夫後四十年間的歡悲感傷的色彩頗著。紫式部日記，爲源氏物語作者紫式部官上東門院時的記錄。自中宮懷妊記起，至後一條天皇、後朱雀天皇誕生止，此藉足爲考證源氏物語的幫助。蜻蛉日記，右大將軍道綱的母親記她二十一年情緒生活，兼有自敍傳、日記文、小說的構思，原本三卷。

枕草紙常與源氏物語並稱爲這時代的兩大名作，作者淸少納言，亦與源氏物語之作者紫式部一樣，是一個貴婦人，以其淸才得侍皇后定子，（一條帝之后），公元一〇〇二年，后薨，她即歸隱，一說她到了一個尼菴中，後忽得一條帝之眷顧，但或又以爲其後半生乃貧苦不堪。所謂枕草紙，乃少納言將原稿置於枕邊，思事，觀事之所得，朝夕即就枕邊寫之之意。此書乃後來日本『隨筆』之作的先鋒，各篇皆隨筆寫成，並無什麽連絡，所寫的東西也極複雜，大都爲一己的所見聞及感想。

榮華物語爲關於曆史之作；作者未詳，或以爲女詩人赤染衛門作，然其中卻記着衛門死後之事．大約以十一世紀末所寫爲最確．榮華物語凡四十卷，記載日本曆史亘二世紀；記的是藤原道長富貴榮華之故事．道長歷事三帝爲首相，死於公元一〇二七年；此書後半並記其二子賴通，教通繼承其父之權威的事績．

大鏡亦爲歷史之著作，始於公元八五一年，止於公元一〇三六年，凡敘十四代之歷史，作者爲藤原爲業，剃髮致仕．改名寂念．大鏡全書八卷，其中頗多傳奇的傾向，不盡爲乾燥的史績．大鏡之外，有增鏡，水鏡，今鏡，合稱爲『四鏡』，性質皆同．

三

此後，卽爲鐮倉時代（公元一一八六——一三三二），這時內戰頻仍，外患（元人攻日）亦至，各地武人多重兵法而輕文事，文學因之而衰頹．保存文藝之人，乃爲一般僧侶．當時作品不復有平安時代之閑雅雍容之態，所寫者都爲民間情況及戰爭事績．或以爲平安時代之文學，如雨後之海棠，鐮倉時代之文學則如雪霜中放香之梅花.

當時歷史文學之著名者有源平盛衰記,平家物語,水鏡,保元物語,平治物語等.此外之文藝作品,以鴨長明之方丈記爲較有名.長明通音樂,於一二一二年作方丈記,記其生平見聞,文章以秀拔遒勁著.長明又作無名抄及四季物語,前者論和歌之體,後者述朝廷一年中之行事.

此後卽爲南北朝時代(公元一三三二——一三九二)而中世紀的文學,則於繼其後之黑暗時代(卽室町時代,公元一三九二——一六〇三)中結束.這時之大作爲神武正統記,一部史書,作者爲北畠親房.親房尙作元元集(八卷)東家祕傳(一卷)等書,皆關於神道者.而太平記亦爲有名之作,其作者或以爲是小島法師,而兼好法師之徒然草尤爲黑暗期的沙漠中的綠洲.

此時的時代精神,一爲個人主義;二爲党派的爭軋;三爲武士道的興盛.當時文學,也受了時代精神的響影.倡個人主義的結果,作品頗少用國家、社會爲題材的，如曾我物語、義經記等皆以個人的事蹟爲主受我國宋元文學的影響，謠曲、狂言因以產生兒童心理與佛教的勸善懲惡思想結合，遂有物臭太郎等伽草紙一類的文學連歌與俳偕爲平民文學的先驅稱室町爲黑暗時代；然黑暗之中，未嘗不有一線光明。

室町時代的散文，可用「謠曲」代表。謠曲是一種包含歌與舞的文學，材料取自源氏物語，及中國的史實謠曲用於能樂中，演者共三人，略與希臘悲劇相似。「狂言」爲演於「能」樂間的一種滑稽劇。「能」樂謹嚴，「狂言」灑脫狂言足以代表日本人樂天的性情。

連歌爲室町時代特有的一種韻文，仿自我國的聯句其法如次。

春至則雪消

雪消則草萌芽

故春至則草萌芽　詩句的關係可以圖表之。

花姑娘

狂言之一

一個人假說要坐禪，瞞了他的妻而出去嫖妓，一面使僕人假裝着他而去坐禪。卻爲他的妻識破了。他的妻卻代這僕人坐禪。主人回來了，正對着僕人誇說花姑娘事，不料坐禪着的卻是他的妻。

偷孩賊

狂言之一

一個偷賊跑進了一個人家見一個嬰孩獨自睡着。他同這嬰孩逗玩了一會，乳娘來了，高呼賊，賊，主人來了，而賊便將孩子放下而逃去。

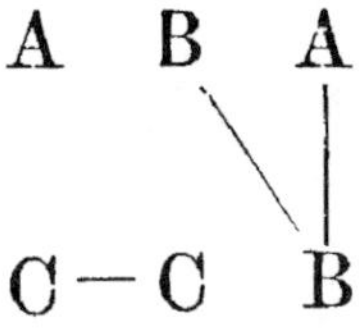

A—B
B╲C
A　C—C

太平記四十卷爲記戰的物語。記花園天皇文保二年至後光嚴院貞治六年約五十年間的史跡。文字華麗，說佛理之處甚多。爲室町時期歷史文學之一。

伽草紙爲一種教訓的小說，即寓言、童話之類。以古代及民間傳說綴爲散文體，爲後世兒童文學之先驅。

參考書目

一、日本文學史（Japanese Literature）奥斯頓（W. G. Aston）著，阿卜里頓公司（D. Appleton & Co.）出版的世界的文學（Literature of the World）叢書之一。

二、日本文學史奥斯頓著，芝野六助譯補，大日本圖書株式會社出版。此爲前書之譯文，頗補正了不少東西。

日本文學史，用日文寫的極多，今不具舉。

三、萬葉集中文本有謝六逸君的選譯本，不久可由文學研究會出版。

四、源氏物語（Genji Monogatari）有委萊（Arthur Waley）的英譯本，去年出版第一卷。

五、狂言十番周作人中譯，北新書局出版。

六、日本能樂（No Play）有委萊的英譯本。

七、日本古代詩歌（Classical Poetry of the Japanese）張伯林（B. H. Chamberlain）著，一八八〇年出版，把萬葉集及古今集中的詩一部分譯爲英詩，又錄譯「能」及「狂言」幾篇。

八、本章之寫成，得謝六逸君之幫助極多；其中有大部分乃直接襲用謝君之日本文學史講義之原文者，應在此聲明並誌謝意。

年表（二）

年表二

（公元四八〇年——公元一五〇〇年）

公元四八〇年——宗教家聖本多生。

公元四八一年——王筠生。

公元四九四年——王融死。

公元五〇一年——蕭統生。

公元五〇二年——蕭衍卽皇帝位，是爲梁武帝。

公元五〇三年——蕭綱生。范雲死。

公元五〇五年——江淹死。

公元五〇七年——徐陵生。

公元五〇八年——任昉死。蕭繹生。

公元五一二年——吳均死.

公元五一三年——沈約死.庾信生.

公元五一九年——江總生.

公元五二二年——王僧孺死.

公元五三一年——蕭統死.

公元五四○年——阿剌伯詩人伊摩魯死.

公元五四九年——王筠死.蕭衍餓死于台城.

公元五五○年——蕭綱卽皇帝位.

公元五五一年——蕭綱被殺.

公元五五二年——蕭繹卽皇帝位.

公元五五四年——蕭繹被殺.

公元五七○年——回教之創始者莫哈默德生.

公元五八一年——庾信死。

公元五八三年——徐陵死。陳叔寶卽皇帝位，是爲陳後主。

公元五八九年——陳叔寶爲隋所執，陳亡。

公元五九四年——江總死。

公元六〇一—七〇〇年——大史詩皮奧伏爾夫約產生於此時。

公元六〇四年——楊廣卽皇帝位，是爲隋煬帝。陳叔寶死。

公元六〇九年——薛道衡被殺。

公元六一八年——楊廣被殺。

公元六二二年——莫哈默德逃至美地那。

公元六二九年——僧玄奘赴天竺求經。

公元六三二年——莫哈默德死。

公元六三五年——阿皮白客編可蘭經。

公元六四八年——王勃生.

公元六五九年——賀知章生.

公元六六一年——阿剌伯詩人拉比特死.

公元六六七年——張說生.

公元六七三年——張九齡生.

公元六七五年——王勃死.

公元六八九年——孟浩然生.

公元六九八年——陳子昂死於獄.

公元六九九年——王維生.

公元七〇一年(?)——李白生.

公元七〇九年——阿剌伯人佔領西班牙.

公元七一二年——杜甫生.日本作家太安磨編古事記.

公元七二八年——阿剌伯詩人法拉茲達死．阿剌伯詩人加勞爾死．

公元七三〇年——張說死．

公元七四〇年——孟浩然死．

公元七四四年——賀知章死．

公元七四八年——阿剌伯詩人阿皮阿泰希爾生．

公元七五〇年——沈既濟生．

公元七五一年——孟郊生．

公元七五四年——陸贄生．

公元七五九年——王維死．

公元七六二年——李白死．

公元七六五年——高適死．

公元七六八年——韓愈生．

公元七七〇年——杜甫死.

公元七七二年——白居易生.劉禹錫生.

公元七七三年——柳宗元生.

公元七七九年——元稹生.

公元七八三年——阿剌伯詩人巴喜夏死.

公元七八五年——萬葉集之編者日本詩人大伴家持死.

公元七八八年——賈島生.

公元七九〇年——李賀生.

公元八〇〇年——沈旣濟死.

公元八〇三年——杜牧生.

公元八一〇年——阿剌伯詩人阿皮諾瓦士死.

公元八一三年——李商隱生.

公元八一四年——孟郊死。

公元八一六年——李賀死。

公元八二八年——阿皮阿泰希爾死。

公元八一九年——柳宗元死。

公元八二四年——韓愈死。

公元八三一年——元稹死。

公元八四六年——白居易死。

公元八三三年——羅隱生。

公元八四三年——賈島死。

公元八五二年——杜牧死。

公元八五八年——李商隱死。

公元八六一年——阿刺伯詩人阿蒲杜拉生。

公元八六七年——李曄生.
公元八八五年——李存勗生.
公元八八九年——李曄卽皇帝位,是爲唐昭宗.
公元八九四年——韋莊中進士第.
公元八九八年——和凝生.
公元九〇一年(?)——希臘詩選約於此時編成.
公元九〇四年——李曄被殺.
公元九〇五年——日本詩人紀貫之等編纂古今和歌集.
公元九〇八年——阿剌伯詩人阿蒲杜拉死.
公元九〇九年——羅隱死.
公元九一五年——阿剌伯詩人摩泰那比生.
公元九一六年——南唐中主李璟生.

公元九二三年——李存勗即皇帝位，是爲後唐莊宗．
公元九二六年——李存勗爲伶人所殺．
公元九三六年——南唐後主李煜生．
公元九五五年——和凝死．
公元九六〇年——趙匡胤即皇帝位，是爲宋太祖。
公元九六一年——李璟死．
公元九六五年——波斯詩人阿泰那比死．
公元九六七年——波斯詩人阿皮爾、客爾生．
公元九七三年——阿剌伯詩人麥亞里生．
公元九七七年——李煜被殺．
公元九八九年——范仲淹生．
公元九九〇年——張先生．

公元九九一年——晏殊生.

公元九九八年——宋祁生.

公元一〇〇一年(?)——洛蘭歌約產生於此時.

公元一〇〇二年——梅堯臣生。

公元一〇〇六年——波斯詩人巴利、安薩生.

公元一〇〇七年——歐陽修生.阿刺伯作家哈馬達尼死.

公元一〇〇八年——蘇舜欽生.

公元一〇二一年——王安石生.

公元一〇三〇——四〇年——西班牙英雄西特生.

公元一〇三四年——柳永中進士第.

公元一〇三六年——蘇軾生.

公元一〇四五年——黃庭堅生.

公元一〇四七年——波斯詩人那騷伊、古斯拉至開羅。

公元一〇四八年——蘇舜欽死。

公元一〇四九年——秦觀生。波斯詩人阿皮爾、客爾死。

公元一〇五二年——范仲淹死。

公元一〇五四年——阿剌伯詩人赫里里生。

公元一〇五五年——晏殊死。

公元一〇五七年——阿剌伯詩人麥亞里死。

公元一〇六〇年——梅堯臣死。

公元一〇六二年——宋祁死。

公元一〇六三年——賀鑄生。

公元一〇六六年——波斯詩人小阿薩地著格沙士那馬成。

公元一〇七二年——歐陽修死。

公元一〇七八年——張先死.
公元一〇八六年——王安石死.
公元一〇八八年——巴利、安薩死.
公元一〇九九年——西班牙大史詩西特中之英雄西特戰死.
公元一一〇〇年——秦觀死.
公元一一〇一—一二〇〇——尼拔龍琪歌約產生於此時.
公元一一〇一年——蘇軾死.
公元一一〇五年——黃庭堅死.
公元一一〇六—七年——波斯詩人卡客尼生.
公元一一二〇年——賀鑄死.
公元一一二二年——阿刺伯詩人赫里里死.
公元一一二五年——陸游生.范成大生.

公元一一二六年——金人攻陷汴京，擄宋徽宗欽宗北去。

公元一一四〇——四一年——波斯詩人尼達米生。

公元一一四七——四八年——波斯詩人摩齊死。

公元一一五〇年（？）——阿剌伯的大傳奇安泰爾的傳奇約在此時編成。董解元西廂記約出現於此時。

公元一一五五年——波斯詩人安瓦里著柯拉桑之淚。

公元一一七八年——散文伊達的編者北歐作家史諾里生。

公元一一八四年——波斯詩人沙地生。

公元一一八五年——波斯詩人卡客尼死。

公元一一九三年——范成大死。

公元一二〇〇年（？）——關漢卿王實甫約生於此時。

公元一二〇一年（？）——阿克森與尼柯勒約產生於此時。

公元一二〇一年——波斯詩人達希爾死.

公元一二〇二—三年——波斯詩人尼達米死.

公元一二〇七年——波斯詩人路米生.

公元一二一〇年——陸游死.

公元一二二二年——史諾里編散文伊達成.

公元一二二六年——白朴生.

公元一二三〇年——洛里士著玫瑰的故事.

公元一二四〇年(?)——詩的依達約產生於此時.

公元一二四一年——史諾里死.

公元一二五三年——波斯詩人柯史拉生.

公元一二五四年——趙孟頫生.

公元一二五八年——蒙古人攻陷波斯京城報達.

公元一二六五年——意大利大詩人但丁生。

公元一二六八—九年——波斯詩人伊馬米死。

公元一二七八年——阿刺伯詩人希里生。

公元一二七九年——蒙古人滅宋。

公元一二七二年——虞集生。

公元一二八九年——波斯詩人伊拉恢生。

公元一二九一年——波斯詩人沙地死。

公元一二九六年——楊維楨生。

公元一三〇二年——但丁被放逐。

公元一三一〇年——宋濂生。

公元一三一一年——劉基生。

公元一三二一年——但丁死。

公元一三二三年——趙孟頫死.

公元一三二四年——全歐行吟詩人大會於託洛斯.

公元一三三六年——高啓生.

公元一三三七—八年——波斯詩人阿赫特死.

公元一三三八年——法國歷史家法洛依沙特生.

公元一三四〇年——英國詩人卻賽生.

公元一三四四—五〇年——鮑卡西奧著十日談.

公元一三四五年——喬吉甫死.高明中進士第.

公元一三四八年——虞集死.

公元一三五〇年——阿剌伯詩人希里死.

公元一三五二年——波斯詩人克瓦朱死.

公元一三五七年——方孝儒生.

公元一三六八年——波斯詩人耶敏死。

公元一三六九年——明師入北京，逐蒙古人於漠北。

公元一三七〇年——楊維楨死。

公元一三七一年——波斯詩人薩客尼死。

公元一三七四年——高啓被殺。

公元一三七五年——劉基死。

公元一三八一年——宋濂死。

公元一三八七年——波斯詩人赫菲茲與帖木兒會見。

公元一三八九年——赫菲茲死。

公元一三九一年——朱權就封於大寧。

公元一四〇〇年——郤賽死。

公元一四〇二年——方孝儒被殺。

公元一四一〇年——法洛依沙特死.

公元一四一八年——邱濬生.

公元一四三一年——法國盜賊詩人魏龍生.

公元一四三九年——朱有燉死.

公元一四四七年——李東陽生.

公元一四四八年——朱權死.

公元一四五三年——君士坦丁堡爲土耳其人所攻陷.

公元一四六六年(?)——荷蘭大作家伊拉司摩生.

公元一四六九年——政治作家馬查委里生.

公元一四七〇年——馬洛里著亞述之死.唐寅生.

公元一四七二年——李夢陽生.王守仁生.

公元一四七四年——意大利詩人亞里奧斯托生.

公元一四七八年——英國作家慕爾生.

公元一四八〇年——意大利小說家彭特洛生.

公元一四八三年——何景明生.

公元一四八八年——楊愼生.

公元一四九〇年——法國作家拉培萊生.

公元一四九二年——科倫布發見美洲.

公元一四九五年——邱濬死.